KB274616

하늘에 베틀 놓고
구름에 잉아 걸고

하늘에 베틀 놓고 구름에 잉아 걸고
잊혀져 가는 우리 것들 – 농경 생활과 조상들의 숨결

정인관 지음

초판 인쇄 | 2012년 10월 25일
초판 발행 | 2012년 10월 31일

지은이 | 정인관
펴낸이 | 신현운
펴는곳 | 연인M&B
기 획 | 여인화
디자인 | 이희정
마케팅 | 박한동
등 록 | 2000년 3월 7일 제2-3037호
주 소 | 143-874 서울특별시 광진구 자양로 56(자양동 680-25) 2층
전 화 | (02)455-3987 팩스 | (02)3437-5975
홈주소 | www.yeoninmb.co.kr
이메일 | yeonin7@hanmail.net

값 13,000원

ISBN 978-89-6253-121-3 03810

하늘에 베틀 놓고 구름에 잉아 걸고

정인관 지음 잊혀져 가는 우리 것들—농경 생활과 조상들의 숨결

연인 M&B

| 책머리에 |

샘골 마을 사람들의 애환과 웃음소리

깊은 밤이면 대산이 고개 갈참나무 위에서 소쩍새가 울어 대고, 마루 밑에서는 강아지가 잠 못 들어 깽깽거리며 조요한 밤을 살랑이는 시골 샘골 마을입니다. 탱자나무 울타리 뒤안길에는 대나무 숲이 울창하여 석양이면 까치며, 까마귀, 온갖 잡새들이 보금자리를 만들어 그들만의 식구들끼리 이야깃소리가 무척이나 수런스럽습니다.

우리 집은 대대손손 철따라 농사만 짓고 사는 아버지의 아버지의 종가집이라서 종중 논 엿 마지기로 제각을 지키고, 조상님들의 벌초를 하고, 시제를 모시며, 종토를 지키며, 살아온 시골 농로의 아들입니다. 그래서 농기구는 우리 식구들의 생명이요, 분신입니다. 그런 속에서 9남매를 길러 가르치고, 모두 한양까지 유학 보내 최고 학부를 나올 수 있게 해 주시고, 별 탈 없이 한양에서 가정을 다 이루며 살아가고 있습니다.

철따라 농기구가 보이면 어루만져지고, 사랑스러움이 넘쳐나 항상 애착이 갑니다. 우리 가족이 살아갈 수 있도록 몸을 바친 집안의 짐승들과 농기구들까지도 고마운 마음에 보답하고자 글로 예찬하면서 詩를 써 왔습니다. 詩集 4권으로 노래를 불러 오다가 그것도 마음에 차지 않아 농경 생활, 많은 식구들의 희로애락, 사랑방의 구수한 이야기들, 구레실, 웃텃골, 눗점, 아옥골, 행암산, 그리고 들샘과 시암골 안천동, 바깥천동에서 일어난 일들, 철따라 농사짓는 일들, 또한 임실 장날이면 장터의 구경거리, 그리고 오고 가면서 보고 느낀 일들이 머릿속에서 뱅뱅 돌고 있는 것을 현대에 와서 '잊혀져 가는 우리 것들' 이라는 테마로 정리해 보았습니다.

사연도 많은 물레방아가 돌아가고, 베틀노래가 처량하게 울려 퍼지고, 사랑방 머슴의 한숨 소리, 상여가의 슬픈 곡조, 농군들의 농가월령가, 장터의 주막집 노랫가락, 서낭당 염불 소리, 명절놀이, 보름날 밤 달집태우기, 지신밟기, 울타리로 넘어가는 연애편지, 주막집 과부댁 웃음소리, 각설이 품바타령, 제삿집 단자 보내기, 이 모두가 잊혀져 가고 있는 것을 '샘골 마을의 한풀이와 신명놀이'

로, 애환과 웃음소리로, 옛날 옛적 숨은 이야기를 모아모아 보았습니다.

시대적으로 30대 이하 젊음들은 어려운 삶을 겪어 보지 못한 탓에 무의미한 맛이 있겠지만, 우리 옛 조상들의 농경 생활과 풍습을 조금이나마 알았으면 하는 간절한 마음입니다.

人生 七十 古來稀가 된 시점에서 지금까지 살아온 실오라기만한 뒤안길을 살펴보고자 '시가 있는 산문집' 으로 정리해 보았고, 또 지금까지 농경 생활의 詩를 습작해 오면서 일반적인 詩를 200여 편 발표했으나 그냥 묻혀 버릴 수가 없어서 어줍잖은 시집 한 권을 엮어 보았으며, 역시 농경 생활 속의 세시 풍속과 민속놀이를 중심으로 연(連) 시집으로 조촐하게 선을 보이게 되었습니다. 그래서 세 권을 세상에 상재하게 되었는데 얼굴을 감추면서 보여 드리오니 너그러이 살펴 주시기 바랍니다.

아직도 다듬이소리가 들려오는 고향을 그리워하면서 평생을 흙속에서 현재 졸수(卒壽)까지 살아오신 부모님께 무릎을 꿇고 큰 인사를 드리며, 아내 그리고 아들딸, 며느리, 사위, 귀여운 '서하' 손녀와 형제자매들의 오고가는 정감에 무시로 행복을 마음속에 간직하며 살아가고 있습니다.

　무더운 날씨에 보람된 작품을 만들기 위하여 힘써 주신 '연인 M&B' 직원들께 고마움을 드리며, 이런 글을 쓸 수 있도록 부모님과 같이해 주신 샘골 어르신들께 따뜻한 정(情)을 드리고 싶습니다.

임진년 가을 시월 초여드렛날
백년산 자락 샘골 방에서

물레시인 雲泉

차례

둘 신명과 한풀이의 마당놀이

다섯 추억 속에 웃음으로 커 가던 놀이 문화

물레방아 돌아가는 사연은

농기구는 농민들의 분신이요 생명
―물레 · 물레방아

초롱불 간들거리는 겨울밤, 함박눈은 새록새록 초가지붕 위에 내리고 소쩍새는 밤 깊은 줄 모르고 임이 그리운지 애달피 울어 대는 시골 마을 샘골이다.

전형적인 농촌 마을로 뒷동산에는 애솔나무가 장대 울타리처럼 둘러 서 있고 그 가운데 조상들의 묘가 층층이 휘둘러 있으면서 저 멀리 저 바래기 산에서는 해맑은 안개가 두루마리로 온 산을 씻어 올라가는 모습이 신선하고 아름답기만 하다.

그런가 하면 구레실 논배미 밑으로는 저수지가 은빛 찬란하게 햇살에 부서지고 있으니 아름다운 산천 샘골 마을에는 지금도 뒤안길 굴뚝에서는 하얀 연기가 솔솔 피어나면서 시어머니와 며늘아기 사이 깨소금 같은 이야기가 피어나고 있으리라.

한 해 농사를 짓기 위해 봄이면 씨앗 뿌려 새싹이 얼굴 내밀고, 여름이면 싱그러운 초록 빛살에 커 가는 보리며 모든 곡식들이 푸

르름으로 자라고, 가을이면 오곡백과가 무르익어 거둬들이는 즐
거움으로 농촌 생활의 진미를 느끼리라 본다. 겨울이면 방방마다
곡간마다 곡식들을 들여놓고 길쌈 내기에 들어간다.

그런가 하면 동네 아낙네들은 너른 마당에 모여 삼을 삼아 삼베옷
을 짓는다든지, 베틀에 앉아 명주 옷감을 만든다든지, 무명 저고리
에 자줏빛 물감을 들여 어린아이들 때때옷을 만드느라 분주하였다.

그중에서도 물레를 돌려 실을 뽑아내는 할머니의 모습이 그립기
만 하고 그때 그 시절이 영상으로 떠오른다.

북풍한설이 몰아치는 겨울밤, 문풍지는 바람에 나부껴 세차게 울
어 대고 창문은 덜컹덜컹거리고 물레는 윙윙거리며 밤새도록 할머
니의 손끝에서 돌아가고 있다. 손주 녀석은 할머니를 못잊어 무릎
에서 새록새록 잠을 자고 가끔 하늘을 가로지르는 갈매기는 끼욱
끼욱 소리를 내면서 조용한 밤, 적막을 깨트리며 날아가고 있다.

그럴 때마다 시집간 딸이 보고 싶어 할머니는 한스러운 콧노래
로 흥얼거린다.

고추 당초 맵다던 시집살이
웃고름에 눈물 적시며
이 밤도 잠 못 이루는가
이 밤도 눈꼬리 무서운 시어머니
구박이나 안 받나

기러기야 말 전해다오
막냉이 딸 웃음소리 듣고 싶다고

기러기야 말 전해다오

막냉이 딸 얼굴 보고 싶다고.

천리만리 시집간 딸에게 편지 한 장 보내지 못하고 소식도 알 수 없으니 그 얼마나 가슴이 답답할까. 그때마다 가슴에 맺힌 시름을 노래로 흥얼거리며 살아가는 할머니의 모습이다.

물렛가락은 돌아가고 할머니의 가슴에 맺힌 한은 풀리지 않으니 가슴앓이를 노래로 풀어 가며 깊은 밤을 지새운다.

물레, 물레를 돌리기까지의 길쌈은 역시 봄부터 시작이다. 무명 씨를 뿌려 양지바른 쪽 언덕바지에 피어나는 다래는 햇살에 무르익어 하얀 목화로 피어난다. 하얀 목화밭에는 덜 익은 다래를 따먹는 아이들이 숨바꼭질하며 놀기도 하는데 그 하얀 솜에 매료되어 그 속에 푹 빠져들기도 한다.

그리고 무명을 하나하나 따서 모아 씨앗을 빼내고 무명을 옥수숫대에 말아서 고치를 만들어 물레에 올린다. 물렛가락은 쌍가락이 있는가 하면 3가락까지도 동시에 돌아가게 하는 물레도 있다. 물레에 고치를 돌려 실을 뽑아내면서 실꾸리를 만든다. 실꾸리를 물에 담그어 놓았다가 북에 넣어 베를 짜기 시작한다.

목화가 하얗게 피어나는 모습은 하얀 마음을 하늘에 날리며 아름답게 살고 싶어 하는 것과 같으니 하얗고 해맑은 꿈을 그려 보자.

목화가 피어날 때
―씨앗

파란 꿈
하늘에 깊이 심고
흰 구름 되어 목화 되어
빛살에 피어난다
새악시처럼 벙그는 타래의 봄
설설 솔솔 보송보송 녹아나는
씨앗 돌리며
다듬이소리에 합창하다가
시아버지 담뱃대 터는 소리

돌아라 씨앗아
날아라 씨앗아
물판대기 기름 흐르듯
옆구리 터져 씨앗 낳는 그 소리

풀새는 울어 대고
문풍지 울어 열 제
호롱불 간들거리는 윗목방
손가락 걸며 털솜 꾸리고

눈송이 되어

하얀 실바람으로
우리네 시름 녹여내는구나.

물레 기구는 약간 휘어진 막대를 8개쯤 엇갈리게 살을 대어 줄로
얽어매어 둘레를 실로 엮어 만들고 손잡이를 달아 돌리면 감아 준
줄이 돌면서 왼쪽에 있는 괴머리에 고정된 가락이 빠르게 돌아가면
서 가락 끝에 솜 고치를 대면 실이 만들어져 실꾸리가 된다. 물레의
본 받침대와 괴머리와 서로 연결시켜서 물레와 가락 사이에 실을
둘러 돌리면 고치에서 실이 나와 가락에 감기면서 실꾸리가 된다.
　물레에는 한(恨)이 많이 담겨 있다. 옛날 옛적에는 어른이나 아
이들이나 모두 바지저고리를 무명으로 옷을 지어 입었기 때문에
밤늦게까지 물레를 돌려 실꾸리 열 개 이상을 만들어야 했다. 만들
면서 신세타령도 하고 시집살이 탓도 하고 길쌈 내기에 허리가 부
서지고 팔다리가 녹아날 정도로 시집살이가 심했던 것이다.

물레야 물레야
─물레

물레야 물레야
고즈넉한 달빛에
문풍지 노랫가락 맞추어

할머니의 한(恨)스러움 피어나고

창문에 그리메 드리우면
하얀 솜 같은 세상
돌리고 돌리어
괴머리 한 타령에
물렛가락 울고 우는구나

물레야 물레야
초롱불 간들거리는
기나긴 밤에
털구름 속 시름 풀어내고

한평생 살아도
한 여울목 외줄이거늘
얽히고설킨 바람 같은 인생살이
울어라 돌아라

한(恨)으로 뭉친 설움
가슴앓이되어 풀리는구나.

그럴 때마다 찾는 곳은 마을 산모퉁이 돌아 개울가 옆에 있는 외딴집, 바로 물레방앗간이다. 이곳은 동네 처녀들이나 아낙네들이 여름에 하루 종일 일한 뒤 저녁밥 먹고 설거지를 마치고 나서 몸을 씻으러 나와서 쉬는 곳이기도 하다.

겨울에 밤참을 해 가지고 몰래 물레방앗간을 찾아 처녀 총각들이 어울려 놀고, 가을이면 탐스러운 과일을 따 가지고 와서 서로 담소를 나누며 시간을 보내기도 한다.

물레방아 돌아가는 사연인즉 시집 못 간 노처녀의 가슴 타는 소리요, 방앗간 원통기 소리는 노총각 장가 못 간 설움인 것을, 가난에 찌들다가 보니 시집장가 못 가고 사시사철 일만 열심히 하다 보니 세월이 흘러 막을 수 없는 나이만 먹어 원통하고 애통한 사연들이 물레방앗간에서 풀리고 서로 물소리 바람 소리 원통기 소리에 가슴 터놓고 흥에 겨워도 보고, 한(恨) 타령에 노래도 불러 보면서 농사짓던 그때 그 시절이 그래도 행복했던 때였으리라.

시골하면 어디나 그랬듯이 산모퉁이 돌아 개울물이 흐르고 그 물이 휘돌아가는 모퉁이에 앉은뱅이 집처럼 나지막하게 허술한 집이 물레방앗간이다.

비가 올 때는 이곳에서 잠시 쉬었다 가기도 하고 남몰래 만날 때에도 방앗간 문간방에서 만나 서로의 사랑을 나누는 곳이기도 하다.

물레방앗간은 언제나 낭만적이고 비가 새는 초가 헛간에서 만난 것도 운치가 있는 일이다. 즉, 농촌 젊은이들의 휴식 공간이 오직 물레방앗간이었다.

서울 간 오라버니를 몰래 만나고 이웃집 오빠 언니 동생도 이곳에서 만나 서울 소식도 듣고 바람나 도망간 철식이네 엄마 이야기도 듣는다. 오늘도 물레방아는 쉬지 않고 돌고 돌면서 수많은 사연을 엮고 흘러가는 물속에 묻어 두고 살아갈 것이다.

물레방아 돌아가는 사연을 들어 보자.

밤이면 사랑 노래 피어나고
―물레방아

산그늘 내려앉아
은하수 떨어지던 밤
휘파람 불면
치맛자락 펄럭이고
손목 잡고 뜨거운 가슴 녹일 때
구름 사이 유유히 흐르는 달빛 속에
얼레리꼴레리 얼굴 가린다

외딴 산자락 끝에
초롱불 그리움으로 타오르고
처녀 총각 발맞추며
사랑 노래 부르던 곳
물레야 울어라
방아야 돌아라
세월아 가지 마라
재 너머 댕기 머리 시집간단다

한 섬 내기
허리 태우며
모내기에 가을 추수라

물속에 녹아나는 쭉정이 흐르고

덜커덩덜커덩 삐거덕삐거덕

물레방아 돌 때

노총각 가슴 벌렁

한 해가 넘어가니

오늘도

연지곤지 못 찍어 눈물 적신다.

돌아가는 물레나 물레방아는 세월이 녹아날 때마다 옛 추억으로 남는다. 이런 농기구를 대하는 농민과 도시인들 차이는 다르다. 도시의 삭막한 인심에는 찰라성, 가변성, 부도덕성, 경쟁성, 조작성 등 온갖 비극적 요소들로 혼돈을 빚어내고 있지만 농촌은 그와는 퍽 대조적으로 후덕한 인정에 영원성, 불변성, 도덕성, 융화성, 자연성 등 많은 낙관적 상황들이 조화를 이루고 있는 것이다.

농민들이 흙을 대하면서 자연 속에 묻혀 살아가는 것과 딱딱한 콘크리트 아파트 포장도로 살아가는 심성들의 차이가 많을 것이다.

기나긴 밤을 지새우며 한으로 뭉친 설움일랑 물레를 돌림으로써 풀어내는 할머니의 영상이 무한 공간을 타고 우리들의 가슴에 스며들고 있는 것이다.

잊혀져 가는 우리 것들, 이제 민속박물관에나 가야 볼 수 있는 물레, 농기구를 영상으로 떠올려 할머니에게서 어머니에게로, 어머니에게서 딸로 이어지는 끈끈한 삶이 문명의 이기로 말미암아 사라지고 있으나 우리 민족의 마음속에는 조상들의 삶의 지혜와 자연과 벗 삼아 순수하게 살아오신 것을 알아야 할 것이다. 농기구야

말로 농민들의 생명이며 분신이요, 조상 전래의 농기구와 함께 살
아왔다는 한국인의 진솔한 삶인 것이다.

베틀노래에 씨앗은 울고
—베틀 · 쟁기 · 씨아

우리나라는 오랜 농업국가로서 조상 전래의 값진 농경문화유산(農耕文化遺産)을 많이 가지고 있다. 그러나 귀중한 문화유산이 도시화(都市化)와 산업화(産業化)와 기계문명의 거센 물결로 인하여 점차 사라져 가고 있어 이를 보존하고 전수해 가면서 조상들의 생활 정신을 물려주는 일이야말로 이 시대의 중요한 과제가 아닐 수 없다.

서울 중구 충정로에 농업박물관이 새롭게 단장되어 농기구 등 2000여 점이 전시되어 있다. 여기에는 신석기시대부터 근현대까지 시대별로 농기구와 선사시대 사람들이 살았던 움집이며, 고대 저수지였던 벽골제, 온실 등이 돋보이고 있다.

그런가 하면 요사이 전국 각 곳곳에서도 민속박물관과 농기구, 조상들의 생활 모습을 전시관으로 꾸민 곳이 많다. 온양민속박물관, 강릉시 오죽헌시립박물관, 김포 농기구박물관, 가평 현암농경 유물관, 전라남도 유물박물관, 평택 농업박물관, 서울 화전예술화원 그리고 서울 근교 구석구석을 다니다 보면 농기구 전시 겸 음식점으로 무척 많이 전시화되고 있다.

잊혀져 가는 우리 것들을 보존하기 위해서는 향토 유물을 수집, 보관, 연구, 전시하면서 민속자료관, 유물박물관을 만들어 전통문화를 계승 발전시키고 사회교육 및 국민들의 정서 함양에 힘써야 할 것이라 본다.

물레와 물레방앗간, 그리고 고향의 풍물놀이를 소개하였기에, 다음 몇 가지를 그때 그 시절의 길쌈놀이에 따라 말해 보고자 한다.

베틀

해가 서산마루 울타리에 걸릴 때쯤이면 건넛방 창가에 놓여 있는 베틀에 올라간다. 좀 어둠침침하지만 바디에다가 실을 꿸 정도로 되는 방에서 철커덕 척, 철커덕 척 소리가 시작된다.

도투마리가 한 아름씩 풀리고 끄실티가 왔다 갔다 하다 보면 잉아는 사침대와 함께 춤을 추면서 북 속에 있는 실을 솔솔 풀어내면 바디 사이를 통과하여 어느새 서방님 두루마기 한 벌감이 나온다.

낮에는 땡볕에 밭갈이하다가 힘이 들고 고달프면 샛걸이로 막걸리 한잔에 두부김치 한 점으로 시름을 달래다 보면 어느새 신명풀이 한풀이로 콧노래를 하지만, 이렇게 밤 깊도록 베틀에 앉아 한 냥단, 두 냥단 짜다 보면 역시 흥얼거리는 노래가 나온다.

천 년 만 년 살고 지고
기심 매러 갈 적에는 갈뽕을 따 가지고

기심 매고 올 적에는 올뽕을 따 가지고

삼간방에 누에 놓고 청실홍실 뽑아내서

강릉 가서 날아다가 서울 가서 매어다가

하늘에다 배틀 놓고 구름 속에 이매(잉아) 걸어

함경나무 바디집에 오리나무 북게다가

짜궁짜궁 짜아내어 가지잎과 묶거워라

배꽃같이 바래워서(표백해서) 참외같이 올 짓고

외씨 갖고 보선 지어 오빠님께 드리고

겹옷 짓고 솜옷 지어 우리 부모 드리겠네.

베틀노래는 민요조의 형식으로 4:4조 4음보로 된 노래로써 부녀들이 부르는 노동요에 해당한다. 베 짜는 여인의 흥과 멋, 그리고 밤늦게까지 일하는데 피로를 풀기 위한 것이고 또는 자기 인생의 한(恨)을 중얼거리는 형식으로 부르는 노래이다.

지금 시대에는 베틀을 만져 본 사람이 그리 많지 않을 것이다. 50세 이상 된 중년 부인네 중에서도 시골에 살아 본 사람만이 베틀의 형태나 사용 방법을 알 것이다.

베틀은 삼베, 무명, 명주 따위의 피륙을 짜는 직기이다. 베틀은 보통 2개의 누운다리에 구멍을 뚫어 앞다리와 뒷다리를 세우고 그 사이에 가로대를 고정시킨 형태를 취하고 있다. 그러나 강릉 지방의 베틀은 타 지방과 구조적으로 차이가 있어 앞다리가 누운다리에 연결되는 것이 아니라 가로대 아래 연결된다. 따라서 가로대를 달리 부르지 않고 그냥 다리라고 통칭한다.

우리에게는 옷감이 없어 헌 누더기 하나라도 손이 저려 못 버리던 시절이 있었다. 이때 우리네 농촌에서는 무명이나 모시 삼 등을 이용해 베를 짰다. 베틀은 우리네 할머니, 어머니, 고모, 누나가 번갈아 가며 북 속의 날실을 엮어 우리의 의상 재료인 베를 짜던 기구였다. 베틀은 부태허리, 앉을개, 눌림대, 선자리, 도투마리, 누운다리, 말코, 북, 바디 등 손목재의 여러 가지 제품으로 이뤄졌으며 삼국시대 이전부터 우리의 조상들이 사용했던 것으로 알려지고 있다.

베를 짜다 보면 시어머니, 며느리, 고모, 동네 아낙네가 짠 부분이 각각 다르다. 곱게 나온 곳, 거칠게 나온 옷감이 있어 시어머니는 심술 보재기요, 며느리는 투정 보재기요, 고모는 설렁 보재기요, 아낙네는 동냥 보재기라고들 한다.

모두 다 콧노래도 다르다. 시어머니가 부르는 것은 '베틀다리 네 다리는 동서남북 모양 다리 늘상 각시가 자기 옷감이라네. …도투마리 넘은 소리 쿵절사 쿵더쿵… 청남땅 황대령아 영아 손목 거머쥐고 보세' 등의 베틀노래가 불리워지고, 요즘 신세대를 조금 알고 있는 고모는 리듬에 관계없이 그냥 서정시를 한 수 읊으면서 중얼중얼거린다.

잉앗대 춤을 추고
—베틀

행랑채
지게문 열고
미닫이문 사이

베틀에 앉아
이른 아침 보송보송 빛살 하나
낡은 창호지 사이
철컥철컥 철커덕 철컥

사랑 윗방
밤 깊도록 한 올 한 올 사랑 담아
한 새 뜨고 한 바디 엮고 엮어
명주 바지저고리
서방님 한 벌 내기 허리에 두르고
오늘도 그리운 얼굴 눈시울에 떠올리면서
철컥철컥 철커덕 철컥

베틀에 앉아
잉앗대 너울너울
천지 사이 물구멍 하나 보고
자줏빛 북 끝자리 잡고
실꾸리 가슴에 안고
속알이 씨줄로 뽑아내며
날줄 씨줄 노래 되어
한 가정 웃음꽃 피우며
철컥철컥 철커덕 철컥.

베틀에 잉앗대 춤추는 것은 초랭이 시어머니 치마 꼬리가 넘실

대는 모양새요, 바디집 치는 소리는 봉황이 제짝을 잃고 우는 쨱―
쨱― 소리요, 도투마리의 가룻대 떨어지는 소리는 시어머니가 한
숨 터는 소리요, 북 속에 올올이 엮은 실이 풀려짐은 서방님이 새
악시 옷고름 푸는 소리였다니, 이제는 이런 뉘앙스도 퇴조되어 옛
베틀가와 함께 사라져 가고 있을 뿐 아니라 조상의 지혜와 숨결이
담긴 우리의 베틀도 이제는 전시관에서나 볼 수 있고 먼 전설 속으
로 사라져 가고 있는 현실이다.

쟁기

신록이 우거진 계절이 다가오면 못자리 풀을 베어 구레실 논빼
미에 던져 두었다가 풀잎 색깔이 변하면 쟁기로 뒤엎어 썩힌 다음
에 못자리를 만든다. 동구 밖 옆 여섯 마지기에서, 우텃골 다섯 마
지기에서, 참새골 다랭이논에서 이랴 "낄낄, 쩌쩌." 하며 황소 목
에 굴레를 두르고 쟁기는 지구의를 만들 듯이 돌아간다. 두레꾼들
은 이곳저곳에서 모내기 준비에 바쁘고 서로 고달픔을 달래기 위
하여 샛걸이를 나누며 오라 가라 서로 손짓하는 모습이 농민들의
심성을 알 정도로 아름답다. 쟁기가 뒤엎은 논은 보름 정도 썩힌
뒤, 써레로 평평하게 만들어 아직 덜 익은 풀은 걷어 내고 뭉쳐 있
는 흙은 괭이로 깨면서 모내기를 할 수 있도록 논물이 들어 있는
땅을 고른다.

쟁기는 손잡이를 조정하는데 따라 흙을 깊이 파 가고 얕게 파도
록 되어 있다. 소 고삐를 잡아당기면서 방향을 제시해 주면 좌우면
을 흙이 바르게 파일 수가 있다.

황소 입에는 그물망을 씌워 쟁기질을 하다가 해찰을 하거나 논

두렁에 있는 풀을 뜯어먹거나 하는 것을 막기 위한 것이다. 쟁기 밑에 보습이 날카로워야 흙을 뒤엎을 수 있고 그 보습 밑에는 똥개라는 쇠가 있어 땅을 밀고 나갈 때는 그 힘으로 고랑을 파고 가래를 만드는 것이다. 쟁기질을 할 때 소 두 마리가 끄는 것을 겨리쟁기라 하고 한 마리가 끄는 것을 호리쟁기라 한다.

쟁기는 소의 힘을 빌어서 논밭을 갈아엎는 데 쓰는 기구인데 쟁기의 꿈 노래를 한 번 들어 본다.

하늘 바다에 무지개 띄워 놓고
—쟁기

솔마루에 매어 달린
술과 성애는
자식처럼 커 가고
보습갈이는
한 섬 내기 머슴 같으니

넓은 틀 땅바닥에 깔고
오장육부—오욕칠정 갈아엎으니
혓바닥 내밀고 몸종 되어
똥개는 숨을 헐떡인다

봇줄로 멍에와 물 주리 막대 거느리고
인간의 끈끈한 정(情)

쇠고리로 엮어진 쟁기 인생아

온달 같은 논빼미
반달만큼 남았구나
잎새 끝에 걸고리 매어 달고
사람 마음
세상 인심

푸른 바다 비탈까지
동아줄로 엮었으니
넘어가는 흙더미 속에
영글어 가는 물빛이 솟아난다.

쟁기의 구조를 보면 맨 아랫부분에 쇠로 된 보습을 끼우고 윗부분에는 성에를 박고 손잡이를 양갈래로 만들었다. 성에의 끝에는 봇줄을 연결하고 그 끝에 멍에를 달아 소에 씌워 끌게 한다.

보습의 바로 위에는 갈려나온 흙덩이인 쟁기 밥을 원형을 그리면서 한쪽으로 넘겨 주도록 하는 볏이 있다. 이런 볏이 없는 농기구를 극쟁이라고 하고, 넓게 깊이 파헤치는 것을 쟁기라 하여 극쟁이는 작은 밭이나 얕은 곳을 쉽게 파헤치는데 사용하였다.

쟁기를 지게에 짊어지고 고샅길을 나서자면 앞에 가는 소가 접시만한 분(糞)을 길가에 뚝뚝 떨어트리고 간다. 정자나무 아래 잠깐 쉬었다가 소를 매어 두고 늘어진 여름 쇠바람이 불어오는 모종에서 한 조금을 자고 난 뒤 논으로 가서 쟁기에 소를 앞세워 줄을 매고 멍에를 두르고 중간 띠를 두르고 고삐를 매어 달고, 소 입에는 그물망을 씌우고 논갈이를 시작한다.

구레실 논빼미가 끝나면 웃텃골 다랭이를 갈고 하루에 3~4마지기뿐이 못 간다. 논갈이할 때의 조절은 고삐를 좌우로 앞으로 끌어당기면서 이랴, 쩌쩌, 낄낄, 소리로써 소와 서로 대화하듯이 조화를 이루어야 한다.

인간에게 있어서 제일 많이 이로움을 주는 것은 소이다. 메마른 땅, 자갈밭, 수렁(깊이 빠진 논)에서 힘들게 목에 멍에를 지고 당기는 그 힘이야 어찌 괴롭지 않을까, 불쌍하고 가련하다. 그래서 농민들은 소를 가장 소중하게 여기면서 새벽 해가 뜨기 전에 소죽을 끓여 아침 일찍이 밥을 먹인다. 그리고 소죽에다가 한약재를 넣고 아주 영양가 있는 구정물로 끓여 주고 호박이며, 쌀겨, 고구마 줄기를 넣어서 영양 보충을 많이 해 준다. 그리고 깊어 가는 밤에 가끔 외양간에서 우낭(필경)을 울리면서 집안의 조용함을 일깨워 준다.

우리나라 농업이 생산 활동에서 차지하고 있는 비중은 예로부터 우리나라를 농본국가(農本國家)로 일컬을 만큼 매우 많이 차지하고 있다.

우리나라 농업의 유래는 확실하지 않으나, 3~4세기경에는 정착 생활에 의한 협동 생산이 시작된 것이라 본다.

신라 초기에는 보리를 가을에 뿌려 이듬해 초여름에 거두고 후작(後作)으로 콩 종류의 곡식을 심어 늦은 가을에 수확하는 1년 2모작의 농업 방식이 이루어졌고, 7세기경에는 봄철에 논에 물을 대어 농사를 짓고 벼를 거둔 뒤에 다시 보리를 심어 이듬해에 거두

는 방식이 확립되었다. 요사이는 봄에 씨앗을 뿌리고 초여름에 못
자리를 하여 가을에 거둬들이면서 밭·논농사에만 전념하지 않고
부업으로 담배, 고추, 정원수, 양돈, 버섯 재배, 인삼 재배 등 많은
것을 수시로 하고 있다.

씨아

파란 하늘에 하얀 흰 구름이 뭉실뭉실 떠 흐르듯이 하얀 솜을 햇
살에 쏘일 때면 눈부시도록 하얀 마음 파란 마음으로 세상이 맑아
진다. 양지바른 언덕에 무명 꽃이 피어나면 어린아이들은 아직 덜
피어난 다래를 따 먹느라 숨바꼭질을 한다.

해 그늘이 질 때면 마당이나 지붕 위에서 바람을 쏘인 다음 무명
을 윗방에 들여와 씨앗을 튼다.

씨아[覺車]는 목화의 씨를 빼는 틀로써 바닥에 통나무를 절반 잘
라서 엎어 놓고 그 위에 둥근 나무 기둥을 세우고 상단에 구멍을
세 개 뚫어 막대를 세 개 지르고 한 개는 양쪽 기둥으로 나오게 하
여 손잡이를 달고 그 손잡이를 돌리면서 무명을 가로지른 막대 사
이로 넣으면 무명은 뒷편으로 나오고 씨앗은 앞쪽으로 떨어지게
되어 있다. 틀이 움직이기 때문에 바닥 통나무에 긴 막대를 붙여
뒤쪽에는 무거운 돌로 누르고 앞쪽은 궁둥이 밑에 넣고 앉아서 돌
리면 씨앗대가 움직이지 아니한다.

무명을 씨아 틀에 넣다가 손가락까지 빨려 들어가 다칠 때가 가
끔 있고, 어린아이들이 돌아가는 씨아에 손가락을 대면 곧바로 상
처를 입게 되어 주의를 요(要)하고 있다.

그믐달이 뉘엿뉘엿 넘어가는 깊고 깊은 밤에 사방은 조요한 시

간 씨아는 "쌕— 쌕—" 소리를 내며 정막을 깨뜨리는데, 가끔 밤하늘에 기러기는 은하수를 가르며 "끼욱— 끼욱—" 하늘을 가로질러 가고 옆에 치맛자락 잡고 잠들었던 막내는 꼭 밤에 측간을 간다고 칭얼대면 같이 동행하여 다녀오다가 닭장 앞에 가서 세 번 절하고 할머니의 손으로 주문을 외운다. "신령님께 비나이다. ㅇ년 ㅇ일생 ㅇㅇㅇ의 자손 막내아들 ㅇㅇㅇ이오니 부디 뱃속 편하게 하여 아침에 볼일을 보게 해 주옵소서. 그리고 이 저녁에 볼일을 닭님께서 가져가소서. 성왕님께 비나이다, 조상님께 비나이다."

다시 막내둥이 따뜻이 잠재우고 잠을 청할려고 누워 있으면 파란 하늘에 하얀 무명이 떠오름을 한 번 그려 본다.

잊혀져 가는 우리 것을 찾아보고 우리 생활 속의 농기구를 살펴보는 것도 하나의 즐거운 일이면서 조상들의 숨결을 되새겨 보는 것도 뜻이 있는 일이라 본다.

선조들이 농경 생활에 어떻게 농기구를 지혜롭게 사용했는가를 알아보고 민속놀이로 윷놀이, 제기차기, 줄다리기, 씨름, 널뛰기, 연날리기, 승경도놀이, 세화 그리기 등을 배워 새롭게 추억을 되새겨 보는 것이 우리들 생활 속에 활력소를 불어넣어 주는 것이라 본다.

시대에 호응하는 뜻에서 우리 선조들이 생활했던 농경의 모습이나 세시 풍속이나 민속놀이들이 현시대의 젊은이들에게 새로운 눈으로 보이기에 전국 각 곳곳에 조상들이 쓰던 농기구 및 의·식·주 생활 습관의 모습이 많이 전시되고 있다. 온고지정(溫故之情)이란 말이 있듯 우리 조상의 정신을 따뜻하게 받아들이면서 정감을 느끼며 살아갔으면 한다.

안방마님과 사랑방 머슴의 눈빛 속에
— 섬(가마니) · 등잔 · 방망이

날줄 씨줄로 엮는 섬(가마니)

깊어 가는 밤 그믐달이 애솔나무 가지에 걸터앉아 있을 때 지붕에는 하얀 눈이 솔솔 내리고 안방에서는 안방마님의 바느질에 호롱불이 간들거리고 옆방에서는 도련님의 논어 위정편(爲政扁) 공자의 말씀을 읽는 낭낭한 소리가 귓가에 들리고 사랑방에서는 동네 머슴들의 새끼며, 망태 엮는 소리에 손가락이 분주하고 사랑 윗방에서는 부자간에 가마니 치는 소리가 조요한 밤을 생동감 있게 엮어 가고 있다.

저녁밥을 먹은 머슴은 짚을 대여섯 묶음쯤 추수려 머리 쪽에 물을 촉촉이 적셔 놓았다가 밤이 돌아오면 주인어른과 가마니를 짜기 시작하는데, 하룻저녁에 4~5가마니를 만들어 낸다. 그리고 아침 새벽에 일어나 1~2가마니를 짜고 나면 조반을 먹고 들로 나가 하루 종일 농사일을 하다가 저녁 해거름에야 지게에 바작을 끼고 풀 한 짐을 담아 고샅길을 들어서 집에 온다.

머슴살이야 어찌 편할까마는 그래도 운동 삼아 일을 열심히 하는 마당쇠 머슴이요, 언제나 식욕이 좋아 배불뚝이요, 잠은 돼지코요, 방귀는 10년 썩은 시궁창이요, 그래도 언제나 웃고 사는 팔자 좋은 마당쇠라 이 아니 좋을씨고.

이것은 요사이 건강 비법이 3쾌라 하는지라 잘 먹고, 잘 싸고, 잠 잘 자고, 이것처럼 더 좋은 게 어디 있을까. 오늘도 머슴 놈은 주인마님께 칭찬 들어가며 낮이면 밭갈이하고 밤이면 가마니 짜는 것이 낙(樂)이니라.

가마니 짜는 요령은 볏짚으로 가늘게 새끼를 꼬아 날줄을 걸고 짚을 씨줄로 하여 가마니를 치는데, 한 조가 2~3명이 조를 이루어 짠다. 2명이 할 경우에는 바디질과 바늘대질을 하는 사람으로 나누는데 3명이 할 때가 역시 빠르다. 두 명이 할 때는 바디질을 한 사람이 짚을 들고 있다가 바늘이 오면 짚을 거기에 물려주고 난 뒤 철커덕하고 친다. 형태는 굵고 두툼한 나무토막에 정방형의 틀을 짜거나 또는 한쪽의 가로대를 설치하고, 양쪽 토막에 기둥을 비스듬히 세워서 그 끝에 도리(둥근 나무)를 가로로 끼운다.

머슴살이 3년 만에 가마니 만드는데 한세상 보내니 쌀, 보리, 콩, 감자, 고구마 모두 가마니에 담아 모든 곡식을 퍼들었으니 가마니 한 타령이나 한번 해 보더라고.

씨줄 날줄 띄워 놓고
―가마니틀

사랑채 윗방

썰렁한 문바람

고드름에 문 그리메 드리우고

가새 머리 갈래에

날로 한 발

씨줄 한 발 엮어서

민들바위 참기름 내음

보디 바디에 줄줄 흐른다

날줄 밖 한 줄 밀어넣고

씨줄 안 두 줄 띄우면

한 코 두 코 밀고 당기고

돗자리 가마니 엮는 인생

물보라빛 새어 드는 구멍

하루 아침 사이에 한 섬 내기 만든다

부엉이 울어 예는

서릿발 내리는 밤

소죽 끓여 놓고

짚단 물 축여

주인과 머슴 숨소리 죽여 가며

밀고 당기고

올리고 치고 열 섬 내기

소슬스러운 밤 가마니가 쌓인다.

가마니틀의 명칭을 보면,

- 바탕 : 가마니틀의 기본을 이루는 나무토막으로 이것이 중심을
  잡아 준다.
- 가로대 : 바탕의 두 사이를 고정시켜 주고 노(새끼)가 아래로
  둘러 걸쳐지게 하는 역할도 하는 바탕 받침이다.
- 기둥 : 양쪽 바탕에 비스듬히 박아서 도리를 가로로 끼우는 나
  무이다.
- 도리 : 양쪽 기둥 위에 가로로 끼워서 노가 감겨 넘어가도록 된
  가로대이다.
- 버레 : 가마니 노를 세로로 걸면 줄이 탱탱하도록 놓아 기둥의
  뒷부분 사이에 버팀목을 끼워 내리는 것을 말하며 조임
  대라고도 한다.
- 바디 : 참나무 박달나무 등 단단한 것으로 노를 꿰어 다져서 가
  마니를 짜는 기구이다.
- 걸대 : 가마니틀에 노를 걸 때 밑바탕의 가로대와 위쪽의 도리
  를 감아 돌린 새끼를 걸대에서 연결시켜 고정시키는 대
  나, 나무 작대기이다. 달대, 날대 등의 이름이 있다.
- 바늘대 : 가마니를 칠 때 날의 벌어진 사이로 짚을 밀어 넣거나
  또는 걸어 당기는 기능을 갖는 바늘대이다.

가마니에 곡물, 즉 보리, 나락, 감자, 고구마, 소금 따위를 담는 짚으로 만든 그릇이다.

가마니는 볏짚으로 새끼를 꼬아 날을 만들고 짚으로 씨를 넣어 짠다. 바늘대로 밀어 넣고 나면 바디로 내려치면서 튼튼하게 씨줄과 날줄 사이를 엮어 가마니만큼 크기를 만든 다음 가마니 쇠바늘로 양 옆을 고르게 꿰맨다. 그 다음 입부분에 날이 나와 있는 새끼를 홈을 쳐서 풀어지지 않도록 엮어 맨 다음 안쪽은 짧게 바깥쪽은 길게 하여 곡물을 넣은 다음 바깥쪽 긴 부분으로 덮어씌운다. 때로는 벼 공판할 때 소금을 싣고 다닐 때, 제방을 쌓을 때 많이 사용한다.

지금은 가마니 대신 마대 자루로 많이 사용하고 있기에 가마니를 보기가 힘들다. 가마니는 원래 일본에서 들어온 말이다. 우리말로는 섬, 멱, 멱서리라고 한다. 일본은 쌀을 수탈하는 도구로 가마니를 많이 사용했다. 그래서 우리나라 사람들을 모아 놓고(불쌍한 민초들) 가마니 짜기 대회를 열어 가마니를 많이 짜도록 하는 방법이었고, 그 가마니로 많은 물자를 수탈해 간 것이다.

그런데도 요사이 민속 관련 축제나 전시회에서 가마니 짜기 대회를 하고 있으니 한심한 일이다. 가마니란 말을 쓰지 말자. 전시장에서도 가마니라 이름 붙이지 말고 '멱' 이나 '섬' 으로 사용했으면 한다. 일본말을 쓴 것이 한두 개가 아니겠지만 "쌀 한 가마니는 몇 kg이요." 이런 말도 쓰지 말자고 말하고 싶다.

등잔과 초롱등불

등잔, 등잔불은 우리에게 진정한 행복과 따뜻한 우정, 그리고 아름다운 추억을 만들어 주고 있다. 하루 종일 농사일을 하다가 학교에 갔다 늦게 와서도 밤이 되면 식구들이나 동네 친구들이 기약도 없지만 등잔불 밑에 모여 풍덩실도 해 보고 옛날이야기도 들어 보고 슬픈 일이나 즐거운 소식도 나누었던 추억거리들이 많이 있다.

하루 일에 시달려 고달프더라도 저녁밥을 먹고 이웃 방앗간집 윗방에서 등잔불을 가운데 놓고 도란도란 이야기 나눌 때가 정말 즐겁고 하루의 일에 힘들었던 피로가 풀리면서 다시 내일을 기약하고 다시 등잔불 밑을 그리워하면서 생활하는 농촌 샘골 마을이 그리웁고 삶의 활력을 불어넣어 주는 것이 등잔불 밑의 모임 놀이가 있다.

등잔은 기름을 담아 불을 켜던 용기(用器)로 전기의 대중화 이전까지 우리의 생활에 가장 긴요하게 쓰였다. 토기, 도기, 청자, 백자, 옥석 등 불연소성(不然消成) 소재로 만들었던 등잔은 종지형이 가장 기본적인 형태였고 지난 50년대는 양철판을 이용해 만든 것도 생산됐지만 크기는 직경 5~7㎝, 높이 5㎝ 내외가 보통이었다. 그러나 지름 15~30㎝, 높이 10~20㎝의 큰 것도 있었으며 대형 석등잔은 철사로 고리를 만들어 들보에 달아 사용하기도 했으며 심지는 솜을 꼰 것과 삼실을 사용했다.

등잔의 원료는 식물성 기름인 참기름, 콩기름, 면실유, 피마자유 등과 동물성 어유(魚油), 경유(鯨油), 굳기름(쇠고기국이 식었을 때 생기는 지방) 등을 사용했다. 그러나 우리나라 개화기 이후에는 석유가 수입되며 이를 원료로 쓰기 시작, 호형과 탕기형 형태의 등잔도 생산되며 뚜껑을 덮는 폐쇄형이 나오기도 했다. 등잔불은 시골집 미닫이문이나 창호지문을 여닫을 때 가볍게 일던 바람에

도 잘 꺼지는 단점이 있었고 나뭇단을 묶기 위한 새끼 등을 꼴 때
간혹은 짚 끝이 등잔을 스치며 불이 꺼지기도 했으며 또한 어려운
살림살이의 어머님 한숨에도 소리없이 꺼지기도 했지만 어둠 속
을 더듬거려 성냥을 찾아 또다시 불을 밝히면 그래도 쉬지 않고 새
끼를 꼬시던 주름진 할아버지의 손길이며 바느질에 지친 어머님
의 손끝과 바늘 끝을 지켜 주는 가정의 또 하나 작은 태양이기도
했다.

　때로는 기름이 없어 옆집으로 빌려 오기도 하고, 공부하다가 잘
못해서 등잔이 넘어지면 기름이 다 쏟아져서 밤새 불 없이 그냥 잠
만 자야 할 때도 있다. 그래 오일장날이나 되어야 기름을 사다가
불을 켜기도 했다. 여기 등잔불 사연을 한번 들어 보자.

　간드러지는 불빛에 그리움 낳고
　─호롱불

　늙은 여우가 울고 간 자리
　부엉이 불 켜 들고
　문바람 따라 우후후 우후후
　울고 울어
　애태우는 초롱불 몸짓이야

　아낙군수 무릎에 바람 들어올 때
　솜바지 생각에
　시집간 딸 소식 전차하고

긴 밤 편지 쓰노라면
간들거리는 호롱불에
임 그리워 그 얼굴 떠올리네

허리가 지끈, 팔목이 시큰
온몸이 녹아나는 시집살이
새벽녘이면 당그레질부터
소쩍새 울어 대는 으슥한 밤까지
희미한 눈빛 검스름한 뒤안길
사랑방 다녀온
널판 같은 서방님

입김으로 호롱불 끄고
가슴으로 가슴으로
고요한 밤 창가에 달빛 젖어
달콤한 속살 웃음소리에
사랑받는 여인이여.

　때로는 겨울밤 잠이 들기 전, 형과 누나 모두 이불 속에 누워 윗목에 놓인 등잔불을 입으로 불어서 끌 때면 여린 입김이 미치지 못해 가위 바위 보로 불끄기 술래를 정하는 추억을 만들기도 했고, 또 등잔불을 켜 둔 채 잠든 개구쟁이가 몸부림으로 등잔을 차는 바람에 초가삼간이 불타는 사건도 간간히 발생했다. 하지만 등잔은 인간에서 없어서는 안 될 중요한 도구였다. 때문에 어른들의 등잔불 아끼는 마음은 무엇에도 비길 수 없었다.

　낮에 친구들과 어울려 딱지치기, 구슬놀이, 팽이치기 등 놀이에 지쳐 저녁 밥술 놓기가 바쁘게 그 자리에 쓰러져 잠들던 개구쟁이가 어쩌다 시험 때 벼락치기 공부를 하여 밤늦게까지 불을 밝힐 때면 할아버지는 "기름 닳는다 불 꺼라."며 호통치셨고 동네 친구들과 어울려 노닥거리는 머슴방에 밤늦도록 불이 커져 있어도 할아버지의 호통은 어김없이 들려왔다. 전기 사용료나 촛불에는 비교조차 할 수 없는 경제적인 측면의 등잔불, 할아버지는 기름이 아깝기도 했지만 밤잠을 설친 아이들이 다음 날 농사일에 지장을 초래할 수 있다는 깊은 뜻이 담겨 있었다.

　등잔불 아래서는 덜 익은 닭고기도, 설익은 감자도 이구동성(異口同聲), 천하일미(天下一味), 먼동이 틀 무렵까지 등잔불 아래의 역사가 이루어지고 나면 석유 등잔의 그을음은 모두의 코밑을 새까맣게 만들었고 때로는 코 밑에 그려진 카이젤 수염으로 서로가 서로를 바라보며 웃음 짓기도 했다.

　이처럼 등잔불은 우리에게 진정한 행복과 따뜻한 우정, 그리고 아름다운 추억을 만들어 갔고, 또 돌아오는 밤에는 등잔불 아래서 다시 만나자는 무언의 약속과 함께 우리 삶의 활력을 만들어 갔다. 그러나 지난 70년대 초, 새마을운동으로 농어촌까지 전기가 보급되며 서서히 사라지기 시작, 70년대 중반을 고비로 완전히 우리 곁에서 사라졌다. 하지만 그 아래의 추억을 간직한 세대들은 그들의 생을 마감할 때까지 그 속에 얽힌 갖가지 추억을 지울 수 없을 것이다.

　등잔은 벽걸이나 나무로 만들어 사용하는 것이 있으나 등에는 다양한 것이 많다. 특히 4각이나 8각으로 만든 창호지등이 있다. 불그스레 비치는 모양이 아주 해맑고 밝은 모습으로 아름답게 비치는 초롱등불이 있다. 호롱불을 안에 넣어 놓으면 바람에 꺼질 듯 말 듯하면서 간들거리는 모습이 더욱 아름답다. 특히 부잣집 마님이나 규수를 밤길에 안내할 때는 역시 초롱등불이 언제나 앞장을 서서 길 안내를 해 주며 편안한 마음을 주는 것이 초롱등불이다.

초롱등불은 자주색과 청색으로 드리워 환히 비친 천으로 만들어 관가에나 양반집 잔칫날 대문에 걸어 놓았었다. 색종이를 이용하여 만드는 등에는 수박등, 마늘등, 연꽃등이 대표적인 것이요, 그 외 칠성등, 일월등, 방울등, 가마등, 학등, 잉어등, 거북등, 연등들이 있다. 초파일이나 관가에 경사가 있거나 집안에 행사가 있을 때에 길가에 여러 가지 모양으로 만들어 천하를 밝혀 주었다. 하늘에 보름달과 만들어 걸어 놓은 등에 대하여 노래 한번 들어 보자.

얼종덜종 호랑등은 만첩 청산 어디 두고 저리 공중 걸렸느냐
물색 좋다 초록등은 황새 장사 어디 두고 저리 높이 걸렸느냐
꼬부랑 꼽장 새우등은 얼멍이 구멍 왜 마다하고 저리 공중 걸렸느냐
목 길다 황새등은 노틀 발틀 왜 마다하고 저리 높이 걸렸느냐
목 짧다 자라등은 사지를 어디 두고 저리 공중 걸렸느냐

등을 만드네 등을 만드네
수박등 마늘등 연꽃등을 만든다네
칠성등 일월등을 만들면 길복이 온다네
병등 방울등은 누굴 위해 만드는고

배등 가마등은 님을 위해 만든다네
학등 잉어등 거북등은 나라 위해 만든다네
하늘 나는 연등을 만들어
동산에 걸린 달을 따러 가세.

관가에서 만들었던 등과 벼슬아치들이 만들었던 등과 민가에서 만들었던 등이 다 각각 다르다. 그 내용을 보면 다음 몇 가지가 있다.

양의 뿔을 녹여 종이처럼 얇게 만들어서 겉을 싼 양각등(羊角燈)이 있다. 뼈대를 따로 하지 않은 것이 그림으로만 전해진다. 흔히 기둥은 둥글게 휘어붙인 대쪽을 뼈대로 하여 주름을 접었다 폈다 할 수 있게 만든 모양이 굼벵이 비슷하다 하여 굼벵이등이라고도 한다.

조족등(照足燈)은 발밑을 비추는 등으로 지금의 렌턴과 유사하다. 자루가 달리고 아무렇게 들어도 속의 초는 똑바로 서게 되어 있다. 가볍고 비에도 젖지 않게 대가지 뼈대에 종이를 바르고 기름으로 결어서 만들었다.

사초롱(紗燭籠)은 흔히들 청사초롱으로 알고 있는 형태로 얇은 비단으로 겉을 하고 초를 켜는 한 자루로 된 등이다. 귀인들 행차에 앞세워서 신분을 알리며, 낮에도 들어서 장을 삼았다. 황색, 청색, 홍색 등 비단의 색깔로 지위를 나타낸다.

주마등(走馬燈)은 등의 외피 중심을 철사 끝에 머물게 하고, 속에서 타는 촛불의 열기가 한쪽 방면으로만 빠져나가게 하여 그 힘으로 빙빙 돌게 한 등이다. 말달리는 그림을 그렸대서 주마등이지만, 무슨 그림을 그리든 돌게 하는데 재미가 있다.

또한 동국세시기에는 다음과 같은 기록이 있다. 연등 안에 갈이 틀을 만들어 놓고 종이를 잘라 말 타고 사냥하는 모습이나 매, 개, 호랑이, 이리, 사슴, 노루, 꿩, 토끼 모양을 그 선기에 붙여 바람에 빙빙 돌게 하여 밖에서 그 그림자를 보는데 이를 영등, 주마등이라 한다.

풍등(豐嶝)은 열기구와 비슷한 원리로 등 아랫부분에 기름에 절인 종이나 솜뭉치의 안쪽 공간에 열기가 차면서 외기보다 가벼워지는 까닭에 등이 공중으로 뜨면서 꺼지면, 내부의 공기가 점차 식으면서 다시 땅으로 떨어지게 된다. 환하게 밝아지면 멀리서도 아주 잘 보여서 약속된 신호를 주고받는 데 사용되기도 하였다. 그리고 등롱(燈籠) 또는 제등(提燈)이라 하여 4월 8일에 주로 사용되는 용등, 봉등, 거북등, 잉어등 따위가 있다. 이런 등들은 특별한 형식이 따로 없이 대나무 모양을 하여 용이나 봉 같은 형체를 만들고 속에 촛불을 세우느라 기교를 다해 열의 흐름을 이용해 부분적으로 아름답기 이를 데 없었다.

다양한 등의 종류에서 당시 사람들의 세계관이나 종교적으로 다산을 기원하면서 석류등, 수박등, 마늘등, 학등은 입신출세를 위해서 잉어등을 척사로 만들었다.

등의 이름에는 수박등, 마늘등, 연꽃등, 칠성등, 오리등, 북등, 누각등, 난간등, 화분등, 가마등, 머루등, 봉등, 학등, 잉어등, 거북등, 자라등, 수복등이 있는데, 모두 그 모양을 상징하고 있으며 그 모양에 따라 생김새가 들어 있다. 등 이름만 해도 40여 종에 이르며 그 색깔과 모양이 매우 다채롭다.

조를 만들고 그 위에 종이를 바르거나 붉고 푸른 비단을 바르기도 하고, 평평한 면과 모가 진 곳마다 삼색으로 돌돌 만 좋이나 길쭉하여 바람이 불 때는 펄럭이는 문풍지가 매우 멋있다. 북 모양의 등에는 장군이 그려져 있다. 위에 열거한 여러 전통 등 중에 현재 새롭게 재현된 등이 수십여 가지의 기법을 이용한 창작 등도 많이 제작되어 두 눈으로 직접 보고 즐길 수 있게 모양새를 주며, 보는 이로 하여금 동감이 가도록 하였다.

안방 방망이와 들샘 방망이

방망이 하면 두 가지가 있다. 하나는 안방에서 다듬잇돌 위에 명주 천이나 무명옷을 놓고, 또는 홍두깨에다 둘둘 감아 놓고 두들기는 방망이가 있고, 추울 때나 따스한 가을에 시도 때도 없이 들샘에 나아가서 빨래하는 방망이가 있다. 그런데 서로 대조적이다. 안방 홍두깨 방망이는 맨들맨들 예쁘게 생겼고, 들샘에서 쓰는 방망이는 멍청스럽고 투박하게 생겼다.

홍두깨 방망이는 고요하고 조요한 밤에 동서끼리 마주 앉아 주거니 받거니 서로 장단을 맞추어 가면서 아주 리듬이 경쾌하고 낭낭하게 울려 퍼지는 방망이요, 들샘 방망이는 며늘아기 심통방통이 생겼을 때 시어머니 얼굴에다 방망이질하듯이 화풀이를 빨래에다 두들기며 속을 시원하게 풀어 버리는 빨랫방망이가 있다. 안방 새악시나 동서들의 방망이는 기술을 요구하는 아주 잘 깎아야 하고 고르게 맨들맨들 예쁘게 새악시 콧등처럼 아주 예쁘게 다듬어져야 한다. 그래서 방망이 깎는 전문적인 기술이 필요하다.

고등학교 국어 교과서에 윤오영 선생이 쓴 〈방망이 깎던 노인〉이 있다. 회고적인 수필로 숭고한 장인정신을 심어 주는 글이다.

　동대문 건너편에 방망이 깎던 노인이 있었는데 그분은 방망이 하나를 깎아도 정말 인정받고 모양새가 제대로 만들어진 방망이를 깎는다. 사십 년 전의 일이었다. 윤오영 선생이 방망이를 하나 사기 위해 이 노인을 찾아가 주문을 하였는데 이리 보고 저리 보고 또 만지고 깎고 다듬고 문지르고 하면서 완성품으로 내놓지를 않아 그만 되었으니 달라고 했다. 그때 노인은 "아무리 바쁘더라도 물건은 물건답게 만들어야지요." 하면서 계속 매만졌다. 그리하여 윤오영 선생은 전차를 놓쳐 버렸다. 즉, 장인정신의 숭고함을 보여 주는 것이요, 자기 맡은 바 일, 물건에, 아니 자기 삶에 최선을 다하는 그 모습이 얼마나 아름다운 것인가를 일깨워 주는 수필로 널리 회자되고 있다.

　정막 속에 흐르는 그 소리
　—방망이

　눈 시려 오는 밤
　눈빛 바람 사이
　호롱불 간들거리고
　저 건너 부잣집 딸 매무새에
　창호지 문에 그림자 드리우고
　낭랑한 다듬이소리
　정막 속에 흐르는 그 소리

　가슴 저려 오는

길고도 높은 그믐날 밤
멍청한 강아지 달 보고 짖고
뒷동산 모퉁이
시냇물 너울 되어 흐를 때
너럭바위 빨랫방망이
하얀 날의 꿈이 흐르는 그 소리

불꼬리 출렁거리고
한밤을 지새우면
파란 하늘에 당사실 금빛이
빨랫줄에 너울너울 산을 넘어

허영과 망상과 권위를 씻어 내는
방망이의 눈빛 그 소리.

안방 방망이는 최근 군산 지역에서 나오는 호두나무를 가져다 실험을 해 본 결과 70% 좋은 나무라는 것을 알았다. 방망이를 깎던 장인들은 30년 내지 평생을 대물림까지 하면서 방망이를 일본에 수출하고 있다.

방망이에 대한 설화, 모방담에 속한 것들이 있다. ‘뚝딱 방망이’, ‘보배 방망이’가 있어 착한 사람은 우연한 일로 도깨비 방망이 ‘뚝딱 방망이’요, 욕심쟁이 방망이는 망하게 하는 도깨비 방망이가 있다는 설화의 대표적인 것이다.

문헌으로는 중국 설화집인 『유양잡조(酉陽雜俎)』에 신라 시대의 이야기라는 〈방이설화(旁㐌說話)〉가 전해지고 있어, 이 유형이 최초의 문헌 정착을 보여 주며, 아울러 이 설화의 연원이 오래되었음을 짐작하게 한다. 이야기 줄거리는 다음과 같다.

한 착한 사람이 산에서 나무를 하는데 개암(또는 깨금) 하나가 굴러 왔으므로 그는 "이건 우리 아버지 가져다 드려야지." 하고 주어 넣었다. 그러자 개암 하나가 다시 굴러 왔으므로 "이건 우리 어머니 가져다 드려야지." 하고 주워 넣었다. 그러자 또다시 개암 하나가 굴러 왔으므로 "이것은 내 몫이다." 하고 가졌다. 그가 오는 도중에 날이 저물어 어떤 빈집에 들어가 자려고 할 때, 도깨비들이 몰려와서 방망이를 뚝딱거리며 가지고 싶은 것을 모두 나오게 하였다. 숨어서 동정을 살피던 그가 개암을 하나 '딱' 하고 깨물자 도깨비들은 그 소리에 놀라서 방망이를 버리고 도망쳤으므로 그는 방망이를 얻어 잘살게 되었다.

이웃의 어떤 사람이 이 소식을 듣고는 나무를 하러 가서, 개암이 굴러 나오자 자기부터 가지겠다고 하였다. 그 다음에 굴러 나온 개암은 자기 아내를 주겠다고 하였고, 마지막에야 자기 부모를 주겠다고 하였다. 그 사람도 도깨비들이 있는 빈집을 찾아가 착한 사람처럼 개암을 깨물었다. 그러나 이번에는 도깨비들이 놀라지 않고 방망이 도둑놈이라고 실컷 때려 주었다.

이런 이야기는 선인과 악인의 인물 설정이 형과 아우로 나타나는 경우가 많으며, 또 한편으로는 착한 아들과 불효로 욕심이 많은 아들에 대한 이야기도 여기에 속한다.

들샘의 빨랫방망이는 물푸레나무로 만들어 잘 부러지지 않고 딱딱하며 가벼워 사용하기에 좋다고 한다. 원래 며느리가 심통방통이 터질 때면 시어머니 고쟁이를 빨래터 돌 위에 얹어 놓고 힘껏 두드리면서 시어머니 악독함을 부수는 양, 힘을 쓰고 기를 다해 두드린다. 시누이 옷은 골라서 내리치고 서방님 옷은 터질세라 깨질세라 서서히 두드리면서 콧노래를 부른단다. 아울러 어느 때는 방망이로 모든 곡식을 패면서 알곡을 추려 내기도 하고, 때론 늘어 터진 과부댁 궁둥이를 두드리는 훈계의 매로도 쓰고, 때론 사랑스런 새악시의 궁둥이를 살살 문지르며 사랑의 매개체로 쓰기도 한다.

꽃상여 떠나던 날 울리던 핑경 소리

─호롱기 · 핑경 · 또아리

호롱기─홀태

햇살이 따스한 초봄에 초가지붕 끝자락에서는 낙수가 지고 마당한 끝에서는 홀태에 나락을 훑거나 호롱기에 벼, 옥수수, 콩의 알곡을 털고 있는 농한기철이다. 그런가 하면 동네 일꾼들이 모여 지붕에 이을 날개를 엮어서 또아리지어 세워 놓고 마지막 용두리에 얹을 이엉을 만들다가 새참을 먹는 시간이다.

몸채에 지붕을 얹은 날은 동네 잔칫날이다. 일꾼들은 물론 동네 사람을 불러 음식을 장만하여 대접하고 서로 정을 나누는 날이기도 하다.

사다리를 처마에 걸쳐 놓고 썩은 집을 걷어 내려서 거름은 거름대로, 땔감은 부엌으로, 또는 허청으로 모아 두었다가 소죽을 끓이거나, 사랑방에 군불을 때는 데 사용한다.

호롱기가 있기 전에는 둥그레한 돌이나, 통나무에 곡식을 두둘겨 알곡을 털었고, 그 뒤 도리깨를 사용하여 마당에 널려 놓은 곡식을 털어 모았고, 다음은 홀태를 만들어 곡식알을 훑어 냈고, 더 발전하여 호롱기가 나와 더욱 쉽게 농사일을 하게 되었다.

즉, 통나무—도리깨—홀태—호롱기, 이런 순서로 발전되었는데, 통나무는 기술을 필요로 하지 않았고, 도리깨는 닥나무 대를 다섯 내지 여섯 개를 부채 모양으로 엮어 긴 대나무에 달아 어깨 뒤로 돌리면서 땅에 있는 곡식을 내려치는 것이다.

그리고 홀태는 쇠로 납작하게 송곳처럼 만들어 나무에 고정시켜 양쪽 다리를 만들어 세우고 다리와 다리 사이에 그네 식으로 발판을 만들어 곡식을 쇠창살 사이에 꽂아 넣어 잡아당길 때, 그네를 발로 밟고 힘을 쓰면서 곡식알은 밑으로, 곡식 대는 손에 남아 버리게 된다.

다음 호롱기는 둥근 원형 통을 만들어 그 위에 철사를 타원형 식으로 박아서 양 다리에 걸어 걸쳐 놓고 발판을 만들어 돌아가게 하면서 곡식을 돌아가는 원통에 대면은 저절로 곡식알이 떨어지게 되어 있다. 바로 이것이 호롱기이다.

홀태는 통나무를 대충 다듬어서 지름 10밀리 정도의 원형 철을 뾰쪽하게 만들어 촘촘히 박아 놓은 것이다. 그 사이로 볏짚을 끼워 잡아당기면 알곡이 밑으로 떨어지고 짚은 버린다.

이 기계는 1930년경 제주도에서 처음으로 사용했다고 한다. 마당에 동네 일꾼들과 아낙네들이 분주한 것을 보니 정말 잔칫집이로구나. 그 광경을 시(詩) 한 수로 읊어 본다.

마당에 한 섬 쌓고
—홀태

지붕도 넘지 못하는 그네
한 발로 딛고
쇠창살 오장육부를 찢기우고
먼 산을 보며
얼굴 붉히는 검불 인생
알곡을 몸매로 적시면

검정 치맛자락 느리고
하얀 수건 머리 싸매고
한나절의 두레
한 모퉁이에 한 섬 두 섬 쌓이고

작은 햇살
바람구멍 트이듯
은빛으로 빛나고
난쟁이 그네는
서울 구경도 못하면서
살아야겠기에
한 톨
생명수 되어야겠기에
알곡으로 살아야겠기에

발끝부터 머리까지 팻기 울리며
한 섬 두 섬 쌓아 올린다.

도리깨를 만들어 멍석 위에 곡식을 펴놓고 두둘겨 알곡을 모으
는 것처럼, 홀태나 호롱기도 목적은 같은 것이다. 알곡이 모여지면
섬(가마니)에 담아 창고에 들여놓았다가 봄 햇살이나 여름 땡볕에
말려 공판을 내거나 시장에 내다 판매를 한다.

콩이나 팥이나 깨 같은 곡물은 봉지 봉지 싸서 서울에 사는 딸,
자식들에게 보내는 시골 노부부의 마음일 것이다. 그래서 알곡과
쭉정이는 인간에 비유하여 평가를 많이 한다.

성서에도 "알곡은 모아 곡간에 드리우고, 쭉정이는 영원히 꺼지
지 않는 불에 태우리라."는 말이 있다.

핑경 – 워낭

깊어 가는 밤, 으스름한 달빛이 쓸쓸하고 호젓하게 흐르는 밤하
늘을 보노라면 눈 내리는 천지에 천사가 내려올 듯 별빛이 찬란하
기만 하다. 하루 농사를 마치고 밤이면 사랑방, 윗방, 아랫방에서
동네 총각들이며, 아낙네들, 그리고 노인네들까지 밤 깊은 줄도 모
르고 오손도손 얘기꽃을 피우다가 잠이 들어 사면이 고요하면 가
끔씩 외양간에서 핑경 소리가 청랑하게 울려 퍼진다.

핑경은 소 양쪽 귀에 달아 소가 있는 곳을 알리는 것이요, 소가
지나가는 길을 비켜 달라는 신호이기도 하다. 한밤에도 쨍그랭 –
쨍그랭 – 정막을 울리는 낭랑한 워낭이다.

한자로는 '우령(牛鈴)'이라고도 한다. 특히 시골 골목길을 지나

갈 때 황소는 무섭기 때문에 미리 길을 비키라는 소리이다. 황소는 아낙네나 어린아이들을 보면 머리 뿔로 받거나 뒷발질을 하여 무서운 소이다. 그리고 핑경을 다는 이유는, 산 깊은 곳에 매어 두었다가 해가 넘어간 뒤 찾으러 가면 찾기 어려울 때 소리로써 찾는 것이요, 또 집안에 매여 놓은 소를 훔쳐 가는 도둑놈이 있어 소리를 듣고 알 수 있도록 하는 방패의 요령이다.

핑경이 농기구는 아니지만 농사일을 많이 하는 소를 보호해 주는 호신령이기도 하다. 핑경에는 두 가지가 있다. 소리를 내는 핑경이 있고, 소리 없이 오색 천으로 엮어 만든 방울 핑경이 있다. 소리를 내는 것은 신호를 알리는 것이요, 소리 없는 방울 핑경은 무당들이 사람 대신 소를 천주님께 받칠 때 사용하는 방울 핑경이 있다.

원래 핑경은 놋쇠를 동그랗게 하여 작은 종기처럼 만들어 그 종기 안에 쇠덩이(불알)를 가운데 달아 그 쇠덩이가 왔다 갔다 하면서 소리를 내는 것이다. '핑경' 은 전라도 지방의 사투리이기도 하다. 그래서 '우낭', '우령', '동령', '핑경', '우종', '워낭' 으로 부르기도 한다. 그러나 핑경은 여러 가지로 사용한다. 무당들이 오색 천을 늘어뜨려 핑경 뒤꼭지에 매달아 신(神)을 불러올 때 훌훌 뛰면서 흔드는 요령으로 방울 대신 쓰기도 한다.

또 하나는 꽃상여가 떠나갈 때 북망산 가는 영혼을 달래기 위하여 상여 앞에서 '진혼가', '상여가' 를 부르며 슬픈 리듬에 맞추어 흔들어 대는 종이기도 하다. 이때도 핑경 뒤꼭지에 삼베 자락을 매어 달아 상여 앞에서 상여꾼들이 부르는 후렴구 노래에 따라 상여가를 불러 주는 앞잡이가 핑경으로 박자를 맞추어 주는 데 사용하기도 한다. 상여가 동구 밖을 못 떠나고 애달프게 눈물짓게 하는 모습은 우리가 흔히 볼 수 있다. 이때 동네 부녀자들은 옷고름에 눈물을 적시며 상여를 잡고 울면서 통곡을 한다. 그 모습을 시(詩)로 표현해 보았다.

가네 가네 나는 가네
　―핑경[牛鈴]

꽃상여
처마 밑에서 흔들흔들
가슴 터지는 통곡 소리
상여 머리 핑경잡이
목청 좋게 메기고

가네 가네 나는 가네
이제 가면 언제 오나, 어하―
애처러움에 눈물나네

고샅길 아낙네들
치맛자락 옷고름 적시며
북망산 가는 길
구슬픈 가락에
핑경은 저리도 애절히 우는구나

동구 밖 삼거리에 가래 질러 놓고
거릿제 지내고

가네 가네 나는 가네
처자식 버리고 나는 가네
에하—에하—에하 어—어—하—
이제 가면 언제 오나
북망산에 자리 하나 잡아 두게
에하—에하—에하 어—어—하—

하도 할샤 어이어이 곡(哭) 짓고
마지막 술잔 드리우니

구슬픈 상여 소리
절로절로 애닯구나
종이 돈 보고 오려므나
사위, 딸들 노잣돈 걸어 보소
후회한들 소용없네

며늘아가 미운 시어미
마지막 가는 길 섧게도 울어 봐라
눈물이 강이 되어
땅속까지 흐르는구나

빈손으로 떠난 객
핑경 소리 그치니
땅 무너지는 아우성
먼 하늘가로 떠난 임의 얼굴.

시골 오일장터에 가면 지금도 핑경을 파는 노인네가 있다. 쌍핑경이 있고, 하나로 되어 있는 핑경이 있다. 황소에는 물론 무서운 소이니 쌍핑경을 양 귀에 달아 주었다. 소전에 가더라도 쌍핑경을 다는 소는 값을 더 준다. 힘이 세고 일을 잘하기 때문이다.

곧 힘이 세다는 것은 일을 잘하기에 좋아하지만 요사이는 소고기로 양산하기 때문에 새끼를 잘 낳는 암소를 더 좋아하고 값이 많이 나간다.

또아리－또가리

새벽녘 햇살이 창문에 아스라이 비칠 때면 갓 시집온 새악시는 앞치마를 입고 물동우(물동이)를 이고 빗장으로 닫은 대문을 열고 동네 우물에서 물을 이고 온다. 이때 물동우와 머리 사이에 끼워 넣어 머리가 아프지 않게 하는 것이 바로 또아리이다.

또아리는 왕골 껍질을 이용하여 만드는 것인데 짚으로 대충 또아리 형태로 만든 다음 왕골 껍질에 색색으로 물감을 들여 수(壽)자나 복(福)자를 새겨 넣어 예쁜 또아리를 만든 것이다. 또아리 앞쪽에 한 뼘 반쯤 되는 끈을 매어 둔다.

즉, 또아리는 여성들의 머리를 보호하기 위하여 만든 것인데, 물동우를 일 때나 물을 담아 올 때 머리와 동우 사이에 긴 또아리가 땅에 떨어지면 다시 줍기가 어려워 또아리에 달린 끈을 입에 물고 물을 길어 나른다.

지금은 또아리를 사용하지 않는다. 수건이나 보재기를 둘둘 말아 꼬아서 그것으로 머리에 무거운 짐을 얹어 이고 다닐 때 보호용으로 대신 사용한다. 전라도에서는 또아리를 '또가리' 라는 사투리를 쓴다. 예전에는 아낙네들의 머리에 동백기름, 아주까리기름을 바르고 다녔기 때문에 또아리에 기름이 반지르르 흘러 또아리가 끊어지지 않고 오래 사용할 수 있었다. 시골 부엌에 가면 며느리, 시누이, 시어머니 부엌 일을 하는 여자 수대로 또아리가 대못에 걸려 있었다.

요사이 또아리는 시골 장날에나 볼 수 있으며, 골동품 가게나 옛 가구점, 농기구 파는 가게에나 가야 볼 수 있다. 또아리에 대한 시(詩) 한 수를 읊어 본다.

오색 물감 드리우고
―또아리

정자나무
물꼬따라 두렁 밟고
구레실 논마지기 금빛살로 넘실거리면
방죽머리 변방에 왕골대 높이 솟아
갈잎 바람 날리누나

대왕골 꽃술 날리고
껍질 그늘에 말려
빨 · 주 · 노 · 초 · 파 · 남 · 보
오색 물감 달빛에 담아
또아리 엮어 엮어
물동우 훔치면서 입에 문다

새악시

물동우에

바가지 둥둥

살림살이 늘어나는 소리

함박이고 또아리 받쳐

비탈길 두레밥 나르고

콧등 위로 내려앉은 외줄기

물방울 흐르고

보들보들 야들야들

오색 물감 새악시 또아리

눈물 콧물 닦으면서

시집살이 넘어간다.

  호롱기는 돌이나 통나무에 두둘기던 것이 발전되어 홀태가 만들어졌고 홀태는 홀터 올리는 것이 더 발전되어 호롱기가 되었다.

  평경은 소를 보호하는 의미에서 만들어지는 것이요, 또아리는 아녀자들의 사랑이 담겨 있는 것으로 오색 물감으로 만들어진 앙징맞은 생활용품이다. 비롯 농기구는 아니지만 잊혀져 가는 우리 것들을 하나하나 정리해 보는 의미에서 써 보았다.

지겟다리 장단에 한(恨)풀이
—지게 · 호미 · 낫

지게

샘골 마을의 주위에는 행암 산, 참샘골 산, 저바래기 산, 놋점 산 그리고 어디나 존재하는 남산이 있다. 봄이면 저바래기 산에는 진달래가 흐드러지게 피어나고, 여름이면 놋점에 으악새가 바람에 휘날리며 노래를 부르고, 가을이면 행암 산에 다래며 명감이며 머루가 익어 가면서 까투리와 장기는 이리로 퍼드득 저리로 퍼드득 날으면서 사랑놀이하느니, 겨울이면 남산 위에 저 소나무 향기 그윽하고, 그 위에 하얀 눈이 송이송이 맺혀 있을 때에는 하얀 꽃동산에 천사 날아와 행복의 보금자리 만들어 아침이면 밝은 햇살 속에 낮이면 처마 밑의 고드름이 뚝뚝 떨어지고 저녁이면 대나무 밭에 까치며 참새 떼가 잠자리를 마련하느라 무척이나 수런스럽다.

석양에 젖어 들면 초가집 뒤안길 처마 위 굴뚝에서 솟아오르는 하얀 연기가 솔솔 피어나는 것을 보면 그 집의 아랫목에서는 할머

니의 옛이야기가 재미나고, 건너 행랑채 사랑방 화로에서는 고구
마가 익어 가는 냄새가 구수하게 코를 찌르는 겨울의 농촌 풍경일
것이다.

봄이면 씨앗 뿌리기 위하여 지게에 괭이 하나 걸쳐 놓고, 호미는
지게 뒤쪽 띠대에 푹 찔러 걸어 놓고 낫은 손에 들고 지게 목발에
장단을 맞추며 더벅머리 총각 머슴의 노랫가락이 넘어간다.

지게는 농민들의 필수품으로써 제1호에 해당되는 농기구이다.
지게를 지고 산으로, 밭으로, 읍내 장으로, 사돈댁 선물을 나를 때,
똥장군을 지고 비탈진 고구마 밭으로, 때론 엿장수 지게의 엿가락
치는 가위와 한 짝이 되는 지게로, 때론 고명딸 시집갈 때 이바지
지고 가는 지게로, 운동회 날 손녀딸 다리 아프다고 바작에 손녀
태우는 지게로, 그런가 하면 한여름에 정자나무 아래에서나, 나무
한 등짐 바작에 지고 내려오다가 힘들면 등받이에 앉아 한숨 쉬는
안락의자로 삼고, 또한 여름에는 바작에 풀 한 짐 지워 놓고 그 밑
에서 그늘 삼아 배꼽 내놓고 늘어지게 한숨 자면서 편안하게 쉴 수
있는 샘골 머슴들의 쉼터이기도 하다.

지게는 나무나 곡식과 무거운 짐을 지고 나르는 도구로써 농민
들에게 없어서는 안 될 필수품이다.

지게는 양다리방아 · 발무자위 등과 더불어 우리 민족이 발명한
가장 우수한 농기구의 하나이다. 가지가 조금 위로 벋어난 자연목
2개를 위는 좁고 아래는 벌어지도록 세우고 사이사이에 3~4개의
세장을 끼우고 탕개로 죄어서 고정시키고 위아래로 멜빵을 걸어
어깨에 멘다. 그리고 등이 닿는 부분에는 짚으로 두툼하게 짠 등태

를 달아 놓았으며 이것을 세울 때에는 끝이 가위다리처럼 벌어진 작대기를 세장에 걸어 둔다.

지게의 형태나 크기는 지방에 따라, 사람에 따라 조금씩 다르고 만드는 방법 또한 다양하다. 우선 지게 길이는 이것을 지는 사람의 키에 맞추기 마련인데 평야 지대의 지게는 산간 지대의 것보다 긴 편이다. 이에 비해 산간 지대는 길이 좁고 가파르며 돌부리나 풀 따위에 걸려서 넘어질 위험이 높기 때문에 짧은 지게를 쓴다. 또 전북 서반부 일대의 지게는 동발과 동발 사이가 넓고 지게 자체를 지는 사람 쪽으로 구부려 놓는 점에서 다른 평야 지대의 지게와 차이를 보인다.

지게를 만드는 방법에 따라 분류하면 제가지지게, 옥지게, 쪽지게, 바지지게, 두구멍지게, 켠지게, 거지게, 쇠지게, 쟁기기지게, 모지게, 부게지게, 물지게 따위가 있다. 주로 소나무로 만드는 제가지지게는 가지가 자연히 뻗어 나간 나무로 짠 지게라는 뜻으로 우리가 아는 일반적인 지게는 모두 이에 속한다.

옥지게는 참나무로 건 지게로서 가지의 중간 부분이 위쪽으로 구부러져 있다. 옥지게는 이처럼 가지가 굽은 지게라는 뜻이다. 옥지게는 강원도 산간 지대에서 섶나무나, 꼴 따위를 나르는데 쓴다. 물매가 워낙 된 곳에서는 사람이 지게를 지고 걸을 수 없는 까닭에 동발을 두 손에 쥐고 끌어내리기 위해 가지를 구부린 것이다. 가지는 불에 구워 가며 조금씩 구부린다. 쪽지게에는 예전의 등짐장수들이 이용한 간단히 만든 지게와 몸에 구멍을 뚫고 가지를 끼워 넣은 것의 2종류가 있으며 뒤의 것은 전북 서반부 일대가 본거지이다. 이 일대는 평야 지대로서 지게감을 구하기 어려웠기 때문에 일찍부터 이러한 지게를 만들어 썼다.

바지지게는 주로 강원 영동 지방에서 영서 지방으로 태백산맥을 넘어 해산물을 팔러 다닌 사람이 쓴 지게로 가지가 달리지 않았으며 짐은 지게에 잡아맨다. 이들의 작대기 또한 특이하여 위쪽에는 노치를 짓고 아래에는 쇠못을 박아 놓았다. 이 쇠못은 겨울철 미끄럼 방지에 효과적이다.

두구멍지게는 가지 구멍이 위아래 2개 있는 지게로서 짐의 종류에 따라 가지를 맞추어 끼운다. 켠지게는 지게감 하나를 톱으로 켜서 둘로 나눈 지게이다. 지게는 동발 부분이 거의 없는 짧은 지게로서 길마 좌우 양쪽에 걸고 무거운 돌이나 긴 나무 따위를 마소의 힘을 빌어 나르는 데 쓴다. 쇠지게는 쇠로 만든 지게이고 쟁기지게와 모를 나르는데, 부게지게는 해안에서 거둔 어획묵을 나르는 데 쓴다.

지게는 우리나라 고유의 것이다. 우리 겨레의 정이 배고 피가 도는 물건이다. 그것에는 운반 수단 이상의 의미가 깃들여 있다.

우선 지게의 모양을 보라. 그것을 져 온 우리 아버지, 할아버지들의 마음씨처럼 순박하기만 하다. 쇠못 하나 박은 흔적이 없다. 솜씨를 부린 데도 없다. 애초부터 지게 모양의 나뭇가지를 베어다가 대강 다듬고, 몇 군데 구멍을 뚫었을 뿐이다. 나는 이 순박하게 생긴 모습을 사랑한다.

지게에는 노래가 있다. 지게꾼들은 작대기로 지겟다리를 치며 그 장단에 맞춰 노래를 부른다.

목발에 장단 맞추며
—지게

말복 날
늘어진 삼베 바지
골 마리 훌렁 올려 뒤집어 내리고
배꼽이 하늘 보고 하품할 때
울타리 사이
속옷고름 보이는 처자들의 웃음에
속살 내놓고 몸살하는 지게 머슴

햇살 퍼질 무렵
고개 넘어 신행길
지게 다리 부서지고
오일장터 지게 목에는 장보기 넘치고
밤이나 낮이나
지겟다리 잡고 살아가는 샘골 머슴

한 잔 술
한 가락에
지게목발 장단 맞추며
봄에는 씨앗 날리고
여름이면 모내기 던지고
가을이면 여름 열매 따 들이고

겨울에 물레방앗간 생쥐처럼 드나들면
부잣집 시골 머슴 배 두둘기면서
장가갈 새경 받는 더벅머리 머슴.

　외로운 숲길, 한적한 논두렁에서 그것은 다시없는 위안이다. 악보를 보며 배운 노래가 아니다. 아버지의 아버지, 아득한 할아버지 때부터 입에서 입으로 전해 온 노랫가락이다. 지게에는 평화로운 휴식이 있다. 나무 그늘에 지게를 뉘어 놓고 그 위에 잠든 농부의 얼굴들. 안락의자에 잠든 어느 신사의 얼굴이 이보다 평화로우랴!
　지게에는 또 고운 마음이 있다. 나무꾼의 지게에는, 봄이면 진달래가, 여름이면 산딸기가, 가을이면 들국화와 단풍이 꽂힌다. 무엇을 생각하며 꽃을, 열매를, 잎을 꽂는 것일까? 그것은 우리의 멋이요 시(詩)임에 틀림없다. 그런데도 지게를 볼 때마다 기쁨을 느끼기보다는 먼저 한숨이 흘러나오게 되는 까닭은 무엇인가?
　우리 할아버지들은 힘들어서 넓은 길을 닦지 않았다. 다니다 보니 저절로 생겨난 그 비탈길, 그 오솔길, 논두렁길. 그런, 지름길을 통하여 날라야 할 짐은 많았다. 지게는 어디나 갈 수 있다. 사람이 갈 만한 길이면 어디나 갈 수가 있다. 그래서 만든 것이 지게이리라.
　나는 지게를 사랑한다. 그러나 지게를 벗어 던질 수 있는 넓고 곧은 길을 더욱 사랑한다. 시원스럽게 뚫린 길은 우리에게 새로운 세계를 열어 준다. 마을에서 마을로, 도시에서 도시로, 그리고 나라에서 나라로 길이 하나 생길 때마다 우리의 삶도 그만큼 넓어진다.
　길을 닦아야 한다. 그래야 천 년 동안이나 져 온 그 괴로운 지게에서 벗어나, 새롭고 넓은 세계를 향해 우리는 마음껏 달려갈 수가 있는 것이다.

 '등골이 빠진다' 는 속담도 지게질에서 나왔으리라. 나이 들어 힘 못쓰면 젊어서 이골이 난 지게질로 몸의 진기가 빠졌기 때문이라고들 소곤거렸다. 그래서 상일로 대접받았고 품삯도 선금으로, 고기반찬이 꼭 올라왔다.

 아무튼 한 칸짜리 오두막에 살아도 지게는 그 집 남자 수대로 놓여 있었다. 아랫마을 개똥이 아버지는 손에서 놓지 않던 지게와 함께 이승을 마감했다. 물불 가리지 않고 일해 '그악스럽다' 는 소문이 났던 그는 소나무 가지를 한 짐 지고 산비탈을 내려오다 지겟발이 나무에 걸려 휘청하면서 그만 아득한 낭떠러지로 곤두박질했다. 지게에 얽힌 슬픈 사연은 동네마다 심심찮게 일어났다.

 쌀독은 비어 가고 입 식구라도 줄일 요량으로 아버지는 새벽녘이면 어김없이 지게를 지고 논둑으로 나가 풀을 한 짐 했다. 동네에서 제일 넉넉한 집으로 들어가 말없이 내려놓고 아침밥 한 그릇을 얻어먹는 것으로 흡족해했다. '배가 아프다' 는 핑계로 절반 이상을 남겨 집으로 가져올 때도 있었다. 간혹 밥상머리에서 지게질이라도 해 달라는 주인의 말이 건네지는 날은 운 좋은 날로 쳤다. 일이 끝나면 하얀 쌀 반 됫이 손에 쥐어졌던 시절이었다.

 하지만 가난을 숙명으로 여겼던 아버지들은 막걸리 잔에 취기가 오를 때면 속내를 드러내곤 했다. 자식 놈을 달래 지게에 태워 마당을 한 바퀴 돌면서 "이놈아, 무식한 애비 본받지 말고 열심히 공부해라." 며 혀 꼬부라지는 소리를 늘어놓았다.

 70년대 팔도에서 서울로 서울로 몰려들면서 서울역이나 남대문

시장에는 낯설은 풍속도가 생겨나기 시작했다. 시골에서 멀리 타국에서 짐을 싣고 와서 서울역에 내리면 집에까지 이동 수단이 없어서 지게에 물건을 싣고 배달해 주면 그 요금을 받았다.

먹고 살기 힘든 시골에서 식구들의 입을 하나라도 덜을까 하여 농사만 다 지었다면 무조건 서울에 올라와 버스 배차장이나 서울역이나 남대문에 물건 나르는 곳에서 줄 번호를 찾아 서 있다가 하나라도 더 짊어지고 하루 삯이라도 받을려고 허리가 아픈 것도 참고 땀이 온몸을 범벅을 하여도 있는 힘을 다하여 이리 뛰고 저리 뛰고 창피함을 모르고 짐을 날랐다. 때는 새벽에는 사람이 없을까 하여 날이 새지도 않았는데 서울역에 지겟꾼들이 줄을 서 순서를 기다리고 있다.

그래서 흔히 말하기를 "서울역 지겟꾼도 순서가 있는데 왜 새치기를 하느냐."는 말이 생기고 '비 오는 날에는 공치는 날' 이라는 노랫가락도 나오지 않았는가.

비가 오면 처량하게 방 안에 앉아 담배만 피워 대고 그저 감자나 고구마 하나로 한 끼를 때우고 말았던 시절, 그때 그 시절을 아시나요.

지게놀이는 지게의 가지와 작대기 고리를 밟고 위태롭게 걸어가는 지게 작대기 걸음마, 동갑내기 3명을 지게에 태우는 단순한 힘자랑, 지게를 이용하여 '놋다리밟기' 를 즐기는 지네밟놀이, 지게 장단, 지게 풍장, 지게로 행상을 흉내 내는 지게 상여놀이, 호맹이 끌기, 두레가 끝나는 날 마을 앞 공터로 이동하는 과정에서 지게 풍장과 농기를 앞세우고 행진하는 지게 꽃나비, 작대기의 Y자 부분을 다른 작대기로 쳐서 부러뜨리기를 겨루는 작대기 싸움으로 구성되었다. 그리고 지게 상여놀이 소리를 한번 들어 보자.

죽장지게에 상여 가는 날
—상여놀이

너화 너화 너화넘차 너화호
너 너 너호야 너화넘차 너호야
천지현황 생긴 후에 인간밖에 또 있던가
너 너 너호야 너화넘차 너호야
천지현황 생긴 후에 우리 대한 생겼구나
너 너 너호야 너화넘차 너호야
산이 좋아 곤륜산가 수지 좋아 황하수야
너 너 너호야 너화넘차 너호야
강원도 금강산이요 전라도는 지리산이라
너 너 너호야 너화넘차 너호야
경상도는 팔공산이요 영일군은 비학산이라
너 너 너호야 너화넘차 너호야
여보시오 시주님네 이내 말쌈 들어 보소
너 너 너호야 너화넘차 너호야
이 세상에 탄생할 때 뉘덕으로 되었던고
너 너 너호야 너화넘차 너호야
아버님 전 베를 빌고 어머님 전 살을 빌어
너 너 너호야 너화넘차 너호야
이 세상에 탄생하야 부모 공을 하자더니

너 너 너호야 너화넘차 너호야

부모 공도 다 못하고 저승질이 웬말인고

너 너 너호야 너화넘차 너호야

우리 부모 날 기릴 때 마린 데는 날 눕히고.

상여 소리는 앞소리와 뒷소리로 구분된다. 앞소리는 앞소리꾼이, 뒷소리는 앞소리꾼을 제외한 상두꾼 전체가 맡는다. 앞소리의 내용은 일정치 않으나 사자의 죽음을 슬퍼하고 영혼을 위로하며, 극락왕생을 기원하는 내용으로 되어 있는데, 대개 이 지역의 전래 가사인 옥설가(玉屑歌), 망부가(望夫歌), 회심곡(回心曲), 사친가(思親歌) 등의 내용을 중심으로 하여 앞소리꾼의 재치로 적당히 꾸며 넣는다. 따라서 앞소리꾼은 목청도 좋아야 하지마는 암기력이 좋고, 긴 사설을 그때그때 상황에 맞춰 구성지게 잘 메길 수 있는 사람이어야 한다.

뒷소리는 앞소리꾼의 메김에 따라 '너 너 너호야 너화넘차 너호야'를 계속 반복한다. 죽장지게 상여놀이에서 불려지는 상여 소리의 사설은 구슬프기도 하다.

호미

문학의 태동은 농요에서부터 시작되었다고 해도 과언이 아니다. 한여름 땡볕에서 밭을 매는 할머니나 아낙들의 콧노래에서부터 시작이요, 구레실 논매는 데 농가월령가가 울릴 때부터 노랫가락의 가사가 바로 노동요가 되고 문학의 시작이라고 본다. 이때 손에 잡고 일하는 것은 바로 호미이다. 호미는 논밭에 가라지를 뽑아내는 것이요. 콩이나 호박이나 고구마·감자 등 뿌리 부분을 북돋워 줄 때 흙을 긁어모아 주는 기구요. 특히 남정네가 쓸 때는 모 심어 두고 초벌, 두 벌 논을 맬 때 동네 저바래기 산이 쩌렁쩌렁 울릴 때까지 농가월령가를 불러 가며 웃텃골, 참새골, 놋점, 뒷골, 구레실 논을 두레로 매고 나면 허리가 햇볕에 벌겋게 타 살이 한 꺼풀 벗어지는 고통이 있었다.

　아낙네들은 밭 자락 끝 소나무 밑에 냉수며, 막걸리며, 감자를 몇 개 가져다 놓고 콩밭 고랑을 호미로 매다 보면 자기 신세타령에 딸 걱정, 아들 걱정, 세상사 원망하고 먼저 간 영감탱이 원망하고 불효자식 원망하며 반 다랭이 매고 나면 막걸리 한잔에 얼큰하게 취해 노랫가락 한 수에 "인생사 천년만년 기와집을 짓고 영생복락 누리다가 공수래공수거하는 것을 왜 이다지 세상살이가 힘든 단 말인가." 한탄하면서 눈물 바람에 한나절이 가고 얼래고 달래고 하는 사이 하루 해가 저문다. 이럴 때 부르는 한(恨)풀이 시 한 수 들어 보자.

恨을 풀며
―호미

무명 수건 하나
세상살이 가리우고
고초 당초 맵다던 시어머니 눈살 가리우고
비탈진 구름 한 자리
가라지―시어머니 심술보

억새풀—시누이 고재통

달개비—시아버지 사랑

우두둑 뽑아 삼키고

들 샘의 물 한 모금

가슴 터놓고 호미같이 씻어 낸다

할매 할매 우리 할매

땟수건 목에 걸고 웃텃밭 매거들랑

군인 간 막내 생각에

눈물 콧물 한(恨) 타령에

가슴앓이 되지 말고

바람 되어 하늘 자락에 날리소

사래 긴 밭 묵정밭

허리가 동강나 검붉게 타고

한 두레 열 두레

'호미 씻기' 한 마당 놀아

구레실 두레꾼들

해 그늘 등지고

품앗이 농사 여울질 때

신명놀이 한 가락에

호미 메고 한(恨)도 풀어 춤을 춘다.

노동요 속에는 효(孝)에 관한 내용이 많이 있다. 호미를 중심으로 쟁기, 맷돌, 방앗간 등의 시가가 전해지고 있는데 송강의 훈민가(訓民歌), 박인로의 오륜가(五倫歌) 중 부자유친(父子有親) 5수가 알려지고 또 효(孝)에는 윤선도의 견회요(遣懷謠)가 있고 고려가요로 작자 연대 미상인 사모곡(思母曲)이 널리 전해지고 있다.
　아버지의 사랑을 호미에다가 비유하고, 어머니의 사랑을 낫에 비유하여 어버이를 그리워하는 노래이다. 들어 보자.

　호매도 날히언 마라난
　낫같이 들 리도 없으니이다
　아버님도 어이어신 마라난
　위 덩더둥성 어머님같이 괴시리 없에라
　아소 님하, 어마님같이 괴시리 없에라.

　섬세하고도 날카로운 어머님의 사랑이 반복법으로 강조되어 있다. 한편 아버님의 사랑은 무디면서 후중한 것을 호미의 날로써 표현한 것은 아주 독창적인 표현이라 할 것이다. 호미이건 낫이건 아버지와 어머니를 극진히 생각하는 자식의 마음은 효성 없이는 형성될 수 없을 것이다.
　또한 서민의 노래, 민중의 순박한 노래라면 우리는 민요를 생각하지 않을 수 없다. 오늘날 전해지는 구전 민요에는 부모를 생각하고 효성을 노래한 작품들이 상당히 많다.

　이 농사를 어서 지어
　나라 살림 보태 주고

선영 제사 받들어 보세

우리 부모 봉양하고

처자식도 덤을 주고

이웃사촌 돌봐 주세

어허 어허 어어히

어이어도 상사뒤야.

전남 진도(珍島) 지방에서 부르는 모심기 노래다. 모를 심을 때나 맬 때나 호미는 항상 손에 쥐어져 있어 언제나 필요한 것이 호미이다. 비록 관념적이고 나열적이기는 하나 농사를 지어 부모 봉양을 하는 것이 농사의 목적으로 뚜렷이 나타나 있다.

호미는 김을 매는데 쓰이는 농구(農具)의 한 가지, 쇠 날이 세모꼴이고 꼬부라진 목에 나무 자루를 끼어서 쓴다. 옛 물건 가운데 호미만큼 사람에게 친하게 지낸 것은 없다. 우선 전체의 길이가 불과 25~30센티미터 정도밖에 되지 않아 사람과 가까이할 수 있어서 다른 농구와는 달리 사람과의 숨결을 같이할 수 있고 인간의 손이 꼭 닿아서야 제구실을 할 수 있는 점이 더욱더 친근감이 가는 농기구이다.

일단 시뻘건 담금질로 몇 번에 걸친 불과 물을 오가며 단련된 쇳덩이가 육중한 망치에 퍽퍽 두들겨 맞고 다시 작은 망치로 두꺼운 곳은 다듬어지며 끝부분 나무에 자루가 박힐 곳이 완성되면 십수 년간 아낙네의 팔목에 잡혀 함께 동고동락을 할 친구이다. 아낙네의 가장 친한 농기구 친구 호미의 탄생이다.

매 5일마다 장이 서면 시골장 한켠의 대장간에서 갓 나온 짙은 청흑색의 호미가 각기 용도에 따라 크기 순으로 가지런히 농기구 걸이에 걸려 주인을 기다리고 있다.

세상에 처음 나온 호미는 부자이건 가난뱅이 농부이건 주인이 정해지면 봄으로부터 시작해서 가을 해가 짧아질 때까지 사철 내내 밭에서 같이 더위와 추위를 함께 겪으며 농부와 친구를 하게 된다.

호맹이(전라, 충청, 강원), 호메이(경상), 호무(전남 보성), 홈미(함북), 호미, 호마니, 허메, 허미, 희미, 홈의 등으로 크게 밭 호미와 논 호미로 나뉜다. 밭 호미는 수도(水稻) 이외의 농작물에 다목적으로 사용되는 호미로 논 호미에 비하여 가볍다. 반면 논 호미는 논매기에 사용되는 호미로 밭 호미에 비하여 날이 훨씬 크고 길며 무겁다. 호미는 날 슴베, 자루로 땅을 파거나 풀을 뽑는데 이용되는 철판이고, 자루는 손잡이며 슴베는 날과 자루를 연결해 주는 부분이다. 호미는 사용되는 지방의 자연적인 조건과 농업 경영의 특질에 따라 보습형, 낫형, 세모형 등으로 구분된다. 보습형은 논 호미로 경기, 충청, 전북 등지에서 흔히 쓰이며 쟁기의 보습처럼 날이 뾰족하고 위는 넓적하다.

백중놀이는 '호미씻기' 라는 명칭으로 널리 알려져 있는데, 이것은 논매기와 밭매기가 호미를 씻어 넣어 둔다는 뜻으로 주로 중부 이남 농경 지역에서 세벌 논매기를 마친 음력 7월 보름경, 그동안 고된 노역을 해 오던 소작인과 머슴들을 위해 마련해 준 위로 잔치인 셈이다. 이른바 민중의 날에 민중들이 펼치는 밀양 백중놀이는 꾸밈없이 솔직하게 표현한 민중예술 놀이는 각 춤들의 개성이 뚜렷하며 생명력이 넘치는 것이 특징이다.

밀양에서는 농군들이 고된 일에서 잠시 해방되어 양껏 음식을 먹고 즐기던 이날을 '머슴의 날' 이라 하고 이날의 놀이를 '호미놀이' 라 불러 왔다.

조선낫과 왜낫

이른 아침에 이슬이 채 가시기도 전에 망태를 메고 낫을 들고 밭두렁, 논두렁을 한 바퀴 돌다가 뽕나무밭 언덕에, 녹두며 동부 콩이며 호박 넝쿨이 무성한 곳에 망태기를 내려놓고 낫으로 풀을 베어 망태에다 힘껏 집어넣어 한쪽 어깨에다가 짊어지고 대문을 들어서면 어머니는 좋아하시며 싱그러운 쑥을 뜯어다가 쑥물 즙을 내어 마늘 한 쪽과 함께 아들에게 선뜻 건네준다.

망태기가 있는 곳에는 왜낫이 있고 바작이 있는 곳에는 조선낫이 있다. 바작 옆구리에 끼워 놓은 조선낫은 나무나 좀 센 것을 자를 때 쓰는 것이고, 왜낫은 풀이나 아주 연하디 연한 것을 벨 때 쓰는 낫이다. 낫은 농작물 또는 풀, 나무를 베는 데 쓰는 ㄱ자 모양으로 생긴 기구이다. 낫의 고어는 '낟' 이다. 칼날의 '날[刀]' 은 '낫' 과, 어원이 같은 말이다. 농경의 발생과 더불어 발명된 수확용 농기구이다. 고대 동방에서 일어난 맥작농경(麥作農耕)에서 그 이삭을 베는 데 돌로 만든 날을 끼운 낫을 사용하였다.

음력 9월 한로(한로: 양력 10월 8일경)와 상강(상강: 양력 10월 24일경) 무렵이 되면 모든 들판의 곡식들이 결실되므로 수확 준비를 한다. 이때 거두는 농작물로는 벼, 콩, 고추, 수수, 무우, 배추, 고구마 등 다양한 종류가 있다. 수확 연장은 주로 낫을 많이 사용하는데, 특히 벼 베기의 경우에는 낫이 절대적으로 필요하다. 낫은 농작물이나 풀, 나무 등을 베는데 쓰이는 농기구로, 대체로 기역자 모양이다. 안쪽은 갈아서 날이 되도록 하였고, 나무 자루를 끼워 손잡이를 만들었다.

지역에 따라서 날의 형태, 자루와의 각도 등에 많은 차이가 있다. 경기 및 경상도에서는 날의 너비가 길이에 비하여 좁은 편이고, 강원, 충청, 전남의 것은 날이 반달 모양으로 굽었다. 일반적으로 슴베가 비교적 길고 날이 두꺼워 나무하는데 편리하였다.

오늘날의 낫과 같은 모양의 것은 중국에서는 이미 신석기시대의 돌낫으로 시작하여 뒤에 쇠낫으로 바뀌었다. 낫은 계속 발전하여 날 뒤쪽을 구부린 다음 손잡이 자루를 만들어 끼웠는데, 날과 자루는 둔각(鈍角)을 이루었다. 돌칼 모양의 손톱 낫은 이삭을 자르는 데 썼고, 쇠 낫은 포기를 베는 데 썼으므로 이 두 종류의 낫의 교체는 농사 방법의 개량과 관련이 있다.

낫과 관련하여 무속(巫俗) 신화인 성조(成造) 대감 이야기에, 그가 낫을 처음으로 만들었다는 내용이 있다. 천궁대왕(天宮大王)과 옥진부인(玉眞夫人) 사이에서 태어난 그는 세상을 다스리기 위해 하늘에서 내려왔다. 인간에게 집을 지어 주려고 각종 연장을 만들었는데, 이 중 숫돌에 낫을 갈아 칼날이 날카롭게 만들어 밭이나 논이나 산으로 나무를, 풀을 베는데 사용한다. 어린아이들은 자치기 대를 만들기 위해 나무를 자르다가 손을 베는 적이 한두 번이 아니다. 낫을 잡을 곳은 물푸레나무로 되어 있고 ㄱ자로 된 낫이 사용하기가 아주 편리하다. 그런데 ㄱ자라는 뜻에서 흔히 "낫 놓고 기역자도 모른다."는 이 말은 문맹자를 비웃는 말이다. 낫의 모양이 ㄱ자처럼 생겼는데도 낫은 알면서도 ㄱ자를 모른다는 것은 무식하다는 의미가 아닐까.

낮은 지금도 농촌에 가면 가끔 볼 수가 있지만 옛날에는 식구 수 대로 낫을 마련해 두었다. 그 당시 농촌에서는 기계가 거의 보급되어 있지 않아서 모든 것을 모두 낫으로 해결했다. 소를 먹이기 위해 풀을 뜯어 올 때도 낫으로 베어야 했으며, 지게를 만들 때도 낫으로 깎았고, 벼 베기와 보리 베기는 말할 것도 없고, 벌초할 때는 왜낫을 3~4개 숫돌에 갈아 조상 묘를 찾아갔다. 벌초 때 부르는 노래 하나 들어 보자.

벌초하고 물 한 모금
―낫

외솔나무
참솔나무 늘어진 가지 사이
바람 한 솔
구름 한 솔 숨 한 번 쉬어나고
물 한 모금

뫼 뿌리에 앉아
하늘 보고 침 한 번 뱉고
푸른 초원에 낫을 던져
풀 한 줌 모으면
방아깨비 푸드득
아침 이슬방울 영롱 속에
죽음과 삶의 깊이를 깨닫게 한다

한숨 쉬고 먼둥산 두 번 보고
낫 놓고 낫 들고 한 발 뛰면서
민둥산 만들어 놓고
조상님의 뜻 따라
망부석 세우니
산소에 기린 뜻 가슴으로 뜨겁구나.

　뱀을 잡을 때도 낫을 쓰고, 감자나 나무를 깎고 자를 때나 새끼(끈)를 자를 때나 땔나무를 할 때, 논둑의 풀을 벨 때, 맹수가 덤벼들 때나, 심지어 싸움할 때도 낫을 들고 하는 사람이 있었다. 농부에게는 잠시도 없어서는 안 되는 필수 도구며 호신용 무기다. 낫날도 어느 정도가 되면 적정한 것인지 그것을 알아내자면 몇 년 동안 낫을 갈고 다듬을 줄 알아야 감이 잡힌다고 하니 낫 가는 것도 도를 닦듯 정성이 들어야 그 원리를 터득할 수가 있는 것 같다.
　농사짓는 것이나 학문을 연구하는 것이나 다 성심성의를 다해야 알찬 결실을 수확할 수가 있다는 것은 우리에게 깨우쳐 주는 바가 많다. 낫 놓고 기역자를 모르는 것을 비웃지 말고 무책임한 사람들을 비웃어야 하지 않을까. 기술이나 지식이 있다고 뽐내지 말고 모르는 것을 남에게 가르쳐 주면서 무슨 일을 하든 성실하고 겸손한 태도를 가져야 한다. 풀 베는 기계는 풀만 벨 수 있지 낫처럼 다목적으로 쓰이지는 않는다. 성능이 좋은 기계가 발명되었다고 하여 낫을 헛간에 처박아 두는 것은 현명한 일이 아니다.

넘실거리는 향수, 둥우리 속의 행복
—똥장군 · 오줌통 · 어리

새싹이 파릇파릇 논두렁마다 피어나는 봄날이다. 오솔길을 거니노라면 밭갈이하는 농부는 쟁기의 봇줄을 잡아당기며 "이랴, 낄낄." 농부의 목소리가 들리고 씨앗 망태기는 아낙네의 어깨에서 너울대며, 하늘 같은 넓은 밭에 씨앗을 뿌린다.

오월이라 여름이 다가오니 입하(立夏), 소만(小滿) 절기요, 비 온 끝에 햇볕이 나니 날씨가 무척 청화(淸和)할 때이다. 떡갈잎 퍼질 때에 버금새 자주 울고, 보리 이삭 패어나니 꾀꼬리 소리 들리는 보리밭 길, 푸른 언덕 길이다. 봄이면 외양간에 거름을 내고, 측간의 잿더미를 텃밭에 뿌리노라면 봄 농사가 시작된다.

연하디 연한 풀잎 새싹이 입술을 내밀 때면, 사랑방 샛문 사이에 있던 '똥장군', '오줌통'으로 봄 농사를 시작하고, 밤이면 '어리'에 암닭, 장닭 몰이하여 어리 안에 집어넣고 하루 농사 골몰하여 목동별이 나타나기도 전에 잠을 청한다.

똥장군─추마리

전형적인 시골 마을은 뒷산이 웅장하고 양옆 산이 곱게 내려앉은 옴팍진 마을이다. 그리고 뒷동산에는 조상들의 묘가 대대손손 줄줄이 늘어 서 있고, 저 멀리 저바라기 산에는 온갖 꽃들이 피어나고, 그 밑에는 구레실 논배미요, 그 위에는 큰 저수지가 은빛 찬란하게 반짝이고 있다. 어느 마을이나 입구에는 느티나무가 버티고 서 있으면서 마을의 기쁨과 슬픔을 미리 점치고 있다.

'立春大吉'이라 써 붙인 대문을 들어서면 마당 가운데는 벼를 말리는 멍석이 널려 있고, 댓돌 위에는 검정 고무신이 올려져 있고, 마루 한쪽에는 맷돌, 정지 밖에는 확돌, 그 앞에는 구정물통이 자리 잡고 있다. 그리고 집 모퉁이 양지바른 곳에는 크고 작은 장독들이 나란히 줄을 서 있고, 행랑채 위쪽에는 코뚜레한 암소와 새끼 송아지가 놀고 있고, 그 옆에는 돼지가 꿀꿀거리고 있다. 또한 사랑채 벽에는 도롱이, 삿갓, 씨앗 종다래기, 뒤웅박, 그리고 예비 코뚜레와 망태기가 걸려 있고, 본채에서 떨어진 곳에 뒷간이 있고, 그 옆에는 똥장군과 오줌 바가지가 있다. 정지문을 열면 쇠솥이 세 개가 걸려 있고, 살강이 있고, 그 위는 거미줄이 덜렁덜렁 매달려 있고, 부엌 뒷문 쪽에는 절구통과 절굿대, 둥근 체가 서너 개 걸려 있다.

헛간 벽에는 쇠스랑과 괭이, 갈쿠리, 삼지창이 걸려 있다. 그리고 도리깨, 홀태, 탈곡기, 쟁기, 지게가 헛간 앞에 늘비하게 널려 있다. 마당 한쪽 구석에는 닭장, 닭둥우리, 어리가 땅에서 약간 떨어져 공중에 울타리 삼아 떠 있다.

대문을 나서면 개울을 건너는 나무다리가 놓여 있고, 뒷산 비탈에는 서낭당이 있어 노랑, 빨강, 파란 천이 대나무 잎 사이에서 너울거리고 있는 것이 시골 마을의 전부이다.

필자의 고향은 임실군 성수면 삼청리 원천동(元泉洞)이다. 원천동은 샘물이 으뜸가는 마을이라 해서 '샘골', '시암골'이라고 한다. 그래서 본인의 호(號)를 한글로는 '샘골'이라 쓰고 있다.

똥장군은 대략 사랑 문간방 샛문 사이 울타리 가운데에 크나큰 장독 옆에 자리 잡고 있다.

이 똥장군은 봄갈이할 때에 꼭 필요한 것이다. 사랑방 손님, 서당방 학동들의 오줌을 모아 오줌통에 붓고 그 다음 큰 장독에 다시 붓는다. 장독에 있는 오줌을 똥장군에 부어 넣고 짚으로 주둥이를 틀어막는다. 그런 뒤 머슴은 출렁거리는 똥장군을 지게에 지고 웃 텃밭에 갔다가 뿌린다.

똥장군을 '長盆'이라고도 하고 '오줌통', '추마리'라고도 부른다. 용도는 오줌이나 똥[糞]을 담아 나르는 기구이다. 성능은 30~40리터 정도 들어가고, 옆 길이는 장정 양팔 길이만큼 넓고, 통나무를 길게 맞추어 둥글게 돌아가면서 대나무로 띠를 두른 것이다. 종류는 수평형과 직립형이 있다. 쓰임에 따라 '오줌장군' '똥장군'이라 부르고 질그릇이나 나무로 엮어 대나무 띠를 세 번 정도 두르고 주둥이를 내어 짚으로 입마개를 틀어막아 쓴다.

'똥장군'에 대하여 시(詩) 한 수를 읊어 본다.

넘실거리는 향수
―똥장군

행랑채 모서리 돌고 돌아

반짓문 열고 하늘 보면
뒷동산 언덕에 풀잎이 웃고

앞산 텃밭
호박 구덩이 하품하면
머슴은 콧구멍 틀어막고
똥장군 입 검불로 막고
출렁출렁 넘실거리는 향수

큰 동아리
울타리 아래 묻어 놓고
샛문 만들어 지게 목발 걸쳐
똥장군 입에 물리면
땡볕 봄갈이 두렁에서
한 가시내 속살 내놓고 놀자 하네

냉이 쑥부침, 빠쁘쟁이, 질경이
총각 바지 댕기는 맛으로
고개를 넘고 넘어
사래긴 밭에 짙은 향기 날리네.

　맷돌, 코뚜레, 쟁기, 종다래기, 뒤웅박, 삼태기, 똥장군, 절구통들
은 농촌의 농기구로 수백 년간 우리와 함께 살아왔던 도구들이다.
그런데 백 년도 안 되어 사라져 가고 있으니 가슴 아픈 일이다. 토

지나 노동에 대한 개념도 변해 가고 전통적인 농촌은 점점 없어져 가고 있다. 사라져 가는 것들, 새로 생겨난 것들 가운데서도 그래도 변하지 않아야 할 것은 사람 사이 정(情)이 아닐까 싶지만 그것마저도 자본주의 공세 앞에서 맥없이 무너지는 것 같아 마음이 아프다. 화려해 보이는 세상의 변화나 새로운 과학적 발견에 열광하기보다는 차분한 성찰이 지금 우리에게는 꼭 필요하다는 생각이 든다.

출렁이는 똥장군을 지게에 짊어지고 농촌의 향수를 풍기면서 골목을 빠져나가는 산골 머슴의 모습이 그리워져만 간다.

오줌통―구댕이

옛날 뒷간도 변천사가 있다. 헛간 뒷쪽에 다락방처럼 만들어 흙으로 지어 놓은 측간이 있다. 그곳에 올라 변[糞]을 보면 밑에 있는 검은 돼지 어미가 꿀꿀거리며 변을 받아먹다가 똥[糞]돼지 머리 위에나 귀 위에 떨어져 돼지가 머리를 흔들면 똥[糞]이 사방팔방으로 튀어 궁둥이에 묻기도 하는 돼지 측간이 있다.

그 다음에는 역시 다락 방식으로 되어 있으나 변을 보기 위해 앉아 있는 그 밑이 큰 통을 만들어 그곳에 소탕물이나 오줌을 가득 담아 놓았다. 그 위에서 변[糞]을 떨어트리면 텀벙, 텀벙하면서 그 물이 튀어 올라 궁둥이에 묻게 되는 소탕물 측간이 있다.

그 다음에는 부엌에서 나온 재를 모아 헛간에 쌓아 놓고 그 앞에 측간을 만든다. 발 디딜 곳만 높이고 가운데는 파놓고 볼일을 보고 난 뒤 작은 뜰개로 변[糞]을 덮어 헛간 구석에 계속 쌓아 놓았다가 봄날 농사지을 때 밭에 뿌리는 헛간 측간이 있다. 이런 식으로 계속 사용해 오다가 현재는 수세식이 있고, 항문 청소기까지 달린 변기가 있으니 얼마나 좋은 세상인가.

옛날에는 비료가 비싸고 구하기가 힘들어 오줌이며, 변[糞]도 모아 거름으로 사용했다. 처음은 나무로 엮어 엮어 대나무로 테를 두르고 양 옆에 고리 달린 오줌통을 만들어 사랑방 툇마루 끝에 놓아 두면 밤에 자다가 소피가 마려우면 그곳 마루 끝에 있는 오줌통에 볼일을 보았다. 그렇게 모아 가득 차면 그 오줌을 큰 독에 부어 보충해 놓았다가 똥장군 통에 담아 지게로 짊어서 봄갈이 밭에 퍼부어 거름 대신 사용했다.

오줌통은 여럿이 모인 사랑방이나 서당방에 준비하여 그곳에 오줌을 누게 했다. 그리고 할아버지, 할머니나 노부모께서는 깊은 밤에 밖에 나가기가 힘이 들어 방 안 윗목에 놋쇠 요강을 준비했다가 볼일을 보아 모았다가 아침에 오줌통에 붓거나 텃밭에 뿌리기도 하여 비료 대신 사용했다. 여기에서 '오줌통' 에 대하여 시(詩)를 읊어 본다.

시원한 그 기분에
—오줌통

으스름한 밤
눈 비비며
사랑방 쪽문 사이
마루 끝에서
꿈을 꾼다

시원한 그 기분
털털 털고 꼴마리 추기며
고추잠자리
다소곳이 뉘어 놓고
다시
꿈을 꾼다.

오줌통은 '귀때도이', '구대동이', '구댕이' 라고도 부른다. 용도는 오줌을 받는 통이나 똥[糞]을 받아 내는 기구로 쓴다. 성능은 10~20리터를 담을 수 있으며 장소에 따라 크기가 다르다. 종류는 나무로 된 것이 있으나 요사이는 질그릇으로 사용하는 경우가 많다. 그러니까 질그릇 동우로 사용한다. 보통 물동이와 비슷하나 귀테를 붙여 액체를 쏟는데 편리하고 동우 양편 위에 구멍을 내어 줄을 달아 물지게질할 때 편리하게 만들어져 있다.

작은 오줌통은 통나무를 세워 둥글게 한 다음 역시 대나무나 칡넝쿨로 아래와 위를 동여맨 뒤 손잡이는 작대기 모양으로 생긴 막대를 대어 입구를 만든 다음 그 입구를 통하여 밭고랑에 오줌을 뿌리게 된다.

어리─가리

"암닭이 병아리를 품에 안 듯 항상 자기 마음속에 모든 사람을 품어 가면서 살아가야 한다."고 학교장 선생님의 훈화나, 목사님의 설교에서 많이 듣는 편이다.

그런가 하면 어미 닭은 먹을 것이 있으면 새끼들에게 알려서 먹게 하고 비가 오거나, 추우면 그 많은 병아리 새끼들을 암탉 날개 안가슴으로 다 모아 포근하고 따뜻하게 해 준다.

어리는 두 가지가 있다. 땅바닥에 어리를 엎어 놓고 땅에서 바로 들어갈 수 있는 문을 만들어 편리하게 사용하는 것과 벽을 이용하여 높이 달아 놓고 사다리 같은 발판을 만들어 올라가게 하여 잠을 잘 수 있도록 하는 장태가 있다.

땅에 있는 것은 '덫가리'라고 하는데, 병아리가 어릴 때 사용하는 것이고, 벽에 높이 달아 놓는 이유는 족제비가 닭을 못 잡아먹게 하는 것이다. 큰 어리는 대나무나 싸리나무를 이용하여 타원형으로 둥글게 만들고 그 가운데에 막대를 가로질러 홰를 만든다. '횃대'라 하는데, 밤이면 그곳에 올라앉아 잠을 자는 곳이다. 가운데쯤 네모로 출입구를 만들어 놓고 해가 넘어가면 닭을 모아 그곳으로 들어가도록 닭 몰이를 한다.

장에 가서 병아리를 팔려면 작은 덫가리를 만들어 사용한다. 작은 덫가리는 함지박을 엎어 놓은 것처럼 싸리나무나 대나무로 엮어 위쪽에 문을 내고 그 옆에 손잡이를 만든다.

암탉 한 마리가 있는 집에서는 바구니 모양으로 둥우리를 짚으로 엮어 알을 낳거나 병아리 부화를 시킬 때, 또는 잠을 잘 때 사용하도록 하는 둥우리가 있다. 이 둥우리는 삼각형 형식으로 짚을 틀어 엮어서 끈을 길게 달아 마루 한쪽 구석에 달아 놓는다. 일정한 문이 없고 마음대로 드나들 수 있도록 되어 있고, 암탉이 알을 낳고 난 뒤에는 '꼬꼬댁 꼬꼬, 꼬꼬댁 꼬꼬' 하면서 주인에게 알린다.

닭은 원래 뒷발질을 하면서 후비고 파헤치기 때문에 닭띠는 흔히 못 산다는 말을 한다. 그래서 곡식을 마당에 널어놓을 때나, 집 안에 행사가 있을 때는 닭장 문을 안 열고 그냥 하루 종일 닭장 속에 가두어 둔다. 닭이 이곳저곳 다니면서 똥도 싸고, 사고를 치기 때문이다.

보통 때는 아침밥을 하기 위하여 정지(부엌)문 앞에서 쳉이(키)로 쌀을 까불 때 닭들을 내놓는다. 이때에 일정한 모이를 마당에 던져 준다. 그 뒤 닭들은 양지바른 울타리 밑에 가서 병아리들과 놀다가, 뒤안길이나 대나무밭에서 벌레며 개나리 잎이며 골단초, 상추, 잡풀들을 뜯어먹고 산다. 닭 집인 '어리' 에 대하여 시(詩) 한 수를 읊어 본다.

둥우리 속의 행복
—어리

둥근 달을 접어
목적 없는 세상 바다에 띄우고
물은 작은 구멍으로
좁쌀스러운 인간들을
녹아 내고
뽕뽕거리는 병아리는
엄마 찾아 장태에 오르고

덮가리 속 씨암닭
삼만 리 한 동네 휘돌고

엄마 햇살 받아

마당 귀돌이

한 집 이루니

대나무 빛살은

솔솔 바람 먹고 자라서

품안에 새끼 병아리

상한 갈대 꺾지 않는

자장가 속 날갯죽지 안의 행복이라

싸리나무 엮어

버드나무 둥우리 만들어

한 집안 넘겨다보며

자식들 모아 놓고

내리사랑으로 키워 가는 암탉들.

남부 지방의 농가는 안채와 바깥채가 있다. 안채에는 광과 마루가 연결되어 있고, 바깥채에는 사랑방, 머슴방이 있다.

사랑방에 오줌통이나 똥장군을 준비하여 마루 끝에 놓았으나 사랑방 손님과 서당방 학동들은 늘 오줌을 마루에 싼다. 그러니 마루가 썩고 냄새가 난다. 그래서 항상 주인마님과 늘 싸운다. 똥장군은 항상 위험한 존재이다. 짚으로 만든 주둥이가 터지는 바람에 오줌이 머슴 온몸에 뿌려진다. 닭장, 즉 어리는 밤이면 짓궂은 동네 총각들이 닭서리를 하기 때문에 열쇠를 채우고, 비상 불을 달아 놓기도 한다.

요사이 농촌 생활은 전답 농사만이 아니고 그 외 소득을 올리기 위하여 닭을 키우고, 소를 기르고, 유실수 나무도 심고, 벌도 기르면서 부업을 많이 하는 농촌으로 변화되어 가고 있다.

신명과 한풀이의 마당놀이

농군들의 노랫가락에 떡메는 지붕 위로 날고
—풍구 · 절구통 · 삼태기

풍구

낙엽이 한 잎 두 잎 떨어지는 날, 안산을 잡아 돌아 모종에 나가면 아낙네들은 옹기종기 모여 길쌈을 하고 동네 노인네들은 정자나무 아래 너럭바위에 걸터앉아 담뱃대를 입에 물고 세상살이에 한탄을 한다.

이때 느티나무 자락에는 풍구를 대 놓고 껍보리 10여 가마를 바람에 날리며 알곡은 알곡 대로, 쭉정이는 쭉정이 대로 모아 섬(가마니)에 담고, 담노라면 벌써 해그늘이 되어 산 그림자가 동네 길을 감싸고 지나간다.

풍구! 둥근 통 속에 장치한 날개를 돌려 바람을 일으켜서 알곡을 까불던 기구이다. 깔대기형의 구멍에 곡식을 붓고 손잡이를 돌리면 안쪽의 날개가 돌아 쭉정이 · 검불 · 먼지 · 겨 등을 밖으로 배출하게 된다. 중간쯤에서 정선된 쌀알은 통로의 출구를 통해 흘러

나온다. 즉, 잘 여물어서 알찬 낱알은 무거워서 날리지 않게 되고 가벼운 것일수록 멀리 날려 가는 원리를 이용한 것이다. 풍구를 사용하기 위해서는 손잡이를 돌리는 사람과 곡식을 통 안에 붓는 사람이 있어야 한다. 일제시대나 그 이전에는 각 농가에서 직접 만들어 쓰기가 힘들었기 때문에 대개 연자방앗간에서 풍구를 장만하여 사용했다. 따라서 연자매로 찧은 곡식 낱알을 풍구로 날려서 고르는 것이 연자방앗간의 풍습이었다고 할 수 있다.

즉, 풍구는 곡물로부터 쭉정이·겨·먼지 등을 제거하는 농기구이다. 방언으로는 풍로, 풍차, 풀무라고도 하고, 알곡 고르는데 사용하는 풍구차이다. 그리고 크고 둥근 통 안에 여러 개의 날개가 달린 바퀴를 장치하고 이것을 돌려서 곡식의 쭉정이·겨·먼지 따위를 날려 보내고 알곡만 깨끗이 모으는 농기구이다.

늦가을 낙엽이 우수수 떨어질 때면 언제나 정자나무 아래에 풍구가 자리를 잡는다. 동네 가정마다 벼, 보리, 밀, 옥수수 등을 풍구에 집어넣고 알곡만 모아 방앗간에 가기 위하여 먼지, 쭉정이, 그리고 검불을 바람에 날리는 것이다. 이때에 머리에 수건을 쓰고 부채처럼 바람개비를 돌리는 아낙네의 노래를 들어 보소.

쭉정이 바람에 날리고
―풍구

바람 부는
정자나무 아래
바람개비를 돌린다

알곡은 알고 대로
쭉정이는 쭉정이 대로
선과 악의 갈림길
죽음과 삶의 인생길이리라

불어라 바람아
날아라 가라지야
생명을 긁어모아
한날을 살아가니
돌리고 돌려라

인생은 외줄이거늘
바람 속으로 왔다가
불기둥 되어 가느니라

날아라 쭉정아
모여라 알곡아
쭉정이는 불길로 영원히
알곡은 곡간에 들어가
천당과 지옥 길이 되는구나.

풍무는 동네 너른 고샅길에 멍석(덕석)을 펴놓고 그 위에 풍무를 얹어 바람이 부는 방향으로 풍무 바람통을 맞추어 놓는다. 곡식을 가마니에서 퍼붓는 사람, 풍무 손잡이를 잡고 계속 돌리는 사람,

알곡이 옆구리로 나오면 넉가래로 긁어내는 사람, 쭉정이를 모아 가마니에 담는 사람이 필요하다.

계속 돌리다가 팔이 아프면 교대하기도 하고 일손이 모자라면 바람개비를 돌리면서 막대기로 풍무 위에 있는 곡식을 막대기로 쑤셔 넣기도 한다. 읍내 장에 나갈 것이나, 공판에 내보낼 것은 더욱 센바람으로 돌려 아주 단단한 알곡만 모아 가마니에 담아 따로 공판용으로 준비를 한다.

바람이 부는 날은 먼지를 뒤집어쓰고 목이 메일 정도로 먼지를 많이 마신다. 그런데 해가 넘어가고 어두침침할 때 동네 아이들은 모여 검불에다가 불을 놓고 옹기종기 모여 앉아 감자를 구워 먹으면서 재미있는 이야기를 나눈다. 때론 검불이 모락모락 타오를 때 불 넘기 자랑을 하다가 불 검불에 넘어져서 화상을 입기도 한다. 검불 불은 속에 숨어서 타기 때문에 속삭거리면 더욱 잘 타고 바람에 날려 불티가 하늘을 날면 위험하기도 하다.

방앗간에 가면 1차로 풍무에 돌려 검불·쭉정이·먼지를 바람에 날려 보내는 물건이 바로 풍구이다. 요사이는 풍구도 기계를 이용하여 자동으로 돌아가게 하여 바람을 내는 것이 현대의 농촌 장비이다.

성경 말씀에 '알곡은 모아 곡간에 들이고, 쭉정이는 영원히 꺼지지 않는 불에 태우리라' 고 했다. 여기에서 알곡은 선택받은 자요, 쭉정이는 가라지, 마귀로 여겨 선과 악, 착함과 악함을 구분하는 것이리라. 또한 요사이 젊은 학생들 사이에는 민속 체험 학습으로 지게 져 보기, 벼 훑기, 가래질하기, 맷돌 돌리기, 풍구 돌리기 등 10여 가지의 노동 문화 행사를 갖는다. 비록 이것은 조상의 생활 풍습을 배우고 다양한 우리 민속놀이 문화로 전승할 때 더욱 민족 애와 조상들에 대한 정감이 넘쳐 날 것이라 본다.

절구통

해거름에 밭에서 들어와 손발을 씻을 사이도 없이 저녁밥을 지어야 하고, 밥을 먹고 나면 시아버지 시어머니 잠자리를 봐 드려야 하고, 그리고 나면 내일 아침 먹을 보리쌀을 절구통에 찧어야 한다. 초승달은 처량하게도 구름 사이 뉘엿뉘엿 쓸쓸히 흐르고 있지만 우리네 서방님은 절구질에 손 불어 터 상처 난 줄도 모르고 사랑방에 가서 오질 않네 그려.

절구통은 통나무를 70~80㎝쯤 되는 허리를 파내고 밑부분은 좀 넓게 그리고 둥그렇게 만든 다음, 윗부분은 속을 파내어 확돌처럼 골을 약간 내놓고 곡식이 쉽게 부서질 수 있도록 옴팡지게 만든다.

일종의 장구를 세워 놓은 것 같으나 아래쪽이 크고 무겁게, 위쪽은 작고 옴팡지게 만든 것이 절구통이다. 전라도 사투리로는 도구통이라고도 하며 절구통을 찧는 나무는 도굿대라고 부른다.

도굿대는 역시 120㎝쯤 되는 나무로 허리를 파내고 양쪽으로 점점 가늘게 만들어 양끝 쪽은 두루뭉술하게 다듬는다. 이것도 역시 장구를 길게 늘여 놓은 것처럼 생겼으며 가운데 허리는 아낙네 손아귀에 딱 들어갈 수 있도록 만들었다.

절구통은 여러 가지로 쓰인다. 첫째 시골에서 구식 결혼식을 할 때 차일을 치고 멍석을 깔고 멍석 위에 절구통을 엎어 놓고 그 위에 널판 상을 얹어서 널판 위에 봉황새, 대나무 잎과 오색실, 기러기, 대추, 사과, 떡, 산적 등 몇 가지를 올려놓고 혼인식할 때 쓰이고, 두 번째는 집 모퉁이에 자리 잡고 있는 절구통 속에 밥이나, 나물을 넣어 두는 지금의 냉장고로도 쓰였다. 세 번째는 돌 절구통은 확돌의 대용으로도 쓰였다. 거기에 고추를 갈고 보릿살이며 떡방아 역할도 하였다. 네 번째는 돌 절구통을 마당에 뉘어 놓고 거기에 곡식을 두들겨 털었던 농기구로도 쓰였다. 볏단이나 보릿단을 절구에 내리쳐서 낟알을 떨어뜨리는 것을 '바신다' 라고 불렀다. 이때 선소리꾼이 중모리의 반 장단 세마치 두 장단에 앞소리를 메기면 농군들은 세마치 두 장단에 뒷소리를 '에야 에혜' 라고 힘차게 받으며 볏단을 내리치면서 농군들의 힘을 덜어 주는 '바심 소리' 가 널리 알려져 있다.

전라북도의 익산 지방의 '바심 소리' 는 매우 밝고 씩씩한 느낌을 주고 있다.

에야 에혜

에야 에혜

오동추야

에야 에혜

달 밝은 밤에

에야 에혜

임 생각이 간절하구나

헤헤헤 아하하 에혜 헤헤야

어어어 에야 듸여 나 어이

에야 에헤

에야 에헤

반월성이 어디메냐

에야 에헤

반월성을

돌아가면

에야 에헤

만경창파가 이 아니냐

헤헤헤 아하하 에헤 헤헤야

어어어 에야 듸여 나 어이

에야 헤헤

에야 헤헤

꽃이 피면

에야 헤헤

화산이 되고

에야 헤헤

잎이 피면 청산이란다

헤헤헤 아하하 에헤 헤헤야

어어어 에야 듸여 나 어이

에야 헤헤

에야 헤헤

달이 뜨네

에야 에헤

달이 뜬다

에야 에헤

부소산성 높이 떴다

헤헤헤 아하하 에헤 헤야

어어어 에야 듸여 나 어이.

또한 절구통에는 시집갈 딸이 해 가지고 가는 입막음의 인절미 떡이나 어린아이 돌잔치에 백설기 떡을 만들 때 필히 절구통에 떡살을 찧는다. 주로 인절미 떡을 찧을 때는 확돌에 떡메로 꽝! 꽝! 치지만 확돌이 없을 때는 절구통에 떡을 치면서 아버지, 오빠, 어머니가 서로 교대해 가면서 떡을 도굿대(절굿대)로 쳐서 먹음직스러운 떡을 만든다. 확돌의 용도도 여러 가지이지만 확돌의 사연도 한번 들어 보자.

떡메는 지붕 위로 날고

―확돌

땡감 구정물 먹고

감색 잎 떱떱하여 하늘 보고

보리 퉁퉁이 하얀 쌀 되고파

살신성인(殺身成仁) 되어 살으란다

시집가는 날

인절미, 쑥떡, 절편

마당 가운데 넙덕지 두둘기듯

왼편, 오른편 떡 치는 소리

때때로

옴팡진 돌확에

철푸덕 철썩 마당쇠 궁둥이 치듯

떡메는 처마밑 위에 떠오르고

이슬 먹은 쑥

울밑에서 뜯어

손바닥만한 마당 쓸고

쑥물

확돌에 갈고 갈아

익모초는

옆집 시어머니 눈 꼬리보다 쓰디쓰니

쑥물 한 대접 마시고

마늘 한 쪽 톡 쏘는 맛에 산다.

절구통에 대한 재미있는 이야기가 있다.

옛날 어느 마을에 방귀를 아주 잘 뀌는 남자가 있었어요. 어느 날 남자는 건넛마을에 방귀를 잘 뀌는 여자가 있다는 소문을 듣고, 건넛마을로 여자를 찾아갔어요. "흥, 누가 더 잘 뀌나 내기해 보자." "이리 오너라." 얼마 뒤 조그만 여자아이가 사립문 밖으로 빼꼼 얼굴을 내밀곤 "어머니는 밭에 나가고 안 계세요." 하며 부엌으로 쏙 들어가 버렸어요. "어허, 저런 버르장머리. 어디 혼좀 나 봐라." 방귀쟁이는 부엌으로 들어가 딸아이를 향해 '뿌우웅~' 방귀를 뀌었어요. 어찌나 방귀가 세던지 딸아이는 방귀에 밀려 아궁이로 쑥 들어가더니, 이내 굴뚝으로 빠져나왔어요. 마침 방귀쟁이 여자가 집으로 들어오다 이 모습을 보고는 화가 나서 방귀쟁이 남자를 향해 '뿌우웅~' 방귀를 뀌었어요. 그러자 옆에 있던 절구통이 힘차게 날아가 남자 앞에 쿵 떨어졌어요. 남자도 화가 나서 '뿌우웅~' 방귀를 뀌자 이번에는 절구통이 여자 앞에 떨어졌어요.

이렇게 '뿌웅, 뿡뿡~' 주거니 받거니 방귀를 뀌는 통에 절구통은 두 사람 사이를 바쁘게 왔다 갔다 했어요. 얼마 지나지 않아 두 사람은 힘이 빠져, 이번이 마지막이다 생각하며 있는 힘을 다해 '뿌우웅~' 방귀를 뀌었어요. 그런데 이 일을 어쩌지요? 두 사람이 똑같이 방귀를 뀌는 바람에 절구통은 오도 가도 못하고 하늘을 뱅뱅 돌더니 높이높이 날아갔어요. '슈웅~' 하늘 높이 날아가 절구통은 멀리멀리 달에 가 박혔어요. 그리고 달에 뿌리를 내리고, 자라고 자라서 커다란 계수나무가 되었답니다.

삼태기

먼동이 틀 무렵 아버님은 방문을 열고 나간다. 먼저 당그래와 삼태기를 들고 안방 부엌과 뒷방 부엌, 그리고 사랑방 부엌의 타다 남은 재를 다 긁어낸다.

삼태기는 짚으로 만들기도 하고 싸리나무로 만들기도 하지만 어느 지방에 가면 철사로 엮어서 만들기도 한다. 철사로 만든 것은 좀 무겁기는 하지만 오래토록 쓰고자 하는 의미일 것이다. 또 삼태기는 대오리(검은 대나무), 짚, 싸릿대 등으로 엮어 흙, 거름, 곡식을 담아 나르는데 사용한다. 방언으로는 삼태기, 삼태, 꺼랭이, 발소쿠리, 짚 소쿠리, 어랭이라고도 부른다. 성능으로는 20~30kg쯤 담을 수 있고 멜빵이 달린 작은 삼태기를 개똥삼태기라고도 한다. 쓰이는 용도는 다양하지만 특히 곡식을 들어 나를 때, 그리고 뒤엄 자리의 거름을 바작에 들어 담을 때, 감이나 밤, 사과, 배를 수확할 때 삼태기나 망태기에 담아 옮기고 삼각형으로 되어 있는 삼태기에 끈을 매어 감나무에 매달아 놓고 감을 담기도 한다.

　삼태기를 만들 때에는 싸리나무를 베어다가 다듬어서 물에 일주일쯤 담그어 놓았다가 하루 정도 그늘에 말려 저녁에 사랑방에서 삼태기를 엮어 말아 휘어 매어서 안쪽은 두툼하게 하고 ㄷ자형의 둥그스러운 모습으로 위쪽은 손잡이이기 때문에 많이 엮고 바닥 쪽은 굵은 싸리나무로 세 개 내지 네 개로 발을 엮어 끝은 날카롭지 않게 뭉뚱그려 짧게 엮어 만든다.

　삼태기하면 '강병철과 삼태기 메들리'가 생각난다. 97곡 중에 한 곡만 들어 본다.

한 삼태기 두 삼태기 석 삼태기 열 삼태기 언제나 즐거운

삼태기 메들리 삼태기 메들리— 삼태기 메들리

행운을 드립니다 여러분께 드립니다 삼태기로 퍼드립니다

강원도 금강산 1만 2천 봉 8만 구암자 유점사 법당 뒤

칠성단에 신고산이 우~르~르~르~르~

화물차 떠나는 소리에 구곡산장 큰애기 단봇짐만 싸누나

얄리얄리 얄라샹 얄리얄리 얄라샹 어랑어랑 어허야 어허야 데야

모두가 내 사랑이로구나 나를 두고 가는 세월 무정하다

원망 말고 고향 세월 반기면서 희망 속에 살아가세.

삼태기는 농촌의 농부들이 많이 사용하는데 농산물을 밭이나 논에서 옮길 때나 거름을 담아 밭에 뿌릴 때 가볍게 들고 다니면서 사용하는 농기구이다. 삼태기는 삼각형 모양으로 생겼다 해서 삼 자가 붙고 태기란 말은 망태기에서 따온 말이다.

삼태기는 과연 어떻게 생겨난 말일까. 국어사전을 펴면 '삼태' 가 준말이라는 설명구가 나오면서 한자 어휘에서 온 말 같다.

'망태기' 라는 단어를 예습하는 것이 큰 도움이 된다. 망태기도 삼태기와 비슷한 용어를 지니고 있다. 다만 그 모양이 달라 구멍이 숭숭 나 있거나 꼭 세모꼴이 아닌 경우가 많다.

이와 관련, 어문학자들은 망태기를 한자 '망 網(망)' 자와 '굽어볼 瞰(감)' 에서 출발한 단어로 보고 있다. '瞰' 은 탁으로도 발음된다. 이 '망탁' 에 접미사 이가 붙은 후, 변음 현상이 일어나 지금의 '망태기' 가 된 것으로 보고 있다.

전문가들은 '삼태기' 도 같은 유형으로 보고 있다. '삼탁' 에 '이' 가 붙어 지금의 삼태기가 된 것으로 보고 있다. 의역하면 '세모꼴 모양의 瞰' 이라는 뜻이다. '낭태기' 도 비슷해 한자 '주머니 囊(낭)' 에 '태' 가 붙은 후, 변음된 것으로 보고 있다.

방향은 약간 다르지만 '멍석', '방석' 도 비슷한 문자 분위기를 지니고 있다. 역시 한자에서 온 말로 멍석은 한자어 '網席' 이, 방석은 '方席' 에서 출발했다. 의역하면 '망으로 짠 자리', '네모꼴 모양의 자리' 라는 뜻이다.

장돌뱅이 구루마꾼은 달밤에 산 넘고 물 건너
─구유 · 망태기 · 저울

농경 생활은 계절별 절기가 있다. 그 절기에 따라 농경의례(農耕儀禮)가 많고 풍요를 기원하는 개인적인 기복 행사(祈福行事)도 많다. 농사력(農事曆)이 있고 24절기가 매월 두 번씩 들어 있고 또한 계절에 따라 세시 풍속(歲時風俗)이 있어 농경 생활하는 데 때가 있고 시간이 있고 때때마다 세시 풍속 놀이며, 제(祭)가 있어 즐거움 속에 힘들고 어려움이 있을 때가 많아도 서로 두레 정신으로 한마음 하나가 되어 마을의 풍년을 기원하면서 울타리 사이 서로 정(情)을 나누며 살아간다.

초봄이면 씨앗 뿌릴 준비에 바쁘고, 보리밟기가 시작되고, 여름이면 모내기 한철에 써레질이며 모심기에 눈코 뜰 새가 없어 짐승은 물론 어린아이까지 농사일에 매달려야 하며, 가을이면 추수의 계절을 맞이하여 풍년을 기원하면서 가을걷이에 바쁘고, 들과 산에는 알곡과 열매들이 영글어 가는 아름다운 계절이며, 겨울에는 섬(가마니)을 만들고 멍석이며 덮가리, 망태기, 키, 짚신, 바작, 삼태기 등을 만들기에 머슴들은 밤을 새워야 했다.

그러다가 깊어 가는 밤에는 동네 총각들과 닭서리도 하고 하얀 눈이 쌓인 지붕에 올라가 감 홍시도 서리해 사랑방에서 구수한 농담 섞어 가며 먹을 때는 벌써 농촌의 홍미가 무르익어 간다.

아낙네들도 한 집으로 마실을 가서 서로 이야기꽃을 피우다가 서로 쌀을 모아 되리로 떡을 해서 나눠 먹고 남은 것은 서로 자기 집으로 가지고 가서 시어머니 몰래 감추어 두었다가 사랑방에서 늦게 돌아온 서방님 밤참으로 내놓고 불을 끄고 이불 속에서 사랑 나누며 먹던 그때 그 시절이 생각난다.

농촌 생활도 기나긴 겨울밤에는 구수한 사랑방 얘기, 안방 이야기가 깨소금같이 웃음소리가 울타리를 넘나든다. 그러나 농사지을 때는 힘들지만 농기구와 평생을 살아간다.

여기서 구유, 망태기, 눈금 저울 속에서 조상들의 지혜로운 삶을 알아본다.

구유

해가 서산 자락에 걸쳐 있을 때쯤이면 물통을 가지고 이웃집에 다니면서 구정물을 모아 가마솥에 부어 놓고 마른풀과 짚을 작두에 잘라서 고구마 줄기와 된장을 풀어 섞어서 소죽을 맛있게 큰 가마솥에 끓여서 소에게 주면 소는 김이 모락모락 나는 여물을 되새김하면서 잘 먹는다. 바로 소죽을 담는 그릇이 구유이다.

구유는 방언으로 구시, 구이, 귀, 기승, 궤이, 구슈, 귀염, 소죽통, 여물통이라고 전라 남북도에서는 불렀다. 용도는 소죽을 주는 밥

그릇이다. 종류는 송아지용으로 작은 것과 황소와 암소용으로 큰 것이 있다. 재료는 나무를 함박처럼 파서 옴팍하게 만들고 네모 형이나 타원형이 많다. 또 돌로 만든 구유도 있다. 원통나무 구유, 판자로 만든 구유가 있는 데 밑바닥을 물이 새지 않도록 양철을 대서 만든 것도 있다.

구유는 말이나 소 또는 염소의 먹이를 담아 주는 그릇인데 통나무로 만든 것이 기본이고 돼지나 강아지 먹이통으로 사용하기도 한다. 큰나무 토막을 우묵하게 파내어 만든 것이 아주 튼튼하게 보인다. 또는 큰돌의 한구석을 파내어 소죽통이나 염소통으로 사용하기도 한다. 그런데 짐승의 밥통으로 쓰인 구유는 항상 지저분한 곳에 있거나, 언제나 너슬레하고 먹다 남은 밥그릇과 똑같다.

그리하여 구유 앞에는 옹달샘처럼 물이 고여 있고 그 옹달샘에는 소죽물과 소 오줌과 분[糞]이 섞여서 모인 물이다. 소위 소탕물이라고 한다. 매우 독하고 냄새가 아주 고약하다. 그러나 이 소탕물을 약으로 사용하기도 한다. 즉, 손가락 사이나 가랑이 사이 살이 여린 곳에 병균이 달라붙어 사는 병으로 '옴' 이라는 병에 즉효약이다. 민간요법으로 아주 많이 사용하며 살아왔다. 또는 이 소탕물을 모아 가지고 오이나 가지 밭에 뿌려 주면 최고의 거름이 된다. 요사이 사용되는 요소 비료보다 나은 것이다.

소 구유에는 언제나 소죽이 남아 있어 낮이나 밤이나 소가 먹고 싶을 때 먹는다. 밤이 깊어 사방이 고즈넉한 시간이면 가끔 소 귀에 달린 핑경(우경) 소리가 은은하게 들리면서 조요한 마을을 흔들어 놓는다. 구유에 대한 시(詩) 한 편을 적어 본다.

별은 거룩한 자리로 내려앉고
―구유

맛깔스럽고 청랑한 밤

별이 내려앉은 거룩한 자리

찬양하리로다

찬송하리로다

어둠보다 먼저 온 태초의 빛

두 손을 합장해도 부족한 그대여

동아리 열 구멍 열어 놓고

뜨거운 여물

고봉으로 넘쳐 담아

혓바닥 길게 내밀고

되새김할 때

황소 꼬리 빙빙 돌면

뒤엄자리 거름 되어 소탕물이 흐르고

대청마루 밑에서

흙바람 너덜거리고

황소 어미 새끼 밥통도 없이

구정물 먹으면서

쓴맛 단맛 다 알아야 한다고

수렁진 밑바닥

삶의 뒤안길을 더듬어 본다.

기독교에서 구유를 성스럽게 보고 있다. 즉, 거룩하신 예수님이 탄생하신 장소이다. 이것은 그 위대하신 분이 천하고 하찮은 자리, 아주 낮은 자리에 낳으셨다고 상징적으로 표현하는 것이요, 우리 인간들에게 높은 자리만 생각지 말라는 의미가 있는 것으로 안다.

망태기

햇살이 따스하게 비추이는 처마 밑에 대롱대롱 매달리거나, 대문 양편 기둥에 걸려 있는 것이 망태기이다. 망태기에는 여러 종류가 있다. 씨앗을 담는 씨앗 망태기, 바구니 모양으로 되어 있는 종다래끼, 멍석으로 엮은 씨 삼태기, 갓 모양으로 된 씨 갓통이 있다. 그리고 제일 많이 쓰이는 것은 소 풀을 담거나, 읍내 장에 갈 때 닭, 강아지, 돼지 새끼를 넣어 가지고 다니는 꼴망태기가 있다. 일명 망태라고도 한다.

씨 망태기를 전남 지방에서는 종다래끼라고 한다. 용도는 씨앗을 넣어 두는 그릇으로 여러 가지 곡식 씨앗을 봉지 봉지 묶어서 씨 망태기에 넣어 처마 밑 석가래에 매어 달아 놓는다. 크기는 곡식 5리터 정도 넣을 수 있는 것이요, 모양은 떡등구리형, 뒤웅박형, 달걀형이 있다. 만든 재료는 짚으로 꼬아서 만든 것과 나무뿌리로 엮기도 하고 대나무로 듬성듬성 망을 만들기도 하며, 썩지 않게 바람구멍을 많이 내 화통하게 엮는다.

종다래끼는 역시 씨앗 그릇인데 인동덩굴이나 대오리, 싸리나무 등으로 결어 만든다. 대략 3리터에서 5리터 정도의 곡식을 넣어 보관하는 그릇이다. 때로는 낚시 가서 고기를 잡아넣어 오는 그릇으로도 사용되는 다래끼이다.

씨 삼태기도 있다. 역시 씨앗 그릇으로도 사용하는 데 이것은 약간 크다. 10리터 정도 곡식을 넣을 수 있고 짚과 삼을 섞어서 꼬아 만든 것인데 크기 때문에 멜빵을 달아 어깨에 메고 다니도록 되어 있다. 씨 갓통은 함경도에서 많이 사용하는데 씨앗을 뿌릴 때 들고 다니면서 사용하는 씨앗 주머니이다. 즉, 삿갓 모양으로 되어 있으며 조, 피, 수수, 깨 같은 씨앗을 넣어 두었다가 밭에 뿌릴 때 사용한다.

쌀, 보리, 조, 콩, 기장 5곡 중에 조를 많이 심었는데 만약 조를 뿌린다면 약 200평 정도 뿌릴 양이 들어간다. 씨앗통 옆에 손잡이가 달렸고, 씨앗 대롱이 길게 늘어져 그 끝에 부림 손이 달려 있다. 북한 지방에서 많이 사용하며 뿌리는 방법은 작은 막대기로 통이나 대롱을 두드리면 통속의 씨앗이 떨어지는데 떨어지는 양이 적을 때에는 그 안에 짚이나 갈대를 채워서 조절한다. 대략 속을 빼낸 박에 대롱으로 된 나무를 가로질러 만들며, 박통 속에 씨앗이 대롱을 통하여 아래로 떨어지게 하는 방법이다. 뿌림 손은 떨어지는 씨가 넓게 퍼지도록 하는 용도로 쓰인다. 망태기에 대한 시(詩) 한 수를 적어 본다.

꼴망태 어깨에 메고
―망태기

바람통
날망에 앉아

늙다리 소나무 그림자 드리우고
꼴망태 옆에 놓고
고누를 두다가
파란 하늘 꿈을 먹고 사는 망태 아이들

도라지꽃 향기
아롱진 풀빛 웃음
산길에 올라
꼴 한 망태 베어 놓고
참외 고랑 수박이랑
넘나들며 커 가는 망태 꼬맹이들

꼴망태 왼 어깨에 메고
밤이면 천자문 읽어
한양 꿈 그리면서 작두에 여물이라
소죽 가마솥에 젊은 청춘 담고
청운의 깊은 뜻 새겨 가며
오늘도 하늘 천, 따지 읽어 가는 망태 머슴들.

　　원래 망태기는 꼴을 베어 담는 그릇이다. 아침이나 해 저물 무렵 꼴망태를 어깨에 메고 왜낫을 들고 논두렁에 나가 꼴(풀)을 베어 가득 담아 낫을 꼴에 꽂고 한쪽 어깨에 걸머메고 집으로 들어와서 그냥 생풀을 소에게 주기도 하고 끓여서 주기도 한다.
　　꼴망태기 메고 나오는 동네 꼬마들은 동구 밖에 모여 앉아 꼴 내기를 하며 놀기도 한다. 망태기는 가는 새끼나 노를 엮어서 만든 것으로 곡물, 감자, 고구마 따위를 나르는 데 쓰인다.

저울

이장 집 모퉁이나 마루 밑 한쪽 구석에 항상 놓여 있는 것이 저울이다. 저울은 여러 종류가 있다. 곡물이나 삼베를 측정하는데 쓰이는 눈금 저울이 있으며, 볏가마니나 쌀가마니 같은 무거운 것을 측량하는 도르래 저울이 있다. 이 저울은 추를 1kg에서 800kg까지 조절하며 무게를 달 수 있는 저울이고, 소고기나 곡물 등을 달아 보는 앉은뱅이 저울이 있다. 앉은뱅이 저울은 고기간이나 야채가게에서 많이 사용한다.

도르래 저울은 저울 밑에 도르래가 달려 있어 도르래 저울이라 하고, 눈금 저울은 자주색이 칠해진 나무에 금색으로 1근에서 200근까지 달 수 있는 눈금이 찍혀 있다. 앉은뱅이 저울은 가정에서나 곡물 파는 데나 그리고 시장이나 가게에서 흔히 볼 수 있는 저울이다.

이런 저울이 있기 전에는 됫박과 말이 있었다. 됫박은 홉으로 측량하고, 홉 이상일 때는 말로 계산한다. 됫박이나 말은 은행나무나 오동나무로 만드는 데 역시 곡식물을 파는 장사집에서 사용한다.

이런 저울들을 집집마다 준비하기가 어렵기 때문에 마을에서 공동으로 구입하여 이장 집에 두고 사용하는데 장날이면 되, 말, 눈금 저울, 도르래 저울을 사용하는 사람이 많아도 이장은 동네 사람 일을 다 봐준다. 이장의 허락이 떨어져야 시장으로 출발을 한다.

대감님이 장에 갈 때는 모든 짐은 구루마에 맡기고 하인을 앞세우고 갓에다가 두루마기를 입고 팔자걸음으로 장에 갔다가 볼일

을 다 보고 난 뒤 막걸리 한잔을 걸치고 해그늘이 질 때면 집으로
돌아온다. 저울에 대한 노래를 불러 보자.

눈금 저울에 믿고 살아가는 농민들
—저울

아침 햇살이 퍼질 때
망태에 달기 새끼 몇 마리 넣어
한치재를 넘어서
읍내 시장을 간다

가다 보면
길 자락에서 농민들의 장 보따리
눈 저울로 호려 가며
모으고 모으면서
한날의 임실장 벌써 다녀오누나

산다는 것
속는다는 것
다 인생살이인 것을
어이타 생활이 그대들을 속이는가
오늘도 한 잔 술에
녹아나는 인생살이
순수하고 천박한 농민들이여.

저울 이전에 되(升, 升子)와 말(斗, 斗子)이 있었다. 되는 부피 재기로 사용되고 0.9리터, 1.8리터 짜리가 있고 방언으로는 소두말, 구도, 갈림피, 됫박이라 부르고 판자나 통나무로 네모나게 짠 것이 있고 또는 박을 쪼개어 만든 것이 있다.

말은 9리터, 18리터가 있고 종류에는 말, 모말이 있고 방언으로는 모말, 대두말, 구말, 갈림말이라 하고 네모지거나 둥근 모양으로 되어 망가지고 부서질까 하여 밑바닥과 모서리를 양철로 단단하게 고정시켜 놓는다. 그리고 양 옆에 손잡이가 있어 들어 올리기 편리하게 되어 있다.

농민들이 살아가는 속에 눈속임이 많다고들 하나 한글도 모르고 되, 말, 킬로그램, 리터의 계산도 못한 마을 사람들에게 계산해 주고 저울눈을 봐주는 동네 이장이 있어 좋았고, 구루마에 싣고 읍내 장에까지 가져다 주는 장돌뱅이 구루마꾼이 있기 때문에 믿음 속에 서로 의지하고 다정하게 정감을 느끼며 살아가는 것이 시골 인심이요, 서로서로 협동하는 두레 인심인 것이다.

조상들의 분신인 농기구 이젠 장식용으로
―쇠스랑·작두·괭이

저바라기 산자락에는 아침 안개가 물바람 속에 두루마리로 솔향기를 감아 하늘로 오르고 있다. 오늘도 아마 탱볕 불볕으로 하루를 뜨겁게 불태울 것 같다.

파랗게 커 가는 벼 잎과 논두렁 밭두렁에 커 가는 콩잎들은 산들바람에 하루하루 다르게 푸르름을 더 하고 있다.

요즘에는 사람의 힘이나 가축의 힘으로 농사를 짓는 것이 아니고 대부분 동력기계화(動力機械化)로 쉽고 편하게 농경 생활을 한다. 그래서 농민들이 분신처럼 여기는 농기구와 그 속에 얽히고설켜 있는 애환이 점점 사라지고 농민들의 푸짐한 인심도 점점 무너져 가고 있는 것이 사실이다. 예전에 농민들이 쓰던 재래 농기구와 농촌 생활 용구는 잘 안 보이고 이제는 골동품이나 장식용으로 많이 사용되고 있다.

요사이 새끼 꼬는 기계나 여물 써는 작두도 기계화되고 땅을 파더라도 중장비 굴착기로 순식간에 일을 끝내기 때문에 괭이나 삽이 별로 필요하지 않는다.

소를 기르는 외양간의 거름을 파낼 필요가 없다. 외양간 바닥에 홈을 파서 불순물이 흘러 내려가게 하고 겨울에는 전기장치를 하여 온도를 맞추어 소가 춥지 않게 보온을 해 준다.

그리하여 거름 치우는 쇠스랑이 필요 없게 되었다. 농사짓는 것도 현대화되어 가기 때문에 옛 조상들의 생활 모습이 점점 없어져 가고 있는 현실이다. 그러나 조상들이 자연과 더불어 우주 만물의 순리에 맞게 농기구를 창작해 가며 농사를 지어 온 것을 보면 정말 지혜로운 삶에 감탄할 만하다. 이번에는 집안 마당 주위에서 많이 사용되고 때로는 밭과 논에서 필요한 쇠스랑과 작두, 그리고 괭이에 대하여 알아보고 농경 생활에 얼마나 필요한 것인가를 살펴본다.

쇠스랑

하루 해가 넘어갈 무렵이면 초가지붕 뒤안길에 우뚝 솟은 굴뚝에서는 하얀 연기가 솔솔 피어오르고 있다. 비가 올려는지 연기는 뒤안길에서 앞마당까지 땅으로 잔잔히 깔리고 소 외양간에서는 거름이 썩어 내음이 코를 찌른다.

외양간의 어미 소와 송아지는 그래도 정답게 싱그러운 풀잎을 먹으며 핑경을 흔들거리면서 뛰놀고 있다.

소 외양간을 깨끗하게 해 주기 위하여 일주일에 한 번 정도 청소를 해 주는데 이때 사용하는 기구가 쇠스랑이다. 쇠스랑의 크기는 3미터쯤 되고 손잡이는 삼각형으로 만들어져 있고 손잡이 아래쪽에는 양철이나 철사로 매듭 부분을 감싸서 부러지지 않도록 견고하게 되어 있다. 가운데 쪽 나무는 참나무로 되어 있다. 요사이는 그냥 쇠로 만들어져 있다.

끝부분은 삼지창처럼 세 갈래 내지 네 갈래로 되어 있고 약간의 끝이 날카로워 거름이나 짚을 퍼 올릴 때 아주 편리하게 쓰이며 끝부분이 안쪽으로 휘어져 있어 작업하기가 편리하게 되어 있다.

쇠스랑에는 세 가지가 있다. 하나는 앞으로 쭉 뻗어 있는 쇠창살이고, 두 번째는 곡괭이 모양으로 'ㄱ'자와 같이 꺾어진 세 갈래 창살이 있다. 그리고 손 쇠스랑이 있는데 이것은 짧고 앉아서 흙이나 작은 거름을 퍼 올릴 때 사용하는 기구이다. 그리고 손 쇠스랑은 소죽을 푸거나 썩은 콩잎을 퍼 모을 때, 뒤엄 자리에서 썩힌 풀을 끌어모을 때 쓰기도 한다.

여름이면 모기며 하루살이가 많고 진딧물이 외양간 주위를 맴돌며 붙어 있기 때문에 쇠스랑을 이용하여 거름을 마당 구석에 쌓아 놓았다가 썩힌 다음에 밭으로 싣고 나갈 때 사용하는 기구가 쇠스랑이다.

쇠스랑의 명칭은 방언으로 소스랑, 소시랭이, 쇠서랑, 철탑, 손쇠스랑, 장대 쇠스랑이라 부르고 용도에는 밭갈이, 흙 부수기, 고르기, 두엄치기, 외양간 거름 쳐내기, 풀이나 거름 찍어 올리기, 소죽이나 콩잎 뒤집기 등으로 사용한다. 성능에는 하루에 밭갈이 180평 정도 해낼 수 있고 외양간 거름 쳐내는 데는 2시간에 10평 ~15평쯤 처리할 수 있다.

종류에는 앞에서 말했지만, 두발 쇠스랑, 세발 쇠스랑, 장대 쇠스랑, 손 쇠스랑, 'ㄱ'자형 쇠스랑, 갈쿠리형 쇠스랑이 있다.

갈쿠리 발 수가 적은 것은 밭갈이할 때 많이 쓰이고, 발 수가 많은 것은 외양간 거름을 쳐 지게나 바작에 올릴 때 사용한다. 이 쇠스랑의 다양함은 신라 고분에서도 3가지 종류가 발견되어 그 이후 모양을 본 떠 새롭게 만들어 전해지고 있다. 여기에서 쇠스랑에 대하여 시(詩) 한 수를 읊어 본다.

갈무리 기리며
―쇠스랑

마당 상투머리에
돼지 외양간 밑거름 쌓고
햇살 퍼져
오곡의 단물이 모락모락 피어 나면
흙구멍 물구멍
쇠스랑으로 떠 올려
밭두렁 논두렁에 뿌린 씨앗
가슴에 생명수 되어 커 간다

한 발 내기 둘러치고
한 어깨에 둘러메고
푸른 초원 가을 벌판
한 눈빛으로 타오를 때
대장부 기개가 어찌 아니 부러우랴

소탕물 붉게 피어나고
가음이 설설 노래 부를 때
콧바람 신바람 속에
갈무리 따라
쇠스랑 한 어깨에 걸쳐 메고
웃텃밭 종달새 따라
보리피리 불러 본다.

작두

남산에 해가 떠올라 문풍지 윗자락에 발그레 비추일 때 어머니는 물동우(물동이)를 이고 대문을 나서고 아버지는 꺼렁이와 당그래를 들고 정지 부엌마다 재를 끌어내고, 사랑방 머슴은 망태기와 낫을 들고 구레실이며, 웃텃골로 풀을 베러 나간다.

풀은 아침마다 베어다가 외양간 옆 두엄자리에 모아 모아 어느 날 석양 무렵 마당에 작두를 놓고 풀을 자른다. 작두에 풀을 자르기 위해서 두 사람이 필요하다. 한 사람은 풀을 움켜잡고 작두 입에 메기고, 한 사람은 작두보다 높은 발 디딤틀을 놓고 그 위에 올라 한 발은 작두 칼 판에 대고, 한 발은 디딤틀 위에 고정시킨 후 작대기를 짚고 칼판에 끈을 달아 그 끈으로 오렸다 내렸다 하면서 서로 둘이가 호흡을 잘 맞추어야 한다. 여기서 서로 박자가 안 맞으면 순간적으로 풀을 메기는 사람 손가락을 벨 수가 있다.

작두에 짚도 썰고 풀과 고구마 줄기, 옥수수 잎과 대 그리고 콩잎 등을 썰어 소 먹이로 사용한다. 겨울에는 풀을 벨 수가 없으니 여름철에 신록이 우거질 때 일꾼들을 시켜 허청이나 마구간에 잔뜩 쌓아 두었다가 조금씩 작두질을 하여 소먹이로 사용한다. 이것을 건초(乾草)라고 하는데 곧 마른풀이다.

매년 추석 성묘를 앞두고 조상 묘를 깨끗이 벌초하여 그 풀로 겨울 동안 소먹이로 사용한다.

작두는 한약방에서 약재를 써는 손작두와 비슷하다. 일손이 바쁘고 시간이 없을 때에는 혼자서 작두질을 할 수도 있다.

작두의 명칭은 방언으로 짝도, 작도, 짝두, 부질이라 한다. 쓰임에는 여물 썰기, 짚 썰기, 건초 썰기, 연한 옥수수 썰기도 하고, 장정 두 사람이 2~3시간쯤 썰면 10가마의 여물을 썰어 보관하기도 한다. 작두에는 손작두가 있고 발작두가 있는데, 손작두는 작고 발작두는 크기가 여러 종류이다.

작두 모양은 통나무가 양 갈래로 갈라진 나무를 골라 만든 것인데 갈라진 쪽이 앞이고 그 반대쪽이 머리이다. 머리에 구멍난 쇠를 2개 박고 그 사이에 긴 칼을 구멍을 맞추어 끼워 고리를 만들어 빠지지 않도록 단단히 고정시킨 뒤 긴 칼을 위로 아래로 올렸다 내렸다 하면서 여물을 써는 것이다. 긴 칼 손잡이 쪽에 구멍을 내어 끈을 달아 그 끈으로 조절하여 발로 밟아 써는 방법이다.

양 갈래로 되어 있는 중앙에 홈을 약간 파 놓고 거기에 맞도록 하여 써는데 숙달된 자는 작대기도 필요 없이 그냥 두 발을 잘 조절하여 둘이 호흡을 맞추어 썰어 간다. 작두에 대하여 시(詩) 한 수 지어 본다.

풀새는 새알 하나 낳고
―작두

뒷동산
조상님들 상투머리에 앉아
벌초 하나 하고
새 옷 갈아입으면
생초 땡볕에
물방울 말리우고
초단
소막 다락에 잠재워
못난 졸개들 심술보 내보이듯이
핏줄 끊어내고

물푸레 속 방아깨비 놀고
여물었던 위인들
떨리는 생명으로 부여안고
숨소리 들리나니
죽은 영혼이여
새알 하나 낳은 민둥산

한 무덤 풀새 날고
풀빛 생명을 잃어 갈 때
작두에 가슴 열고

먼 산 보며 참새들 용머리에서 놀고

여물통에 잎새 너울너울

가마솥 입 열리면

소죽 밥이 되어 구수에 넘치는구나.

괭이

괭이는 농민의 필수적인 농기구이기 때문에 괭이로 농사일의 70%를 할 수 있다.

봄날이면 씨앗 뿌릴 때 밭고랑을 파는 것이요, 여름이면 감자를 캘 때 필요한 것이요, 가을이면 고구마를 수확할 때 쓰이는 것이요, 겨울이면 독이나 무 구덩이 팔 때 필요한 것이 괭이이다.

이른 아침이나 석양에 해가 넘어갈 무렵이면 괭이를 어깨에 걸머메고 집을 나서는 아버지의 뒷모습이 떠오른다. 언제나 논으로 밭으로 한 바퀴 돌고 오셔야 마음을 놓고 하루 일을 시작하거나 밤잠을 이루신다. 집안에서도 괭이는 쉽게 눈에 띄는 곳에 걸어 둔다. 괭이, 지게, 낫 이 세 가지는 농기구의 대표적인 것이요, 삼총사인 것이다. 지게나, 바작이나, 꺼렁이 옆에는 언제나 괭이가 같이 있다. 머슴들은 무조건 농사철에는 괭이를 지니고 다니면서 논에 물고를 보거나 밭고랑, 물고랑을 손질할 때 괭이를 이용하기 때문이다.

장정 머슴들은 지게를 지고 들에 나갈 때면 언제나 괭이 막대로 지게 목발을 두둘겨 가면서 노래 한 곡조를 부르며 고샅길을 지나가노라면 동네 댕기 머리 처녀들이 몰려와 얼굴을 보기 위해 박수를 치면서 야단법석을 떤다. 농촌의 처녀 총각들의 로맨스도 지게

목발의 노랫가락에서, 들샘의 목욕실에서, 그리고 물레방앗간 헛간에서, 디딜방앗간에서, 살구나무 울타리 밑에서 남몰래 사랑이 이루워진다.

 괭이는 광이(廣耳)라고도 하고 사투리로는 꽹이, 깽이, 곡지, 괘기라고 부르기도 한다. 쓰임새는 밭갈이, 씨앗 뿌리기, 땅 개간하기, 땅파기, 김매기, 물고랑 파기, 개똥 치우기 등으로 쓰이고 하루에 밭갈이는 100~120평쯤 할 수 있고, 괭이 종류로는 괭이, 가짓잎괭이, 수숫잎괭이, 삽괭이, 왜괭이, 곡괭이, 벽채, 인삼괭이, 약초괭이 등이 있는데 모양새에 따라 또는 용도에 따라 명칭이 다양하다.

 괭이의 부분별 이름은 괴통, 등씸, 날, 자루가 있다. 몸통의 나무 길이가 긴 것과 짧은 것으로 구분하는데 긴 것은 밭갈이나, 논갈이 할 때 쓰고, 짧은 것은 가짓잎, 삽괭이, 인삼괭이, 약초괭이로 많이 사용한다.

 최초의 괭이는 수렵 채취 시대의 뒤지개에서 시작된 것이라 한다. 벽채는 자갈을 파거나 광산에서 주로 돌을 쪼아 낼 때 사용한다. 괭이에 대하여 시(詩) 한 수 읽어 본다.

저바래기 무지갯빛
—괭이

도롱이에 삿갓 쓰고

벙거지 허리 목에 차고

곡괭이 하늘 보며 걸머메고

들 샘을 지나 놋점을 간다

도랑 치고 가재 잡고

논두렁 다듬고 구멍난 방천 막아

한 해 농사 가래질에

농가 두레 소리 들릴 때

풍년가는 샘골을 울창하게 한다

아랫 산골 칡꽃 향기 날리고

쪽 마당에 널린 껍 보릿쌀

두루마리로 뚤방에 걸쳐

한숨 돌리고 나면

호랑이 장가가는 날

먼동이 트이고

저바래기 무지갯빛

빨랫줄 되어 마당을 넘어간다.

　쇠스랑은 통일신라 시대 안압지에서 처음 보게 되었고, 작두는 고려·조선 시대의 유물로 남게 되었으며, 쇠괭이는 조선 철기시대 평북 위원군 용주동 마을에서 쇠로 된 괭이의 형태를 보게 되었으니, 선사시대에는 원시 평야와 산지에 불을 놓아 풀과 수목을 태우고 그 자리에 밭을 일구어 피, 조, 기장, 수수, 콩 등을 가꾸고 뒤이어 보리, 밀, 벼도 재배하게 되었는데, 이때에 나무와 돌로 만든 따비와 괭이로 밭을 갈고 김을 매고 돌, 낫으로 곡식을 거두었으리라 본다.

　그 후 청동기 문화와 철기 문화가 들어오면서 금속제를 이용하

여 나무나 돌로 된 농기구를 본떠 쇠로 된 연장으로 농사를 짓고
살았을 것이다.

　지금은 최고도로 발달된 농기구들이 속출하여 쉽고 편리하게 농
사를 짓고 있으니 이제 옛 농기구는 조상들의 분신으로만 남아 있
을 뿐이요, 골동품이나 장식용으로만 만나 볼 수 있으니 더욱 잊혀
져 가는 우리 것들을 그리움에 잠재울 뿐이다.

멍석에 누워 반짝이는 밤하늘을 바라보며
―멍석 · 갈퀴 · 거름지게

　농가에서는 세시 풍속이 매월, 계절마다 풍년과 무병장수와 마을이 잘 되기를 기원하는 행사가 주로 많이 전개되고 있다.

　곧 중추절인 추석 명절이 돌아오고 있다. 대략 말복이 가고 입추를 지나 곡식이 익어 갈 무렵이면 추석이 온다. 이때를 중원(中元)이라 하는데 중원은 7월 보름날이고, 상원(上元)은 정월 보름이고, 하원(下元)은 10월 보름날이다. 이는 인간이 사는 세상에서 천상(天上)의 선관(仙官)이 일 년에 세 차례 내려와 선악을 적는 시기를 원(元)이라고 한다.

　즉, 중추절의 유래는 신라 유리왕 때 생활 풍습으로 전해 내려왔는데, 왕녀가 6부의 왕녀를 두어 음력 7월 16일부터 큰 뜰에 모여 베 짜기를 시작하여 8월 보름날에 많고 적음을 심사해서 진 사람은 음식을 갖추어 이긴 사람들에게 사례하면서 가무(歌舞)를 즐기며 놀이를 해 왔다 하니 7월 보름은 백중절이라 하고, 8월 보름날을 가윗날이라고 하였다.

팔월에는 만물이 다 숙성하고 중추절에는 또한 가절(佳節)이라 하여 민가에서는 이날을 가장 중요하게 여겼다. 이날만큼은 아무리 벽촌의 가난한 집안이라도 예에 따라 모두 쌀로 술을 빚고 닭을 잡아 찬도 만들며 또 온갖 과일을 풍성하게 차려 놓고 조상님들께 감사를 올렸다. 그래서 "더도 말고 덜도 말고 늘 한가위 같이만 하라."는 말이 전해지고 있다.

여기에서 가을에는 멍석을 마당에 깔아 놓고 온갖 곡식을 건조시켰으며, 갈퀴로 나무를 하고 곡식도 거둬들이며, 거름지게(물지게)로 들에, 텃밭에 거름을 뿌리고 물도 길어 나르고 했으니 어찌 이 농기구를 빼놓을 수가 있을까?

멍석

멍석의 주목적은 곡식을 건조시키는 데 있지만, 농경 생활을 하다 보면 멍석이 다양하게 쓸모가 있다. 혼인식을 거행할 때도 차일을 치고 멍석을 깔고, 농군들이 두레 일을 마치고 돌아와 마당에 멍석을 깔아 놓고 식사를 한다.

또한 모내기를 끝내고 난 뒤 좀 한가할 때 동네 사람들이 모여 윷놀이를 할 때에도 멍석을 사용한다. 그리고 동네 모종 변두리 쪽 흙이 있는 곳에는 멍석을 깔아 놓고 길쌈을 하기도 하고 낮잠도 자고 쉬면서 놀기도 한다. 멍석은 집안이나, 동네 큰 대사 때에는 필히 있어야 할 농기구이다.

때론 사람이 아프거나 광란이 났을 때 아픈 사람을 멍석에 말아 뉘인 뒤 도굿대로 환자를 찍으며 빙빙 돌면서 귀신을 쫓아내는 민간요법으로 사용되는 의술도 있다. 이때에도 멍석이 요긴하게 사용되어 마을 사람들의 강령과 평강을 가져다 준다.

요사이는 멍석이 다양하여 네모, 세모, 둥근 달 모양의 멍석이 있어 도시 근교의 찻집이나 음식점의 장식용이나 막걸리 집의 벽에 걸어 놓고 옛스러운 모습을 그리워하는 차원에서 사용하고 있다.

그래도 멍석하면 곡식을 햇볕에 말리는 데 사용하는 것이 본연의 용도이다. 콩, 벼, 고추, 무명, 보리, 옥수수 등을 건조시키는 데 제일 많이 쓰이고 있다. 모든 곡식을 건조시키는 농기구이다.

멍석에는 얼룩멍석, 도트레멍석, 도리멍석, 덕석, 통발멍석, 거적대기멍석, 꺼적멍석 등이 있다.

볏집으로 꼬아서 만든 멍석은 곡식 알곡을 건조시키는 데 사용한다. 통발, 얼룩, 거적대기, 꺼적은 무청이나 씨래기, 고추, 채소를 말리는 데 사용하는 것들이다.

도래멍석은 도트레, 도리라고도 하는데 용도는 역시 농산물 말리기이며, 지름 1~2미터이고 짚으로 새끼를 꼬아 날과 씨날을 세워 만든 것인데 주로 곡식이 적은 것은 콩, 팥, 고추 등을 말리는 데 사용한다. 덕석 멍석이 있다. 역시 농산물을 말리기에 제일 많이 쓰이는데 성능은 벼 1가마~2가마 크기요, 1.5×2미터의 크기이고 짚으로 새끼 날을 싸서 엮은 것이다. 이렇게 큰 덕석은 어른 둘이서 말아 들어야 한다.

다음은 통발 멍석인데 채소나 쓰레기, 장다리 무우청 등을 말릴 때 쓰인다. 성능은 1.5×2미터 너비에 만드는 재료는 대나무나 싸리나무 갈대 수수깡으로 엮어 만든다.

거적은 거적대기 꺼적이라고 하는데 고추 말리기나 온상 덮기

로 사용하고 성능은 1×2미터로 짚을 꼬아 듬성듬성 만든 것이
다. 그리고 채반 형식의 멍석이 있는데 채소 말리기, 음식 담기로
지름 50~100센티의 크기로 대오리, 싸리, 버드나무로 결어서 만든
것이다.

차일 치고 멍석 깔고
—멍석

축복의 꽃가루
샘골 마을에 날리고
차일 치고 멍석 깔고
'신랑 신부 입장'
'신부 재배' 혼삿날
봉황새 띄우고 기러기 날고
오색실 댓잎에 널리니
신랑 신부 빙글이 되어 딸 낳는다고
울타리에 웃음이 걸치니
짚멍석 위 지붕이 열린다

두레꾼 모아
갈마리 논배미
웃텃골 엿 마지기
농가월령가 불러 가며
한나절 품삯 나누고

멍석 깔고 두레밥 나눌 때
동동주 권주가에 이웃사촌이라

원통멍석, 마루멍석, 쪽지멍석
통보릿쌀, 깨알, 콩알, 빛살에 녹이고
긴 대나무 마루에 걸쳐 놓고
병아리들과 숨바꼭질하면서
해 질 무렵
별이 내려앉은 멍석에 앉아
동네 할머니들 속삭이는
옛이야기 자장가 된다.

갈퀴

해그늘이 질 무렵이면 갈퀴를 어깨에 메고 망태 끈을 머리에 띄우고 저바라기 산이나 남산 소나무 밑에 간다. 붉은 솔잎이 깔려 있는 곳에서 갈퀴로 솔잎을 긁어모으기 시작한다.

산 고봉부터 능선을 지나 밑으로 밑으로 두루마리로 말아 가며 밭 자락까지 모으고 모으면 잠깐 사이 큰 산이 되어 큰 망태에 넘쳐나면 망태에 올라앉아 노랫가락 한 곡 읊고, 담배 한 대 피워 물고 친구들과 길가 날망에 앉아 고니두고, 노니노라면 벌써 초가지붕에 저녁 연기 피어오른다.

땡볕 불볕 속에 어제 해 온 솔캥이 마당에 널려 말리면서 갈퀴로 뒤척이면 어느새 허청에 모아모아 마음의 부자가 된다.

도리깨, 낫, 갈퀴는 집안에서 마당이나 뒤안길을 청소하는데 꼭 필요한 농기구이다.

갈퀴는 각지, 까꾸리, 칼쿠, 까쟁이라고도 하나 용도는 흙 고르기, 거름 쳐내기, 검불 거두어 내기, 짚 덮기, 검불 모으기, 땔나무 뒤집어 말리기 등으로 쓰인다.

갈퀴의 성능은 벌초 후 초(마른풀)를 1시간에 600평쯤 거두어 낼 수 있고, 종류로는 대갈퀴, 물푸레나무갈퀴, 파리똥나무갈퀴, 딱나무갈퀴가 있다.

갈퀴를 만드는 재료는 갈쿠리, 칡 줄기, 막대가 있다. 갈쿠리는 대나무나 딱나무를 불에 대어 휘도록 고정시켜 끈으로 매어 한 달 이상 벽에 걸어 놓아 두었다가 완전히 고정되면 5~6개를 치맛자락처럼 늘려서 윗치마 갈퀴 안쪽을 엮어 울타리 모양으로 묶은 다음 아래치마를 칡으로 엮는다.

갈퀴코는 불에 대어 휘게 만드는 부분이고, 또아리는 갈퀴코와 자루 사이 전체를 묶은 부분이고, 뒤초리는 갈퀴코 대나무의 끝을 역으로 꺾어 다시 한 번 묶은 곳이고, 자루는 막대를 길게 대어 멀리 있는 것도 긁어모을 수 있도록 하는 것이다.

갈퀴는 도리깨와 약간 다르다. 도리깨는 갈쿠리를 만들지 않고 반듯하게 펴서 오리발처럼 엮은 것이고, 갈퀴는 갈퀴코를 만들어 긁어 잡아당길 수 있도록 되어 있다.

갈퀴가 주로 쓰이는 것은 여름에 모깃불 놓을 때 검불을 긁어모으고, 마당 청소를 할 때 큰 쓰레기는 갈퀴로 거두는 일을 하고, 벼를 타작할 때 검불을 거두어 내고, 산에 나무할 때 필요하다.

금싸라기 담금질하는 날
―갈퀴

잡초 인생 삿달가지 긁어모아
울 너머로 던지고
솔불 솔솔 참솔가지 타오르니

대쪽 갈고리에 조상 福 긁어 담아
운수 대통 열리면
집안의 불꽃
재물 되어 대대손손 살으렸다

왕매미 울어 대는 한낮
비탈진 솔밭 사이
은빛 금빛 싸라기 담금질하여
허청에 잠재우고
마나님 보조개 꽃으로 피어나면
초가지붕 박꽃도 피어남이어라

가라지는 가라지 불길에
알곡은 알곡 곳간에
벌레먹은 인간들
그대 심판장의 손길이여.

거름지게

북청 물장수가 지고 다니는 물지게와 비슷하나 물지게는 물 담는 그릇이 양철로 네모지고 물통 입에 막대를 대어 갈쿠리로 걸어 올리게 되어 있고, 거름지게는 거름 담는 그릇이 망태기나, 나무로 되어 있는데 그릇 밑부분이 터져 있어 밭이나 논에 거름을 버리기가 쉽게 되어 있다. 일종의 거름지게는 이름 그대로 거름을 담아 나르는 것인데 가끔은 곡식을 싣고 시장에 갈 때 머슴을 앞세울 수도 있다.

이와 비슷한 것이 소 등에 얹어 놓은 길마, 지르마, 질매, 질마, 기르마라고도 하는 안장이다. 소 등에 안장을 얹어 그 위에 볏단이나, 거름이나 나락 다발을 실어 나르는 기구이다. 다시 말하자면 언치라고도 한다. 언치는 일반 지게의 다리를 자르고 그 윗부분만 소 등에 올려놓은 것이다.

거름지게의 특징은 거름을 담는 그릇이 여러 가지이다. 그리고 무엇이든지 실어 나를 수 있는 기구로 농촌에서는 다양하게 쓰였으나 지금은 거름지게도 물지게도 찾아보기 힘들다.

거름지게는 편안하게 가벼운 것을 나를 때 쓴다. 지게는 위에 올리지만 거름지게는 양쪽 끝에 함지박을 매어 달아 모든 물건을 운반하는 데 편리하게 쓰인다.

거름지게는 등받이에 가로지른 막대 끝이 약간 위쪽으로 휘어져 있는 것이 특이하다. 흔히 아낙네가 물지게를 많이 사용하면, 거름지게는 남정네들이 농사일에 많이 사용한다. 옛날 옛적에는 물 나온 곳이 별로 없어서 멀리서 물을 길어 집집마다 배달을 해서 밥을 짓고 집안 청소도 했다. 좀 잘 사는 집에서는 부엌 한쪽에 큰 독을 묻어 두고 그곳에 물을 가득 보충하여 풍부하게 썼던 것이다. 땅속에 묻어 둔 물은 여름에 시원하고 겨울에는 따뜻한 물이 되었기에 먹기가 좋았다.

그 시절에는 과부댁이 많아 동네 머슴은 과부댁만 찾아다니면서 물장사를 하다가 하루를 넘기고, 그 속에 빠져 영원히 물 머슴으로 살아가는 못난이도 있었다. 그리고 좀 잘산다는 집에서는 아예 물 머슴을 단골로 두어 아침마다 물을 길어 부엌 독 항아리에다가 가득 채워 주고 새경을 받는 경우도 있었다. 그 시절에는 샘이 없어 1.5킬로미터쯤 먼 곳에 있어 장정 머슴이 아니면 물 길어 오는 것이 힘들었다. 비탈길 판자촌까지 물장수가 다녔던 것이다.

김동환 시 '북청 물장수' 를 소개한다.

북청 물장수
―물지게

새벽마다 고요히 꿈길을 밟고 와서
머리마다 찬물을 쏴― 퍼붓고는
그만 가슴을 디디면서 멀리 사라지는
北靑 물장수

물에 젖은 꿈이
북청 물장수를 부르면
그는 삐걱삐걱 소리를 치며
온 자취도 없이 다시 사라진다

날마다 아침마다 기다려지는

北靑 물장수.

　농경 생활은 언제나 쉴 새가 없다. 봄이면 씨앗 뿌리고, 여름이면 땀 흘리며 모내기하고, 가을이면 추수하느라 눈코 뜰 새가 없고, 겨울이면 다음 해 농사 준비에 밤잠을 못자고 멍석도 짜고 골목다리도 만들고 일 년 동안 계속 바쁜 것이 농경 생활이다.

　농가월령가에 보면 농업이 天下의 大本으로 삼던 시대에 농가는 계절에 따라 또는 매월 행사에 따라 세시 풍속에 대한 가사가 많이 있다. 그 속에는 농민들의 애상과 기쁨과 슬픔이 함께 어울리는 노래 가사가 많은 것이다. 그것이 곧 '신명풀이와 한풀이' 인 것이다.

　농사를 짓다 보면 힘이 들어 막걸리 한잔에 자기도 모르게 흥에 젖어 노래가 나오고 노래를 부르다 보면 자기 신세가 처량하여 한스러운 노래를 하다가 울기도 하고, 때론 웃기도 하는 것이 바로 문학의 태동이라고 본다.

새참에 막걸리 한잔 들꽃 향기 안주 삼아
─써레·광주리·고무래

　우리나라 농업의 유래는 확실하지 않으나 3~4세기경에 정착 농경 생활이 이룩되면서 협동 정신으로 생산하는 농촌 마을이 된 것이다. 우리나라는 온대 지방에 속해 있는 반도로서 대체로 동북쪽에는 산이 많고, 서남쪽에는 좁으나 비옥한 평야가 펼쳐져 있다.

　이러한 지형에 따라 우리의 농촌 생산양식은 채집과 사냥, 어로, 어업, 농업으로 이루어졌는데 주로 농업에 의존하여 전통적인 생활양식을 형성해 왔다.

　밭이나 논에 곡식을 심어 거둘 때는 언제나 짐승을 대동하여 농사를 지어 왔다. 주로 소를 이용하거나 말, 그리고 개를 이용하기도 했다.

　산에서 나무를 할 때에는 주로 농기구를 이용했지만 밭과 논에는 소를 동원시켜야 했기 때문에 마을에서 소를 귀중히 여겨 소 먹이를 잘 먹이고 보호하는 데 힘을 썼다. 당시에는 동네에서 소 먹이는 집이 5~6집뿐이 없어서 소를 돌려 가면서 사용했다. 소를 한 번 이용하는 대신 반나절의 일을 해 주거나 약간의 곡식을 주기도 했다.

써레

마을마다 동구 밖에 서 있는 정자나무는 마을의 주지 신처럼 각 가정에 애사와 경사를 다 지켜보고 있다. 정자나무에는 땡볕 불볕이 쏟아지는 한여름에도 푸른 잎을 한껏 자랑하는 속에 매미가 귀청을 시끄럽게 하는 계절이기도 하다.

참샘골이나 놋점, 그리고 고덕산에 올라가 논풀을 바작에 고봉으로 담아다가 논바닥에 묻어 둔 지 벌써 한 달이 지났다. 못자리에는 잔잔한 물이 사르르 날으면서 초록으로 짙푸른 벼 잎은 물결치듯 온누리를 파랗게 물들이고 있다. 못자리에 모가 클 때는 어린 아기를 다루듯이 살며시 잡고 모를 거두어 묶음 묶음 모아 바작에 싣고 모내기 장으로 날러야 한다.

모를 심기 전에 풀을 묻어 두었던 논바닥을 쟁기로 뒤엎어 놓고 난 뒤 써레로 다시 논바닥을 곱게 고르고 모를 자유롭게 심을 수 있도록 흙덩이를 깬다. 넓은 논을 편편하게 하여 덜 썩은 나뭇잎은 거두어 내고 덜 깨진 흙덩이는 괭이로 깨어서 모를 마음대로 심을 수 있게 하는 도구가 바로 써레이다.

써레 조작은 굵은 나무로 된 몸통에 7~10개의 가는 써렛발을 나란히 옆으로 박고, 위쪽에는 방향을 조정할 수 있는 손잡이를 박아 만든다. 몸통 앞쪽으로 나오는 나루채에는 봇줄과 멍에를 연결하여 소가 앞에서 끌도록 함으로써 거친 흙덩이를 잘게 부순다. 연결

된 봇줄을 당기고 느리고, 좌로 우로 조절하면서 소가 갈 길을 안내해 준다. 못자리판을 만들 때에는 모를 심어야 할 논에는 이 써레가 꼭 지나가야 된다. 즉, 갈아 놓은 논바닥을 반반하게 고르거나 흙덩이를 깨는데 쓰는 연모이다.

써레에는 위에서 설명한 일반 써레가 있고 평상써레, 고써레가 있다. 평상써레는 가로로 나무토막을 놓고 구멍을 5~6개 내어 거기에 약간 뾰족한 부분이 밖으로 나오게 막대기를 박아 만든 것인데 논밭의 흙덩이를 부수는 데 쓰인다.

고써레는 일반 써레와 비슷하나 이가 둘이다. (토막)밭에서 주로 씨를 뿌리고 난 뒤 고르는데 사용하는 써레이다. 일반 써레보다 작고 한 손으로 움직여서 땅을 고르는 농기구인 것이다. 모 심을 논에 물이 잔잔하게 바람에 스칠 때 수평선의 물바람이 아름다운 그 모습을 시(詩) 한 수로 읊어 본다.

수평선의 행복
—써레

세상 바람
새어 나가는 물줄기
그 사이에 가라지는 걸리고
옹이로 뭉친 흙덩이는 깨지고
수평선 위 눈길 때문에
산은 부서지고 물은 흐르는데
벌써 푸르른 세상이 온다

망 씌운 황소 입에는
누구를 위한 하얀 거품이
땡볕에 흐르고
물바람에 젖어
논두렁을 지나치면
거치른 숨소리에
봇줄은 인정사정없이
당기고 밀고 휘두른다

바람아 물바람아
수평선에 젖어
한날의 행복을
가만히 꿈꾸어 주리라.

이빨 빠진 것처럼 써렛발이 띄엄띄엄 박혀 있는 농기구를 가지
고 아랫논의 모내기가 끝나기 전에 먼저 논다랭이를 평평하게 만
들어 놓아야 한다. 써레를 방언으로 써리, 쓰그리, 성으리, 쓰래,
초파라고 불리우고, 용도는 위에서 설명한 것처럼 무논 삶기, 물논
에 흙 부수기, 논밭에 흙 고르기로 사용된다.
한 번 갈기 시작하면 무논 삶기는 1500~2000평 정도 일을 해낸
다. 각 부위의 이름은 손잡이가 있고 찍게발, 몸뚱이, 써렛발, 나루
채, 봇줄로 만들어져 있다. 손잡이가 없는 평상써레는 몸뚱이에 사
람이 올라타기도 한다. 그러나 고써레는 살번지와 쓰임새가 같으
며, 살번지는 써렛발이 아니고 판자를 세워 밀고 나가는 것이다.

광주리

 마을 두레꾼들을 모아 마당에서 막걸리 한잔에 김치 한 점을 입에 물고 구례실 논빼미로 나간다. 한나절의 일을 하고 나면 샛걸이와 막걸리 한잔을 기울이는 점심시간이 돌아오기를 기다리는 농사꾼들, 행여나 저 멀리 산모롱이 돌아 치맛바람과 함께 광주리가 눈에 보일까 목이 빠지게 기다린다.

 집에서 반찬을 장만하고 된장국에 무우 갈치조림에 막걸리 주전자와 배추 겉절이, 콩자반 등 각가지 반찬을 광주리에 담아 머리에 이고 저바래기 늦점으로 나오는 주인아줌마의 모습을 그리며 오늘도 모내기에 얼굴을 까맣게 태운다. 주인아주머니의 치맛자락에는 언제나 강아지가 졸래졸래 따라온다.

 먼빛으로 광주리가 보이면 농사꾼들은 힘이 나서 큰소리로 월령가, 농군가를 불러 가면서 논두렁에 자리를 잡는다. 바작을 그늘삼아 비스듬히 세워 놓고 잠방이 차림에 흙이 묻은 장단지며, 못줄이 지나간 얼굴에 흙이 묻은지도 모르고 따스한 봄바람 사이 들꽃향기 속에 광주리를 가운데 놓고 둘러앉아 들녘의 점심을 먹는 맛이라니 이 어찌 그 맛을 그 누가 알 수 있으랴.

 따스한 햇살 속에 고봉밥을 게눈 감추듯 먹고 거나하게 막걸리 한잔에 취하다 보면 이웃 논에서 일하는 사람들 다 모이소, 손짓하여 같이 나눠 먹는 농촌의 풍습은 지금도 변함이 없으리라. 농촌은 언제나 풍요로움이요, 여유로운 삶이다.

 광주리는 대나무를 쪼개어 엮은 것도 있고 오죽나무로 엮은 것도 많이 있다. 둥글게 넓게 만들어 음식이나 곡식 등을 담아 머리에 이고 운반 도구로 사용하는 데 아주 편리하다.

특히 김치를 담글 때 소금에 저려 물을 빼는 기구로는 최고이다. 채소나 음식, 곡식을 담고, 때론 볕에 말릴 때, 건어물을 담을 때 편리하게 쓰인다.

광주리 만드는 재료는 대오리나무, 싸리나무, 칡 줄기 등을 5~6개씩 묶어 서로 엇갈려 엮어서 만들기도 하고, 또 버드나무로 결어 만들며 바닥이 편편하게 하여 여러 음식을 담기가 편리하게 만들어져 있다. 둥근 것이 보통이나 네모난 것도 있다.

싸릿개비나 버들가지로 울이 깊게 엮은 광주리인데 형태는 여러 가지가 있다. 물건을 갈무리하는 데에 쓰이며 젖은 것은 여기에 담아 물을 빼는 데 사용하기도 한다.

막걸리 내음에 들꽃 향기가 담겨 있는 광주리에 대하여 시(詩) 한 편을 지어 감상해 본다.

논두렁에 둘러앉아
—광주리

산새와 산새
하늘과 땅 사이 구름
새참에 밥 말아 먹고
못자리 눈시울에 올려
황금벌판을 눈에 그린다

두렁에 앉아
광주리 가슴에 안고

수제비 막걸리 목구멍 적실 때
들꽃 향기 안주 삼아
꽃지짐에
지나가는 나그네 손짓한다

산수 좋아
인심 좋아
한 잔 술에 넘나드는 논두렁
샛밥 온몸에
살내음 되어
광주리 고봉밥에 살찌운다.

광주리는 사시사철 사용할 수 있는 농기구이다. 잔칫날은 필히 음식을 다루는 광에서 필요하며 산적이나 횟감을 꼬들꼬들하게 건조시킬 때 꼭 필요한 것이다. 쓰고 나면 언제나 광이나 집 모퉁이에 걸려 있으면서 쉬는 시간을 갖는다. 또 마당에서, 마루에서 아낙네들이 삼(삼베)을 삼을 때, 광주리에 삼을 또아리 지어 물을 빼는 데 또 필요한 것이다. 그리고 크기가 높은 것은 병아리를 키울 때 광주리를 엎어 놓고 그 속에 노랑 병아리를 가두어 두는 용도로도 쓰인다.

고무래

새벽 먼동이 트일 때 방문을 열고 나서는 아버님은 먼저 허청(땔나무를 모아 둔 곳)에 가서 꺼렝이와 고무래를 손에 들고 안채 부얼, 뒷방 부엌, 사랑방 부엌, 소죽방 부엌에 재를 전부 끌어내어 뒷간 거름자리에 부어 놓는다. 뒷간의 재는 사람이 대변을 본 뒤 재로 덮어서 거름자리에 올려놓았다가 밭에 거름으로 뿌린다. 이때 작은 당그레(고무래)로 퇴비를 긁어 올리거나 내릴 때 사용하기도한다. 단, 뒷간의 당그래는 작고 사이사이 갈래로 되어 있어 사용하기 편리하고 밖으로 가지고 나올 수가 없다.

초여름 햇살이 따스할 때, 마당 덕석(멍석)에 여러 가지 곡식을 널어놓을 때 고무래(당그래)로 고루 펴 말리는 것이다. 보리, 나락, 묵은 쌀, 깨, 콩, 팥, 수수를 펴고 다시 뒤적일 때 쓰이는 것이 고무래이다.

식구들은 밭으로 논으로 일을 나가고 마당에는 곡식들이 멍석에 가득 널려 있을 때 나는 언제나 곡식을 지키며 닭도 쫓고, 개도 보고, 까마귀나 까치를 쫓고 있었다. 그런 사이 가끔 곡식을 합쳤다가 다시 널리는데 고무래가 사용되는 것이다. 그럴 때마다 고무래는 멍석 구석이나 마당 자락에 놓여 있었다. 또 마당에 흙을 깔 때나 모래를 덮을 때 마당을 평평하게 고를 때 사용하기도 한다.

인간의 소갈머리를 긁어내듯 '고무래'를 가지고 시(詩) 한 수 써보고자 한다.

소갈머리 긁어내며
―고무래

썩어 가는 세상
쓸개를 긁어내듯

까만 위정자들
부정부패의 뇌물 세례에
설사하는 어둠의 주인공들
목젖 너머까지 고무래로 긁어낸다

벌렁 누워 있는 마당
구멍 난 멍석에
쌀, 보리, 조, 콩, 기장
오곡 널려 고무래로 작은 이랑 만들면
따가운 햇살로 풍년가 들린다

뒷골 사래 긴 밭 담배 한참 내기
고갯길 가
자갈밭 쇠잔디 걸러 내고
고랑 만들어 씨앗 뿌리면
우주 만물의 섭리
생명수, 생명의 알로 씻어 내어
세상 참 맛보기 위해
썩은 바닥 이랑 긁어 꿈을 덮고
생수 구멍으로
썩은 내음 씻어 낸다.

고무래에는 발고무래와 일반 고무래(화가래)가 있다. 발고무래
는 방언으로 발당그래, 발곰배, 당글개, 나무쇠스랑이라고도 하고,

용도는 흙 고르기, 부수기, 덮기, 합치기, 널개기에 사용한다. 흙 고르기는 300~500평 정도 할 수 있고 이것은 공방메와 기능이 같으나 발을 달아 흙 덮기가 쉬운 농기구이다.

일반 고무래는 방언으로 거문데, 땅길래, 고물개, 당그래, 당글개, 미래라고 불리었고 역시 용도에는 흙 고르기, 덮기, 곡식 모으기, 합치기, 널기, 아궁이 재 긁어내기 등으로 사용된다. 성능은 흙 고르기 700~1000평을 해낼 수 있고 쓰임새에 따라 크기가 다르다.

발고무래는 짧은 나무토막에 쇠스랑 모양의 발을 붙인 것으로 흙덩이를 고르거나 씨를 뿌리고 흙을 긁어 덮는데 사용하는 농기구이다.

일반 고무래(화가래)는 가래 몸에 ㄱ자 모양의 자루를 박은 것으로 땅을 갈고 씨를 뿌린 뒤 흙덩이를 깨어 덮어 주는 데 사용하는 도구이다.

봄이면 씨앗 뿌리고 밭고랑에서 하루해를 보내는가 하면, 여름에는 못자리부터 모내기에 부산하여 논에 가서 허리를 땡볕에 태워 가며 일을 하고, 가을이면 벼에서 나온 쌀을 거둬들이고 오곡백과가 온누리에 영글어 가게 하는 아름다운 계절이고, 겨울이면 사랑방에서 축우, 천자문, 맹자, 논어, 중용, 대학 등을 읽는 한문 서당이 있는가 하면, 멍석, 섬(가마니)을 만들면서 내년 농사를 준비하는 깊어 가는 겨울밤이 있는 것이다.

바로 이런 것들이 농촌의 생활이요, 농민들의 한 해 농사인 것이다. 그래서 흙은 농민의 생명이요, 농기구는 농민의 분신인 것이다.

바람에 날려 알곡은 곡간에 쭉정이는 모깃불에

—키 · 체 · 맷돌

안개 자욱한 이른 아침에 농기구를 짊어지고 밭으로 논으로 나가는 것이 하루 일의 시작이다.

남자는 잠뱅이를 입고 검은 고무신에 밀대 모자를 쓰고 땀 닦을 수건을 목에 두르고 나서는 것이요, 아낙네는 머리에 수건을 쓰고 손에는 실장갑을 끼고 통바지를 입고 곡식을 담는 주머니를 허리 옆에 빗겨 차고 서방님 뒤를 따라 나간다.

남자는 지게 목발에 낫 하나 끼고 지게에는 골목다리 하나 싣고, 괭이, 삽, 호미, 씨앗, 망태기 등을 짊어지고, 여자는 허리에 받쳐 얼게미나 채반을 들거나 머리에 바구니를 이고 동구 밖을 나선다.

이때만 해도 모든 농사는 사람의 힘이나 소의 힘으로 농사일을 했기 때문에 이른 새벽부터 서두르지 않으면 남들과 같이 못 따라가고 농사철이 지나고 만다.

오랜 세월이 흐르고 우리 조상들이 자기들의 분신으로 알았던 농기구, 그 속에는 애환과 한숨이 담겨 있고 한평생을 농기구와 살다가 갔다.

지금은 농촌 생활 속에 농기구들이 우리 곁에서 사라지고 골동품화하거나 장식품으로 변화되어 가고 있으니 한편 아쉬움을 지울 수 없다.

그리하여 온고이지신(溫故而知新)이라고 옛것을 보고 배워 새로운 것을 안다는 의미로 농기구에 대한 명칭, 용도, 성능, 종류, 부위 명, 그리고 그 농기구에 얽힌 농경 생활을 정리해 보고 있는 것이다.

키

새악시는 해가 뜨기 전 고단한 몸을 일으켜 앞치마를 입고 시어머니가 나오기 전에 정지(부엌) 문을 열어야 한다. 처음 할 일이 키에 쌀이나 보리쌀을 까불러서 먼지나 뉘를 고른 다음 쌀을 물에 담그어 놓고, 보리쌀을 확돌에 갈아서 쌀과 보리를 섞어서 밥을 시작한 다음 옆 국솥에 국을 끓이기 시작해야 한다.

키로 쌀 까부는 소리가 제일 먼저 나는 집 며느리가 제일 부지런하다고 소문이 난다. 밥이 되고 국이 끓어 가는 사이 물동이를 이고 대문을 열고 동네 우물에 가서 물을 길어 온다. 지금이야 어찌 이런 것을 상상이나 하겠는가.

키의 명칭으로는 여러 가지가 있고 각 지방마다 다르다. 즉 칭이, 치, 챙이, 챙이, 푸는 체로 전하고 용도는 벼 1~2가마를 까부는 데 쓰이고 곡식의 알곡을 담는 데 사용한다. 키에 곡식을 담아 까불리면 알곡은 안쪽으로, 쭉정이나 먼지는 밖으로 나가게 하고 마지막까지 나가지 않은 것은 손으로 추려 내야 한다. 즉, 돌이나 막대기나 무게가 나가는 잡스러운 것은 바람에 날려 가지 않는다. 그러니까 바람을 내면서 알곡만 추리는 데 사용하는 농기구이다. 요즈음으로 말하자면 풍구의 역할을 하는 것이다.

키는 우리 한국의 고유의 연장이면서 아낙네 손에서 떠나지 않고 귀하게 쓰이고 있다.

키를 만드는 방법은 대략 대나무로 홈을 만들어 타원형으로 엮은 다음, 바닥을 대나무나 오리나 고리버들로 엮어 안쪽은 튼튼하게 하면서 점점 바깥쪽으로 나가면서 넓어진다. 사이사이에 띠대를 대어 튼튼하게 만든다.

바람 만들어 쭉정이 날리고
—키

바람 불어 날망에

멍석을 흔들다 말고

바람개비 생명력 낳으니

알곡은 알곡대로

쭉정이는 쭉정이 되어

불길로 타오르고

널판지 가슴 열어 넣고

흔들흔들 바람 불어

풍무 되어 회오리로

풍구 되어 헛바람 날리며

허공에 두 마음 춤출 때
어둠과 빛살
그 사이
곡간의 알곡들
죽음과 삶의 비탈에서
키 하나로
생명의 주제를 선정한다.

키를 옆구리에 끼고 밭에 나아가 깨를 털거나 콩을 털 때 사용하고 곡식을 머리에 이어 나를 때도, 알곡식의 이물질을 가려낼 때 사용하고, 고추나 수수, 콩, 깨를 털거나 콩을 털 때 사용하고 곡식을 머리에 이어 나를 때 사용하고 알곡식의 이물질을 가려낼 때 사용하고 고추나 수수, 콩, 깨, 서숙 등을 햇빛에 건조시킬 때 사용한다. 그리고 한여름에 마당 두엄자리에 모깃불을 피워 놓고 모기를 쫓기 위하여 키로 연기를 마루로 불어넣을 때 긴요하게 부채 대용으로 사용한다.

그리고 독자들이 잘 알고 있는 오줌싸개가 키를 쓰고 소금을 얻으러 갈 때 머리에 뒤집어쓰고 가는 도구로 쓴다. 물론 위 두 가지는 농기구로 쓰는 것은 아니지만 키를 다른 용도로 사용될 경우를 말해 보았다.

체

한 집안에 잔칫날이 돌아오면 꼭 이 체가 등장한다. 특히 떡을 하거나, 녹말가루를 받칠 때 사용하며 특히 술지게미를 큰 그릇 위에 받쳐 놓고 막걸리를 만들 때 체로 받친다. 그리고 밀가루를 체에 받쳐 시루떡을 만들 때 팥이나 콩고물을 가늘게 받칠 때 사용한다.

체에도 구멍 크기가 여러 가지가 있다. 세밀한 구멍, 중간 구멍, 아주 큰 구멍이 있다.

체의 명칭은 방언으로 많이 있다. 즉, 어레미, 얼레미, 얼맹이, 얼기미, 얼개미, 도드미, 종거리, 중체, 반체, 가루체, 신체, 모시미리, 참체, 접체, 벤체, 고은체, 풀체, 접체, 술체, 곰방체 등이 있으나 대략 전라도나 경상도에서 많이 사용하는 말이다.

체의 용도는 고르기, 거르기, 받치기, 깨, 건조시키기 등이 있으나 언제나 부엌 뒷문 쪽 모퉁이에 항상 큰 순서대로 대여섯 개가 걸려 있다. 성능은 어레미로 지름 3~5미리, 종 거리로 지름 2미리, 가루체로 지름 0.5~0.7미리 가루빼기 등근체, 네모체, 타원형체가 있다.

종류에는 어레미, 체가 있는데 체의 망은 말총, 머리카락, 가느다란 철사, 코일, 가느다란 대나무살로 엮어져 있다.

각 부위 명은 쳇불, 쳇바퀴, 쳇다리, 함지, 테, 둥그레, 대망, 말총, 나무뿌리 고리 등으로 만드는데 재료는 각 지방마다 다르다. 전라도에서는 말총에 오동나무 테에 나무뿌리로 엮어서 만든 것들이 보통이다. 대략, 대오리 형으로 철사, 말총을 엮거나 엷은 천으로 쳇불을 만들어 사용하거나 음식의 용도에 따라 달리 사용한다.

그 외에 농기구는 아니지만 체 밑바닥을 떼어 내고 그곳에 확대경을 대어 수경으로 사용한다. 해녀들이나 수석을 탐색할 때에 수경으로 만들어 사용하는 경우도 있다.

체는 대략 대문 옆 헛간 기둥 가랫대에 걸려 있어 언제나 집안을 지키는 농기구이기도 하다. 옴팍 파인 부엌에 동서끼리 앉아 술지게미를 짜고 짜면서 이런 콧노래를 불러 본다.

삼발에 막걸리 한 잔 술
—얼개미

세상 구경 나와
돌찬치하는 날
백설기 무지개떡
한솥 내기 만들고

하얀 밀가루
작은 구멍으로 받치고
걸러서 걸러서 진수 청수 되니
축복의 백설기 상에 올리고

청수 떠 내어
백년 사위 술 감추고
약주, 막걸리 걸러서
머슴 놈 기분 좋을 때
지나가는 나그네 한숨 거둘 때
입 추겨 주는 단술에
복 빌어 주는 사람들.

체에 막걸리 내려 지나가는 나그네에게 한 잔 술 대접하며 노잣돈

보다 더 귀한 단술 마시고 좋은 글귀 한 수 써 주노니 바로 '貴樂堂'이라 나그네 떠난 뒤 거꾸로 읽어 보니 '당나귀'더라 정씨를 별칭으로 당나귀라 부르니 그 집에 맞는 좋은 글귀라 칭송하더이다.

맷돌

햇살이 눈부시게 비추이는 딸 많은 집, 손두부 집이다.

딸들이 하나하나씩 시집가기 전까지는 두부를 만들어 동네와 이웃 마을에 팔아 생계를 유지하나 무척이나 열심히 사는 집, 심성들이 고운 집으로 소문이 난 두부 집이다.

이 집에 가면 마당 옆 헛간에 맷돌이 5개가 놓여 있다. 콩을 갈아 두부를 만든 다음 거기에서 남은 비지를 사다가 돼지고기와 같이 보글보글 끓여 먹으면 겨울 한철에 반찬으로는 제맛이다.

녹두며 팥, 그리고 엿기름 같은 것을 갈아서 녹두전, 팥 게피 만들고, 엿기름은 갈아서 식혜를 만들어 명절 때 사용하는 음식들을 만든다.

맷돌을 방언으로 말하면 맷독, 풀매, 망, 망돌가래, 매, 누름돌로 각 지방에서 불리워지고 있다.

용도는 콩, 팥, 녹두, 엿기름, 누룩 등을 갈 때, 쑥이나 무청, 씀바귀 등의 잎을 쓸기 때, 쓸히기할 때 사용하면서 둘이가 마주 앉아 번갈아 갈면서 한 사람은 돌 가운데에 넣고 한 사람은 갈아서 나온 즙을 받아 다른 그릇에 담는다.

성능으로는 두부콩 갈기, 깨, 녹두, 팥, 엿기름, 잎사귀를 갈아 약 5리터씩 담아낸다.

부위 이름은 맷손잡이, 맷돌 두 개(암컷, 민들 맷돌), 매함지, 매판, 삼가지대, 손잡이가 두 개 있는 것도 있다. 지름은 용도에 따라 크기가 각 다르다. 지름 10~100㎝까지 넓은 것, 높은 것, 두께가 큰 것, 작은 것들이 다양하다. 매함지가 돌로 된 것에는 맷돌 아랫 판과 함지가 한 몸으로 된 것도 있어 사용하기가 편리할 때가 있다.

할머니와 손녀딸과 같이 돌리면서 한 타령을 하면 손녀딸은 구슬픈 소리를 가만히 다소곳이 듣고 있다.

둥글넓적 하늘이 돌고
—맷돌

아낙 가슴 넓어
하늘 회오리로 맷돌이 돌고
둥글넓적하게 입맞추면서
수놈은 암놈
암놈은 수놈 궁둥이 냄새 맡으며
사랑놀이하면서 돌아감을 어찌할꼬

구멍 난 보름달 입술에
온갖 잡곡 널려서
씹고 뱉고 나면 푸른색
생명을 다시 피우고
메마름의 온몸을 갈구하나니

굴욕, 시기, 그리고 질투

맷돌 사이 아우성
갈기갈기 상처만 남기고
구슬같이 흘러가는 세상 유희들
한 말 두 말 부어 넘겨
빚으로 황소 멍에로
한 생명 비벼 대며 살고파라.

예전에는 소 두 마리가 끄는 맷돌이 있었다. 큰 바위에 약간의 홈을 둥글게 판 뒤 맷돌 큰 것을 구멍을 낸 다음 그것을 홈부분에 세워서 황소 두 마리로 하여금 돌리면 홈에 있던 곡식이 갈아지는 맷돌이다. 여기에는 큰 곡식, 또는 볏짚, 약초 등을 갈 때 사용했었다.

우리 민족의 얼이 담겨져 있는 농기구를 보존하면서 사용했던 방법이나 명칭, 용도, 성능, 종류, 그리고 필요성에 대하여 체계 있게 정리해야 할 필요성이 있다고 본다. 관심 있는 인사나 기관 단체에서 우리 재래 농기구에 대한 연구를 할 수 있도록 여건을 마련해 주었으면 한다.

샘골 마을에 소컹새 우니 풍년이라네

짚신 허리에 차고 과거길 행차라
―짚신 골망태 · 다식판 · 청주 통개

농가월령가는 조선 후기 현종 때 정학유(丁學游)가 농가에서 매달 할 일과 풍습을 한글로 지어 부른 노래이다. 계절의 변화와 함께 농사일과 세시 풍속, 놀이와 행사 및 다양한 음식들의 이야기가 전해지고 있다.

농사짓는 농부들에게 농촌 생활에서 봄, 여름, 가을, 겨울 4계절과 세시 풍속에 따른 교훈적인 내용을 월별로 정리한 것이다. 그래서 사람의 직업 중에 농사짓는 일이 최고 중요한 것으로 알고 있다. 그래서 '農者天下地大本也'라 했으니, 농사의 시작과 끝마무리는 잘 조절해야 하고 조상들의 지혜스러운 농사에 대해서는 잘 배워야 한다.

농가월령가를 바탕으로 민속자료나 향토 유물을 관심 있게 보아 연구하고 수집 보관하여 전시하면서 전통문화를 계승 발전시켜 사회교육은 물론 청소년들의 정서 함양에 기여하고 있는 농기구박물관이 지역마다 많이 있어야 한다.

우리 조상들의 지혜로움은 구석기시대부터 현재에 이르기까지 과정을 체험 학습 코스로 잘 정리해 둔 곳이 서울 서대문 중앙농협 박물관이다.

우리 민족의 우수성을 널리 알리고 소개하여 우리 민족의 긍지와 자긍심을 심어 주어야 한다. 약 70만 년 전 구석기시대는 불이 없어 구워 먹는 방법도 몰랐고 입고 자는 생활도 잘 몰랐던 것으로 안다. 그 후 약 1만 년 전만 해도 빙하가 지구를 뒤덮고 있던 때라서 빙하가 끝날 때까지 기다렸다가 산과 바다에서 먹을 것을 구하고 자연 속에서 삶의 터전을 누리던 시대가 바로 신석기시대라 볼 수 있다.

불에 구워 먹는 것을 알아 사냥을 하고 쉴 수 있는 움막을 만들고 농사짓기를 시작했다. 바로 청동기시대 농기구를 사용하여 사람들이 편리하고 쉽게 농사짓는 것을 깨닫게 된 것이다. 그리하여 요사이는 농기구가 고도로 발달하게 되어 짐승이나 사람의 손으로 일하지 않고 기계를 이용하여 쉽고 편리하게 농사를 짓기 때문에 옛 농기구들이 필요 없게 되고 잊혀져 가는 조상들의 얼이 담긴 농기구가 사라지고 있는 현실의 시점에서 농기구에 얽힌 농경 생활을 정리하고자 집필한 것이다.

짚신 골망태

가난하여 검정 고무신 하나 제대로 못 신던 그때 그 시절에는 농군들이나 머슴들의 신발은 짚신으로 사용했다. 겨울 기나긴 밤에 사랑방에 모여 잡담이나, 놀음이나, 음담패설 이야기보다는 시간의 여유가 없는 시절이나 저녁밥 먹고 담배 한 대 참에 쉬었다가 물먹은 짚을 들고 동네 사랑방으로 모인다.

빙 둘러앉아 새끼 꼰 사람, 가마니 틀 짠 사람, 망태기, 멍석, 골목다리, 짚신 삼는 사람들이 각자 농기구의 보조 자료를 밤늦도록 만들며 이야기를 나누었다.

짚신 망태기에 담겨 있는 기구를 꺼내 놓고 시작한다. 기구의 명칭은 지방마다 다르나 전라도에서는 신골 본뜨기, 쐐기, 망치, 문지르기, 건불 삼, 머리카락, 대(쇠)바늘 등이 있다.

짚으로 엮어 짠 신이 골망태이다. 신골은 짚신을 만드는 데 그 형을 잡아 주는 틀로 단단한 박달나무로 만들었으며 모양과 크기가 약간씩 다르다. 그것은 사람의 발 모양이 크고 작기 때문에 그 틀(모형)의 크기를 골라 사람 발에 맞게 짠다.

여러 종류의 골을 망태에 담아서 걸어 두었다가 짚신을 삼을 때 꺼내어 사람의 발 크기에 따라 골라서 짚신을 만든다.

골을 발로 생각하고 뒤꿈치부터 시작하여 걸개를 만드는 데 발복숭아씨 약간 위로 걸개를 걸고, 그곳에 삼과 머리카락을 섞어 여러 번 꼰 다음에 그 위에 가는 새끼줄로 계속 감아 앞꿈치 끝에서 서로 만나게 틀을 잡은 뒤 뒤꿈치 밑바닥부터 가느다란 새끼로 엮어 나간다.

멍석을 만들 듯이 엮어 나가다가 마지막 마무리는 앞꿈치나 옆구리에서 매듭을 지어 끝을 맺는다. 발에 안 맞으면 약간의 물을 적신 뒤 망치로 치면서 쐐기를 박고 밀대로 밀면서 짚신을 늘린다. 고로, 좀 작아도 발에 맞도록 조정할 수 있다.

짚신은 겨울밤 시간이 허락한 대로 만들어서 사랑채 벽에 걸어 놓아 하나씩 꺼내 신는다.

사자밥 차려 놓고
—짚신

극락 가는 길
연기 피워 향내 뿌리고
사자밥 차려 놓고
검정 모시에 찢어진 망건 쓰고
타오르는 짚신 뛰어넘어
간다 간다 고향 가는 길

장죽에 주렁 짚고
짚신 옆에 비켜 차고
한양 천리 과거 시험
하얀 두루마기 옷고름이 나풀거리면
어사또 길 행차인 양
좌우로 길 비키나니

삼단 같은 머리카락
삼검불 섞어
싱싱한 짚으로 엮고 엮어
허리에 둘러메고
괴나리봇짐에

짚신 틀 맨들맨들
쐐기 박아 늘리면
버선볼 늘리듯
장정 발에 맞추어
짚신 도사 세월 녹이며 떠난다.

하룻밤에 한 짝을 만들고 이틀 밤이면 한 켤레를 만들 수 있다.
짚이라서 가볍고 장거리를 갈 때나, 읍내 시장에 갈 때나, 한 여름에 나들이할 때 신고 다니기가 아주 좋다. 마른 땅에만 신고 다니기 때문에 비가 오는 날은 검정 고무신이나, 흰 고무신으로 바꿔 신고 다닌다. 짚신은 원로하신 노인이나 과거 시험 보러 가는 과객이나 나그네가 모시적삼에 삼베옷을 입고 다니는 사람이 더욱 어울린다.

다식 떡판

새해 설날이 다가오면 2개월 전부터 설빔을 준비하고 세찬을 준비하는 과정에서 제사상에 올릴 떡을 만든다. 제사상에는 언제나 목기 위에 떡살을 괴어 놓고 가로세로 엮어 가며 쌓아 올린 다음에 흰떡이나 북게미를 올려놓는다. 특히 흰떡 절편 위에는 나무 떡살로 누른 다식판 떡을 올려놓는다.

나무 떡살 무늬가 다양하다. 壽, 福을 새기거나, 봉황새, 꽃무늬, 연꽃, 토끼 모양 무늬, 또는 囍자를 새기기도 한다. 무늬마다 음양각이 있어 모양새가 예쁘다.

흰떡이나 쑥떡을 가로로 길게 만들어 나무 떡살 크기만큼 잘라서 무늬를 찍으면 모양새가 아름답게 보인다. 무늬에는 빗살 무늬도 있고, 태극 마크, 문살 모양으로 다양한 무늬가 있다.

그런데 다식판은 네모나, 세모, 둥그렇게 구멍이나 그 속에 콩가루, 깻가루, 서속가루 등을 넣고 두둘기면 그 모양 그대로 보기 좋게 제사상에 올려진다.

나무 떡살판은 길이가 20~44.8센치 정도의 크기로 양쪽에 손잡이가 있고 잡기 좋게 홈을 파서 쉽게 찍을 수 있게 만들었다.

강원 떡살은 나무, 도자기, 돌 등의 재료로 만들어졌는데 나무로 된 것은 대대로 물려 가며 사용해도 썩거나 뒤틀리지 않는다. 나무가 단단하기 때문이다. 대략 대추나무나, 밤나무로 만들었으며 만들기 전에는 나무를 물속에 한 달 이상 담그어 놓았다가 그늘에 말린 뒤 무늬살을 파고 그린다.

떡살의 문양으로는 둥근 무늬, 세모꼴 무늬, 네모꼴 무늬, 줄 무늬, 글자, 꽃, 동물 무늬, 추상 무늬 등이 있다. 영동 지방에서는 금강산 무늬와 부적 무늬가 있고, 해안 지방에서는 남근형 무늬가 있기도 하다.

또한 도자기 떡살은 폭 5.7~7.5센티쯤 크기로 하나하나의 떡에 문양을 찍도록 제작되어 있다. 대략 음각으로 되어 있으며 손잡이 부분에 끈을 매어서 걸어 놓도록 되어 있다. 도자기로 되어 있기 때문에 무겁고 들어서 떡에 얹어만 놓아도 무늬가 찍힐 정도로 무겁다. 오지 떡살에는 기하학무늬가 있고 가운데 '天' 자가 음각되어 있으며 굽에 구멍이 뚫려 있다.

다식판은 길이가 24.7~41센치의 크기로 길기도 하고 짧은 것도 있고 도장처럼 하나로 되어 있는 것도 있다. 다식판의 무늬로는

'多壽, 多男, 多福'의 길상 무늬와 꽃무늬, 물결 무늬, 빗살 무늬, 가나다 무늬, 한글 등이 있는데 영동 지방에는 국화 무늬와 물고기 무늬가 주종을 이룬다. 사대부 집에서는 선비들의 절조에 비유되는 국화 무늬를 많이 썼고 해안 지역에서는 풍어와 안녕과 평화를 위한 주술적인 목적으로 물고기 무늬를 많이 사용하였다.

떡메는 지붕 위에 날고
—다식 떡판

마당 가운데

멍석 위

널판대기 엎어 놓고

인절미에 쑥떡 개떡

철푸덕 척— 철푸덕 척—

떡메는 지붕 위에 날고

노랭이 꼬리 치며 흥겨워

바람이 불고 간 사이

임실 고모님 오시니

얼씨구나 좋구나

어여라 쳐라

구수한 콩가루 떡

따끈따끈 한 점 내기에

입안에 넣고 하늘 볼 제

콩가루 코를 막아

나 살려라 큰 기침하는구나

절편에 도장 찍어

부귀영화 무병장수 비오니

고소한 기름 내음

울타리 넘나드니

아랫집 작은 어머니

건넛집 삽실 떡

한 점으로 꿀꺽

떡 잔치에 웃어나 보세.

청주 통개

옛날 옛적에는 주조장에서 청주, 탁주, 막걸리를 판매하였다.

청주는 소주와 비슷했으나 담근 술로써 맑고 노란 빛깔이 나고 맛이 달콤했고, 탁주는 막걸리보다 약간 맑은 술로서 좀 고급 술에 해당되었다. 막걸리는 술지게미를 손으로 짜서 만든 것이다.

주조장에서는 막걸리를 기계로 걸러 짜는 방법으로 물을 많이 붓거나 적게 넣거나 할 때 술맛의 차이가 많다. 그런데 청주는 아주 고급 술이라서 사기 그릇으로 되어 있는 호리병에 담아서 배달된다. 호리병은 몸통은 길고 입은 작고 상단 옆에 손잡이가 있어 들어 올리기에 편리하게 되어 있다. 그리고 쇠주 통개처럼 길죽하고 질그릇으로 되어 있어 장독 항아리 같은 느낌을 준다. 두껍고 투박스러워 잘 깨지지 않고 차로 이동할 때 편리하게 되어 있으며 눈이 오거나 비탈길에서는 둥글려서 이동시키기가 편리하게 되어 있다.

처녀 궁둥이 질그릇 통개
—청주 통개

면사무소 앞

가시 울타리 드리운

주장집 지붕에는

청주, 약주, 탁주, 막걸리가 흐른다

오늘도 도인리 고개 넘고

내일은 삼청리 샘골 마을로

삼발 딸딸이에 싣고

민둥머리인 양

물판대기처럼

질그릇은 처녀 궁둥이다

배달부 어깨에 짊어지고

논두렁 지나 농주로

눈물 짓는 상가에도

처녀 총각 장가 시집가는 집에도

시도 때도 없이

넘나드는

신바람 나는 콧노래 소리에

부어라 마셔라 술이 술을 먹는구나.

잔칫집이나 상가집에 가면 언제나 마당 한쪽 구석에 자리 잡고 있는 것이 청주 통개이다. 잔칫상에 술이 떨어지면 누구나 거기 가서 부어다가 먹기도 하고 방으로 배달해 주기도 한다. 그 질그릇에 담아 두면 변하지도 않고 오래 보관하기 좋은 그릇으로 술집이나 주조장에서 많이 사용한다.

샘골 마을의 뒷산에서는 소쩍새가 울어 대고 대나무 밭에서는 까치가 퍼드득 날며 암수 자웅이 서로 하나가 되어 밤을 지새우는 기나긴 겨울밤, 동네 어느 집 제삿날인가 손꼽아 보다가 단자 보내 밤참이 오면 한 잔 술에 떡이며, 산적에 돼지고기 몇 점 먹고 밤이 새도록 옛얘기 나누자면 벌써 짚신이 한 켤레 만들어지고, 가마니는 두 벌이요, 새끼는 한 지붕 덮을 만큼 꼬았으니 어찌 아니 좋을 씨고.

어머님 치맛자락에 누워 칭얼대다가 잠든 막내둥이는 새벽녘에 일어나 다식 떡판에서 나온 부스러기를 먹으면서 좋아라 하니 어머니는 안쓰러워 쑥떡, 개떡, 찰떡 하나씩 주면 조총에 유과까지 먹는 그 맛을 지금도 못 잊는다.

때로는 초등학교 운동회 때 청주 통개를 어깨에 메고 달리기를 하여 힘자랑도 하고 자전거에 많이 싣고 신속하게 배달하는 대회도 했으니 청주 통개는 힘이 있고 장정들만이 사용하는 유일한 직업이요 자랑이었다.

임실장에 가는 날 아침
—되·말·눈저울

가을 햇살이 초가지붕에서 두루마리로 풀어 올라가면서 한날의 문이 열린다. 오늘은 임실 장날이다. 장날이 돌아오면 어느 집이나 장에 가지고 갈 매물 때문에 집집마다 떠들썩하다.

으레 장날에는 이장님의 마이크 소리가 두서너 번씩 울린다.

"이장입니다. 마을 여러분! 오늘 공판할 날입니다. 미리미리 서둘러 공판할 벼를 대문 앞에 내놓으시기 바랍니다. 빨리빨리 서둘러 주세요. 그리고 기름이나, 비누, 성냥, 양초를 사야 할 집은 오셔서 말씀하시기 바랍니다. 이상입니다."

동네 뒷산 가죽나무 위 마이크 소리가 꺼지고 나면 모두들 분주하고 동네가 떠들썩하다. 이때 제일 많이 쓰이는 것은 동네에서 공동으로 쓰이는 말, 되, 종기, 눈저울, 앉은뱅이저울, 큰저울, 쇠불알저울 등이다.

동네 앞에 달구지를 세워 두고 집집마다 매물을 싣고, 마구꾼은 짐을 기다리고 있다. 어느 정도 짐이 모여지면 징을 크게 울리고 난 뒤 떠난다. 동네 분들은 달구지하고 관계없이 임실장을 걸어서 간다. 달구지보다 먼저 가 있으면 장터 입구에서 동네 분들이 자기 짐을 하나둘 찾아간다. 그리고 공판장으로 가서 벼 공판의 판정을 받는다. 달구지는 시장 입구에 매어 두고 마구꾼은 거나하게 한잔 을 기울인다.

역시 동네 분들은 장보기를 해서 다시 달구지에 싣고 삼삼오오 짝을 지어 시장을 빠져나오다가 사돈을 만나고, 친구를 만나고, 이웃집 사람을 만나 주막집에서 막걸리 한잔 하면서 며늘아기 소식 전하고 아들딸 자랑하다가 취기가 좀 오르면 고달픈 인생살이, 한스러움을 털어 놓으면서 해 저문 줄 모르고 한풀이와 신명풀이가 절로 나온다.

때로는 흥타령에, 신명놀이에, 한 타령에 노랫가락을 흘리면서 과부 궁둥이 한번 두둘기며 하늘나라에 간 마누라 생각에 눈물도 훔친다.

시골 오일장은 재미있는 일이 많다. 출발할 때부터 동네가 떠들썩하고 계란을 짚에 엮고 엮어 어깨에 조심스러이 메고 팔러 가고, 깨, 찹쌀, 콩, 고추 등 보따리 보따리 이고 끼고 가다가 시장 다 가서 길가의 도붓장수에 흘려 다 넘겨 버리고 할 일이 별로 없어도 시장을 휘저어 한 바퀴 돌면서 고깃국 한 그릇에 막걸리 한잔 먹고 사돈집 소식 듣고, 며느리 딸 소식 듣고 바쁜 걸음으로 귀가한다.

시장에 가면 말잽이, 흥정쟁이, 거간꾼, 뺑쟁이들이 무척이나 설친다. 싸전에 가면 말잽이가 기술자이다. 말잽이가 말과 되를 두는 데 차이가 약간씩 있다. 그래서 기술자라고 한다. 그리고 골목마다 뻥튀기, 엿장수, 뻔데기, 그리고 야바위꾼들까지 떠들썩하고 소란스럽다. 파장머리에는 더욱 시끌벅적하다. 흔히 하는 말, "자― 떨이요― 떨이― 말만 잘하면 거저 줍니다."

시골 장터는 푸짐하다. 국밥집에서는 연기가 솟고, 곰탕집에서는 큰 쇠솥에 곰국이 끓고, 닭집에서는 닭 죽어 가는 소리, 돼지 목 따는 소리, 그 옆에서는 '뻥이요' 가 터지고, 공터에서는 마술쟁이 쇼하는 모습, 장터 구석에서는 풍악 소리 들리나니 술 한 잔에 기분이 좋으면 집에 갈 생각은 잊고 그저 장터의 흥겨움에 젖어 하루 해를 보낸다.

인생은 코를 꿰어 살다가 가는 것을
—디딜방아 · 도리깨 · 코뚜레

풍악산 줄기 따라 두류산 달궁의 기상 따라 운수산 자운봉에 올라서니 금만경 황금물결이 휘돌아 드넓은 평야가 바로 내 고향 임실이어라.

충효의 고장, 열매의 고장, 살맛나는 고장 임실은 이태조의 깊은 뜻이 담겨져 있는 이십팔 의사의 충혼이 깃들어 있고 삼일동산의 무궁화 향기는 영원히 길이 빛날 유구한 터전 호국의 고장 임실이다.

임실군의 꽃 개나리는 팔경동산에 흐드러지게 피어나 임실인들의 웃음이 되고, 군목인 은행나무는 섬진강 따라 여름에는 싱그럽게, 가을에는 노오란 물결로 춤을 추며 강줄기를 수놓고 있으니 어찌 아니 좋을 씨고…….

또한 군조로는 왜가리가 옥정호에서 자웅이 서로 사랑놀이하면서 너울너울 세계를 향해 날아가고 날아드니 살기 좋은 곳 해맑은 고장이다.

청렴결백을 상징하는 백로는 성가 부락 뒷산에서 선비들의 자태인 양 둥지를 틀고 마치 선경(仙境)을 이루면서 평화의 노래를 부르며 태평무사, 안녕질서를 기원하니 만사형통으로 일취월장 발전하는 임실이 아니겠는가.

그리고 호남벌의 승리의 소리인 양 필봉좌도 농악은 세계만방에 널리 태극기와 함께 휘날리고 있으면서, 우리 고장의 농경 생활에 큰 활력소가 되어 주니 누구나 신명이 절로 나고 힘이 불끈불끈 솟아나는 곳이다.

섬진강, 옥정호, 운암댐의 물바람 속에 파란 하늘에는 빠알간 감이 탐스럽게 익어 가는 감의 고장이며, 아름다운 태양 고추가 유명하여 매년 고추아가씨를 선발하면서 국위 선양, 내 고장 임실 홍보 대사로 치맛자락을 휘날리는 미녀의 고장이기도 하다.

맛깔스럽고 입맛 나는 임실치즈가 전국에 알려져 한층 입맛을 풍기고, 일중한지를 비록 싱싱하고 아름다운 장미촌의 향기가 온 누리에 퍼지고 전통 한과는 우리 옛 조상들의 솜씨가 담겨 있는 고소한 그 맛, 그리고 지조 있고 끈기 있는 오동상감 연죽이 동서남북 산자락에 쫙 깔려 있으니 선비들의 위용이요, 신토불이의 진수인 고장이다.

그런가 하면 마이산 기슭 따라 운수산에서 네 선녀가 가마귀 타고 내려왔다는 사선대에는 매년 장원급제 백일장 대회, 서예 대회, 농악 대회, 고추아가씨 선발 대회, 창(唱) 대회를 열어 임실 고장의 풍류 생활과 선비들의 행차를 보여 주니 축복의 땅, 살고 싶은 임실땅이다.

봉화불 활활 타오르던 운수산 상상봉에서는 정의롭게 국가를 위해 싸우다 돌아가신 선영들의 충혼비가 승리의 월계관을 쓰고 그때의 그 우렁찬 목소리로 임실을 지키고 있으니 거룩하외다, 찬양할 일이로다.

충효의 고장 충혼의 고장으로 성수면 오봉산 산자락에 창건된 소충사는 1957년 구한말 의병대장 이석용을 주벽으로 그의 휘하에서 활동하던 의병 28의사를 배향하고 있다.

또한 백련리에 위치한 호국원은 조국과 민족을 위해 신명을 바친 호국 용사들의 충의와 위훈을 영원히 추앙하며 후세들에게 호국 정신을 승화시켜 애국, 애족 정신을 기리고자 조성하고 있다.

이렇게 산 좋고, 물 좋고, 인심 좋은 남쪽 고향 임실에서 태어난 것을 영광스럽게 생각하는 바이다.

지금쯤은 임실 읍내를 스치는 개울가 자락에는 버들강아지가 토실토실 영글어 바람에 버들피리 소리가 절로절로 간들어지게 언덕 너머로 들려오는 임실 봄날을 생각해 본다.

칠보화관을 머리에 이고 치맛자락을 날리며 아장아장 걸어오는 봄 처녀의 모습이 눈에 선하다.

더욱 가을의 열매를 탐스럽게 하기 위하여 지금쯤은 한참 꽃향기가 온누리에 퍼지면서 개나리 너울 빛이 열매의 고장 임실에 넘쳐 나고 있으리라. 그리운 고향의 향기가 옷깃을 스쳐 다가오고 있으니 이를 어찌할꼬.

지방자치제도가 실시된 이후에는 각 지방마다 특색 있는 사업을 시도하여 관광객을 유치하기 위하여 최선의 노력을 하고 있다. 하늘과 땅 사이 자연이 하나 되어 아름다움과 지역의 특성과 현황, 그리고 관광 가이드북이나 여행안내 지도를 만들어 홍보하면서 먹거리, 숙박, 휴향지, 건강식품 및 교육, 특별활동, 체험활동 등의 명소를 소개하는 해설사까지 두어 전국 어디를 가나 편안하게 관광하고 쉴 수 있도록 잘 되어 있다.

서울 중앙농협 전시관에도 농기구가 전시되어 옛 우리 조상들의 농경 생활이 잘 소개되고 있지만, 요사이 농촌 군 단위나, 면 단위에 가더라도 옛날에 사용했던 농기구가 많이 전시되어 선조들의 생활 지혜를 많이 배우고 있다.

디딜방앗간

지금이야 문명이 발달하고 기계화되어 농경 생활이 편리하지만, 옛날에는 동네 마을마다 가운데에 디딜방앗간을 만들어 놓고 보리쌀이며, 밀방아, 올기쌀 그리고 밀가루 떡까지 디딜방아를 이용하여 생활해 왔다.

그때 당시 디딜방아간은 움막집으로 산에 나무를 베어다가 기둥을 세우고, 수숫대를 엮어서 흙벽돌로 쌓고 창문을 만들어 바람이 통하게 하면서, 참새들이 드나드는 통로로 사용되었다. 으레 참새들의 먹이는 방앗간의 부스러기들이었다. 방아가 끝나고 나면 참새가 창문을 통하여 들어와 새참을 먹듯이 꼭 참새가 선착순으로 드나든다. 그리하여, 속담에도 버릇처럼 하는 일을 '참새가 방앗간 드나들 듯' 이란 말이 나온 것 같다.

디딜방앗간은 동네 사람이면 누구나 사용할 수 있다. 부락민들이 공동으로 만들어 사용하기 때문이다. 먼저, 바닥은 세면으로 다지고, 확돌처럼 구멍을 파고, 방아를 고일 수 있는 지주대를 세우고, 세 갈래의 방아를 다듬어 지주대에 고여 놓는다. 통나무를 길

176

게 엮은 다음, 발을 디딜 수 있는 두 갈래의 발판을 만든다. 그 뒤 움막을 짓고, 디딜방아 양편에는 곡식을 놓을 수 있는 칸을 만들어 여러 사람이 쓸 수 있도록 편리한 시설을 만든다. 그리고 발판 옆에는 네모지고 반반한 넓은 돌을 놓아 발판에 올라갈 수 있도록 보조 계단을 만들어 놓는다. 계단에 올라갈 때는 천정 석가래에 끈을 달아 놓고 그 끈을 잡고 올라가서 방아를 찧도록 한다. 대략 두 명이 1개 조로 하여 쿵더쿵 쿵더쿵 삐거덕, 쿵더쿵 쿵더쿵 삐거덕하면서 떡방아, 보리방아, 밀방아를 찧어 설날이고, 추석 명절에 떡을 해 먹었다. 그리하여 명절이 돌아오면 디딜방앗간이 줄을 서서 순서를 지켜야 했다. 대목에는 밤늦게까지 방앗간에 불을 켜 놓고 일을 해야 했다.

때로는 동네 처녀 총각이 남 몰래 속삭이며 사랑을 나누던 곳으로 정다운 곳이기도 했다. 또 어느 동네에서는 처녀 총각이 서로 사랑을 하다가 부모들의 반대로 이루지 못해 방앗간 천정에 목을 매달아 자살하여 죽은 귀신을 달래느라 매년 고사를 지내기도 한다.

지금은 정미소가 가끔 가야 시골에 있을 듯, 디딜방앗간은 찾아보기 어렵다.

댕기 출렁거리고
―디딜방아

덩커덩 삐거덕 덜커덩 삐거덕
노처녀 가슴 앓이
날 석가래에 매어 달고

인생살이 상처 난 관솔 구멍

방앗간 디딜방아로

세 갈래 길 밟아 가며

시누이 올케 사이

방아타령 불러 본다

덜커덩 삐거덕 덜커덩 삐거덕

먼 산 보고 절하면

알보리통 밀방아 떡가루 만들고

디딜방앗간 흙담 사이

하늘 구멍 만들어

총각 녀석들 댕기 보고 사랑놀이하자는구나

덜커덩 삐거덕 덜커덩 삐거덕

속살 웃음 보이며

한 누릿빛 익어 갈 때

물바가지 가슴에 젖어

종재기 박쪽으로 긁어모아

떡방아 잔칫 소리

숫처녀 머리 올리며 꽃가마 타누나.

도리깨

이마에 땀을 씻으며 거둬들인 팥, 콩, 보리, 녹두 등의 잡곡류를
마당에 며칠 말려서 타작을 하다 보면 마당이 그득하니 부잣집이

따로 없다. 해거름에 두레를 얻어 한나절 콩 타작, 팥, 녹두, 보리 타작을 하여 알곡을 자루에 담아 마루 한쪽에 쌓아 놓으면 한 해 잡곡류의 곡식은 다 한 것이다.

도리깨는 기술이 있어야 도래질을 잘 한다. 땅에서 들어 올려 어깨 위로 휙! 올리면서 싹 한 바퀴 돌려 손바닥처럼 납작한 쪽으로 콩대를 내려쳐야 한다. 이렇게 반복하여 내려치면 콩깍지 속의 콩이 밖으로 튀어나와 그 알곡을 모으고 쭉정이는 모깃불이나 소죽을 끓일 때 땔감으로 사용한다. 바로 이것이 타작인데, 도리깨가 하늘을 보고 손짓하는 모습이 아주 자연스럽고 보기가 좋아 동네에서도 도리깨질을 잘하는 사람이 있어 서로 두레 일을 같이할려고 힘쓴다.

도리깨는 방언으로 도루깨, 돌깨, 도깨라고도 하며, 알곡 털어 내는 것으로 사용되며, 콩 1, 2가마, 보리 3가마, 팥 반 자루쯤 타작한다. 손잡이 긴 대나무를 장부라 하고, 대나무 꼭지와 손목잡이(열)—단단한 박달나무를 부챗살처럼 엮은 부분을 대나무에 철사로 동여맨 곳—3가지 부위로 명칭을 부른다.

도리깨의 정의는 잡곡류의 곡식을 수확하여 알곡을 가려내는 도구로 콩, 보리, 팥, 녹두 등을 마당에 건조시킨 뒤 두드려서 알곡을 분류시키는 도구이다. 타작마당의 흥겨움이다.

부챗살처럼 대나무나, 박달나무, 또는 소나무 뿌리를 5, 6개쯤 삼으로 4, 5번 엮어 물에 2, 3일 잠겨 놓았다가 사용하게 되는데, 이 음새는 열이 잘 돌아가게 철사를 댄 뒤 가는 철사로 동여매면 된다. 열의 나무가 부러지기 쉬우니 보관하기가 조심스럽다.

코뚜레

코뚜레는 딱나무나, 칙팩나무, 또는 박달나무까지 벽에 걸어 놓았다가 송아지가 크면 대나무 칼로 황소 코를 뚫어 그 뚫린 곳으로 코뚜레를 넣어 둥그렇게 얼굴을 감싸서 그 윗부분을 끈으로 묶어 목줄에 이어 놓는다. 코뚜레와 목줄을 이어 줄을 매면 그 줄로 소의 방향을 조절할 수 있게 되어 있다. 써레질할 때나, 소가 풀을 뜯어먹게 할 때나, 가는 길의 방향을 제시해 줄 때도 이 끈을 이용하여 좌우의 방향을 알려 줄 수 있다. 소가 잔꾀를 부리거나 말을 안 들을 때 이 줄을 잡아당기면 코뚜레가 소의 코를 잡아당기기 때문에 꼼짝 못하고 주인이 시키는 대로 해야 한다. 그래서 우리가 흔히 말하기를 "꼼짝 없이 코가 꿰였구만." 하는 말이 있다. 소 코뚜레를 이용하여 끌고 다니듯이 사람도 코가 꿰면 할 수 없이 끌려다니기 마련이다. 바로 이것이 코뚜레이다.

한(恨)과 신명이 향토문학의 태동(胎動)이 되어
―다듬이 · 물레 · 달집

　　두류산 기슭 산맥 따라 성수산(聖壽山) 자락에 자리 잡고 있는 임실군 성수면 삼청리 원천동 샘골 마을은 나의 시심(詩心)이 자란 문학(文學)의 산실(產室)이기도 하다. 햇살이 창가로 눈부시게 부서질 때면 처마 끝 초가지붕에 새알 하나 낳고 지저귀는 참새 떼들의 인사로 한 날이 시작되는 아주 작은 산골의 샘골 마을이다.

　언제나 아침 이슬이 깨기도 전에 뒷동산에 올라 저바라기 산속의 안개가 신비로운 전설을 드러내듯이 두루마리로 짙은 초록 솔잎새를 씻어내며 하늘로 오를 때 기러기는 그리운 임을 찾아 좌우로 날고, 구레실 아래 작은 저수지에서는 물오리 두둥실 떠오르고 아침 햇살 부서지는 수평선 위 물빛살은 찬란하게 빛나는 그곳이 『다듬이소리』, 『물레야 물레야』, 『불놀이 불놀이야』 시집 세 권을 탄생시킨 시인의 고향, 향수가 젖어 있는 곳이다.

　한나절이 지나고 나면 따스한 햇살이 아지랑이로 피어날 때 마

루 밑 강아지들은 늘어지게 코를 처박고 잠을 자며 파란 하늘에 고
추잠자리는 너울너울 춤을 추면서 동네를 지킬 때, 뒷동산 잔디밭
언덕에서는 총각 녀석들이 사랑놀이하면서 하모니카로 '옛날에
금잔디'를 연주한다. 그때 댕기 딴 처녀들은 빨강, 초록 댕기 머리
를 흔들면서 하얀 속살 웃음 던질 때 건너 방앗간집 셋째 딸은 혼
샛날 받아 놓고 밤이나 낮이나 다듬이질에 싱그러운 샘골 마을에
웃음꽃 피어난다.

금빛 하늘에 걸린 여린 달 조을고
산골 부엉이 애달프게 그리움 지치며 울 때
그리메 드리우며 동서끼리 마주 앉아
샘골 마을에 여울진 청랑한 소리
혼샛날 받아 놓고 깊은 밤 한숨지니
올케의 다듬이소리 나의 가슴 뛰는 소리 되어
읍내 가신 아버님 혼숫감 달구지에 싣고서
한 잔 술에 고명딸 보내는 마음
속으로 우는 소리.
　—『다듬이소리』 시집에서

　알밤이 벙글고 빠알간 감이 무르익어 가는 가을, 오늘은 운동회
날이다. 청군 띠, 백군 띠를 머리에 질끈 매고 며칠 동안 운동회 연
습을 한다고 가방도 없이 오솔길 따라 도랑물 따라 학교에 가는 동
네 아이들, 드디어 기다리고 기다리던 운동회 날이 돌아왔다. 마음
이 들떠서 잠을 설치면서 밤하늘만 바라보았던 그때 그 시절……

이른 새벽부터 할머니는 밤도, 감도, 고구마도 챙기고 모처럼의 콩밥도 지어 손자 녀석들 손을 잡고 만국기가 휘날리는 읍내 상동 (上洞)으로 간다. 태극기가 너울거리고, 엿장수의 엿 치는 소리는 한층 흥겨움을 돋우고, 신바람 나는 흥타령에 엿장수는 춤을 추며 노래한다.

시집 『다듬이소리』와 『물레야 물레야』는 잊혀져 가는 농촌 생활과 농경(농기구 시) 생활을 시(詩)로 써서 재현시켜 놓은 것이라서 시간이 흐르면 흐를수록 오래된 술처럼 시(詩)의 참맛을 알 수 있을 것이다. 현재는 낯설고 과거는 친숙하다고 믿기 때문에 과거를 지향(志向)하는 쪽이 항상 현실보다 우세해진다. 노스탤지어라는 말은 삶의 초원적인 생각이 집중되어 표출되는 상징물로 인간의 심리적 밑바탕에 잠겨진 과거를 향한 그리움인 것이다.

'다듬이소리' 는 향토적이고 된장국 냄새가 물씬 풍기면서 감미롭고 에로틱하고 민족의 향토적 맥락을 이어 주는 전통적인 구수한 맛, 유창한 아리랑 가락에 우리 민족의 춤사위가 향취를 느끼고 청량한 기억을 두드리는 한국의 다듬이소리이다.

'물레야 물레야' 는 농민들의 분신인 농기구를 주제로 하여 농민들이 농경 생활을 하면서 애상적으로 느끼는 살붙이를 노래한 것이다. 특히 잊혀져 가는 우리들의 농경 생활과 민족의 한(恨)이 깃들어 있는 생활 속의 이야기인 것이다.

물레

으스름한 초승달 낮게 떠가고 찬 서리 초가지붕에 하얗게 내린 늦가을 밤, 하얀 박꽃은 찬바람에 못내 고개를 숙이는구나. 언제나

시골 밤하늘은 쓸쓸하고 을씨년스럽지만 가끔 건넛마을에서 개
짖는 소리만이 고요한 정막을 깨트린다. 행랑채를 들어서 안채 마
루를 휘돌아 작은방의 우리 할매는 밤 깊은 줄도 모르고 초롱불이
너울거리는데 한(恨) 타령 속에 물레를 돌리고 있다.

물레야 물레야
고즈넉한 달빛에
문풍지 노랫가락 맞추어
할머니의 한스러움 피어나고

창문에 그리메 드리우면
하얀 솜 같은 세상
돌리고 돌리어
괴머리 한 타령에
물렛가락 울고 우는구나

물레야 물레야
초롱불 간들거리는
기나긴 밤에
털구름 속 시름 풀어내고

한평생 살아도
한 여울목 외줄이거늘
얽히고설킨 바람 같은 인생살이

울어라 돌아라
한으로 뭉친 설움
가슴앓이되어 풀리는구나.
—『물레야 물레야』 시집에서

문풍지에 된바람 팔랑거리며 윙윙대는 소리, 한스러운 물레는 하얀 창호지문에 그리메 남기고 울어 대는 소리는 한밤을 지새운다. 할매의 한 타령은 많기도 하다. 군인 간 아들 걱정, 고추 당초 맵게 시집살이한다는 딸 걱정, 백수건달 놀고먹기만 하는 막둥이 걱정, 영감(남편)이 무정하게도 일찍 하늘나라에 먼저 가 버린 한스러움들…….

그 많은 한스러움을 콧노래로 흥얼거리면서 물레를 돌리다 보면, 뒷산에서는 소쩍새가 구슬피 울고 창가의 달빛은 고즈넉하기만 한데 가끔 들리는 부엉이 우는 소리에 창문을 열고 사랑방 머슴 깨워 소죽 끓이라 소리치고 방에 들어와 무명 이불 한 자락 덮고 우리 큰손자 녀석 가슴에 안고 잠을 청하는 할머니 모습, 지금은 찾아볼 수가 없다.

달집

그런가 하면 할머니는 항상 동구 밖 모퉁이에 모셔 놓은 서낭당에 가서 일 년 농사 잘되라고, 또 식구들의 건강과 평안을 빌고, 동네 사람들 아무 탈 없이 무병장수하라고 빌고 비는 그 마음을 흔히 세상에서는 말하는 사랑으로 비교할 수가 있겠는가. 눈뜨면 일해야 하고 아들딸 손자까지 학비 대 주면서 잘되기만을 기원하는 순수한 우리 한국의 어머니, 할머니들이 아니었던가.

　봄이면 씨앗 뿌려 새싹 나기를 기다리고 새싹이 돋으면 고랑마다 똥장군에 소탕 물 얹어 주면서 어린아이 돌보듯이 애지중지하며 살아오신 우리 농부님들의 위대한 모습이 한국을 살리고 이 민족의 육체적인 양식, 정신적인 양식이 되었으리. 우리들의 마음을 따뜻하게 해 주고 의식주를 해결해 주는 것 중 가장 친근감을 느끼게 하는 무명옷이 얼마나 우리들의 가슴을 감싸 주고 있는가.

파란 꿈
하늘에 깊이 심고
흰 구름 되어 목화 되어
빛살에 피어난다

새악시처럼 벙그는 타래의 봄
설설 솔솔 보숭보숭 녹아나는
씨앗 돌리며
다듬이소리에 합창하다가
시아버지 담뱃대 터는 소리

돌아라 씨앗아
날아라 씨앗아
물판대기 기름 흐르듯
옆구리 터져 씨앗 낳는 소리

풀새 울어 대고

문풍지 울어 열 제

호롱불 간들거리는 윗목 방

손가락 걸며 털 솜 꾸리고

눈송이 되어

하얀 실바람으로

우리 마을 시름 녹여내는구나.

―『불놀이 불놀이야』 시집에서

　농경 생활을 하다 보면 힘들고 피곤할 때가 한두 번이 아닐 것이다. 땡볕 불볕에 밭을 매다가 지치면 냉수를 들이키고 그래도 힘들 때는 막걸리 한잔이 기분을 상쾌하게 할 것이다. 그러다 보면 몇몇이 주거니 받거니 하는 사이 술이 거나해지면 홍타령이 나오고 한바탕 신명놀이가 시작되어 잠시 동안은 힘 드는 것도 모르고 시름을 잊으면서 농사일을 또 시작하리라. 때로는 술 한 잔에 고달프게 살아온 인생살이에 대하여 한(恨)이 많아 한(恨)풀이를 하면서 눈물을 흘리고 땅을 치면서 '원통하다', '서럽다' 하면서 넋두리를 늘어놓을 것이다. 바로 이것이 농민들의 신명풀이요, 한(恨)풀이인 것이다.

서낭당 소제 올리고 풍악으로 평안 기원
—동제·부락제

부락제는 마을을 지켜 주는 수호신에게 지내는 제사로서 동네의 안녕과 풍년을 기원하는 뜻이고, 동네 남녀노소로 하여금 일체감을 일으켜 사회제도를 굳건히 하고 공동사회의 기능을 살려 가자는 데 큰 의의가 있다. 대체로 남자만이 참여하는 동네 의식으로 제주나 제사에 참여하는 사람들에게는 금기 사항이 많다.

가령, 제사 전후에는 남녀 관계를 하지 않는다든가, 몸에 종기 같은 병이 있거나 나쁜 행위를 한 사람들은 참석하지 못한다. 특히 여자의 경우 월경 중에 있는 자는 참여를 엄금하기도 한다.

동네에서 제일 깨끗하게 살고, 별 탈이 없이 다복하고 만사가 형통하신 분이 제주가 되고 부락민들이 모여 추렴하고, 아녀자들이 좀도리 쌀을 모아서 일 년에 한 번씩 서낭당이나 당산에 모여 음식을 장만하고 제상을 차려 정결한 마음으로 산신령께 제물을 드리는 일종의 제례의식이다.

마을의 안녕과 질서와 부락민들의 평안과 행복, 그리고 동민들의 건강과 부락에 불상사가 없기를 기원하는 산신제(山神祭)라고 본다. 이때 농악대를 동원하여 흥을 북돋워 주민들이 많이 참석하게 한다.

고대 부족국가 형성에 큰 이바지하는 것도 이러한 동제의 원초적인 토착 신앙 의식에서 시작된 것이라 본다. 각 지방마다 다르지만 경기, 충청 지방에서는 산신당(山神堂)이라 하여 마을 뒷산 큰 바위나, 오래된 나무 앞에서 제를 지내고, 강원, 경북 지방에서는 성황당(城隍堂) 집이 많이 있고, 경남, 전남북 지방에서는 당산(堂山)이 많아 점치는 집이 많다.

또 일부 지방에서는 산 밑에 땅을 깊이 파고 신당을 만들어 놓고 마을의 대소사에 대한 일을 봐주는 사람으로 신들린 자도 있다. 그런가 하면, 뒷산 바위 벼랑에 다락방을 지어 놓고 마을의 애경사를 점지해 주면서 선산에 아침마다 소지를 올리며 염불을 외워 마을의 안녕을 빌어 주는 산골 도사도 있다.

본래 이러한 굿(통합해서 잡귀를 쫓는 굿)의 일종으로 전해 오다가 부여의 영고, 고구려의 동맹, 예의 무천, 마한의 천신제가 좀 변형되어 양면성을 띠게 되었다. 즉, 지역의 전통으로 제례의식을 갖다가 동네에서 음식을 장만하여 산신령께 제례한 뒤 음식을 나누면서 술 한 잔씩 마시다 보니 흥타령에다가 신명이 나니 가무가 시작되어 서로 친화적인 분위기에서 단합적인 면에서 재미있는 행사로 전환되면서 어른들에 대한 예절과 질서를 배우는 것도 도움이 되었던 것이다.

또한 서울 중부 해서 지방에서는 강신입무(降神入巫)라 하여 '도

당굿'이 있었고, 영호남 지방에서는 '당골무당'에 의한 '별신굿'
이 있었다.

　인간이 사는 곳에는 어디나 애경사와 좋고 나쁨이 있기 마련이
니 마음속에 신을 모시고 사는 것은 평안과 행복을 비는 마음이다.
이것이 바로 인간의 마음을 간사하게 만드는 것이다.

　인도에 가 보니 집집마다 집안이나 정원 한쪽에 제단을 모셔 놓
고 특별한 일이 있을 때나 어려운 일이 있을 때 제물을 올려 기원
하면서 소제하는 것을 보았다. 우리나라에 전래되어 온 샤머니즘,
토속신앙이 하나의 부락제, 동제로 이어 온 것이다. 전래 종교의식
이 현대 문명과 외래 종교에 의해서 파괴되어 가고 잊혀져 가는 것
이 안타깝다. 고로, 사회도 삭막해져 가고 이웃이 분열되고 신종의
종교에, 이단적인 종교에 의해 우리 민족만이 전래되어 온 부락제
가 사라져 가고 있다. 부디 유교식 가제(家際)의 전통이 계속 이어
져 목욕재계(沐浴齋戒)하는 엄격한 제례의식이 지켜지면서 좀 더
동제(洞祭)도 더욱 엄숙한 진행으로 이어졌으면 한다.

　요사이 고향이나 시골 오지 폐촌에 가 보면 좋은 집들이 점치는
집이나, 굿집, 무당집, 서낭당들이 많이 늘어나고 있다.

　이름난 산 중턱이나, 산수 좋고 경치가 좋은 곳 그 아래 큰바위,
아름드리나무에 신을 모셔 놓았다 하여 오색 천이나 부적, 그리고
새끼로 둘러쳐 놓은 강신 사당이 가끔 눈에 띄인다.

　별신제, 기우제, 서낭제, 산신제, 수신제 모든 것이 같은 맥락으
로 이어지고 있다. 이런 제천의식은 인간들이 마음의 위안을 받기
위한 것이요, 세상이 어려울 때 더욱 위로를 받고 싶은 마음에서
이런 행위가 전개된다고 본다.

설날 동네 한 바퀴 세뱃돈과 덕담

—세뱃돈·덕담

설날, 이른 새벽에 일어나 제상 준비를 하다 보면 벌써 아버님 어머님은 설빔을 차려 입으시고 부부끼리 서로 맞절을 한다. 자식들이 보는 앞에서 서로 절하는 모습이 아름답기만 하다. 그다음에는 부모님을 안방에 모셔 장남부터 차례로 세배를 드린다. 시아버님은 며늘아기에게, 시어머니는 아들딸들에게 세뱃돈을 주면서 덕담을 나누노라면, 손주 녀석들이 절도 아닌 절을 꾸뻑꾸뻑한다. 그러면 또 세뱃돈이 절로 절로 술술 나간다. 까치동 꼬까옷을 입고 아장아장 걷는 손자 녀석들을 보노라면 늙어 감이 한탄스럽기만 하다.

차례상을 북쪽에 놓고 홍동백서(紅東白西), 좌포우혜(左布右兮), 조율이시(棗栗梨柿), 어동육서(魚東肉西), 동두서미(東頭西尾), 반서갱동(飯西羹東) 하면서 아버님께서 늘 가르쳐 주지만 그때뿐이다. 그러나 이것만은 꼭 지켜야 된다는 말씀이다. 즉, 제사 음식에 '치' 자 들어가는 음식은 쓰지 않는단다. 시금치, 갈치, 참치, 가물

치, 꽁치요, 복숭아, 팥(귀신을 쫓는 것), 마늘, 파는 쓰지 않는 법이란다. 또한, 수저는 밥과 그릇 사이에, 지방은 제상 중앙에 차려 놓고, 강신, 영신, 참신, 초헌, 아헌, 종헌, 유식, 첨작, 삽시, 합문, 헌다, 사신, 신위봉환, 철상 순서대로 제사를 지낸 뒤, 서로 음복으로 나눠 먹고 가족 전체 식사에 들어간다.

저바래기 산에는 아직도 잔설이 하얗게 쌓여 있는 속에 햇빛이 눈부시게 빛날 때 남자들은 하얀 두루마기를 날리며 성묘를 떠나고 아낙네들은 세찬을 가지고 윗 어르신네나 홀로 계신 어르신네를 찾아뵙고 인사를 드린다.

동네 아이들은 집집마다 다니면서 세배를 하면 유과, 대추, 밤 등을 주면 주머니에 가득 담아 집에 와서 감추어 놓고, 또 세배를 간다. 그 뒤, 머슴아이들은 뒷동산에 올라 대포 구멍을 파놓고 떠내기, 처내기, 멀리치기의 자치기를 한다. 한판이 끝나면 묏동 양 옆에 망부석을 중심으로 징돌이를 한다. 징돌이는 일종에 집 빼앗기인데 여자, 남자 한 줄로 손을 잡고 집을 지키다가 상대편 집을 차지하는 놀이이다.

어르신네 음식도 대접하고 나면, 동네 처녀들은 널뛰기를 시작하고, 머슴아이들은 씨름을 하는데 이때 처녀들의 댕기 머리는 처마 밑을 넘나들고, 남자아이들의 씨름판에는 고함 소리가 넘쳐 난다. 그런가 하면 어르신네들은 마당에 멍석을 펴놓고 윷놀이를 한다. 막걸리 항아리 멍석자리에 놓고 작은 깍정이에 작은 윷을 넣고 무릎을 탁 치면서 '윷이로구나!' 동네가 떠나가는 소리를 내며 하늘 높이 던지면 '걸 잡고 두 모라 이 아니 좋을 씨고!' 시(詩) 한 수를 읊어나 보자.

파란 하늘을 향해

힘껏 휘돌리노니

바람이어라 고함 소리이어라

멍석 끝에 막걸리 동우 놓고

조롱박 술잔 넘실대는데

허벅지야 터져라 모야 나와라

깍정이 속의 요술

도 잡고 세 모구나

말쟁이는 어디 갔나

깍정이 손놀림에 장원이구나

낙이로구나 천만리 던져라

되돌아가는 도로구나

개 잡고 걸 구멍으로 넣어라

말 잘 쓰는 어르신네

네 편 내 편 가르지 말고

팔도강산 돌고 돌아

64점괘로 점사(点辭)놀이하면서

하늘 구경 땅 구경

산천 구경하면서 살아 보세 그려.
　　　—『어딜럴러 상사디야』시집에서

　하늘에는 가오리연, 태극기연, 오징어연이 꼬리를 치며 날고, 뒷
동산에서는 평화의 징소리 울리니 동네 총각들 하나둘 모여 상쇠
는 꽹과리 잡고, 키 큰 넉새는 장구 잡고, 이장님은 징 잡고, 작은

머슴네는 소고 벅구 잡고 한바탕 놀아나면 어느새 밤이 깊어 온다.
마을의 안녕을 위하여 보름날까지 꽹과리는 세차게 울리리라.

애환과 웃음이 숨어 있는
한 울타리

댕기 머리 춤추고 더벅머리 총각 노랫소리
— 소쿠리

봄처녀 재 오시네
새 풀 옷을 입으셨네
하얀 구름 너울 쓰고
진주 이슬 신으셨네
꽃다발 가슴에 안고
뉘를 찾아오시는고

봄볕이 따스한 언덕에 새파란 보리 잎새가 바람에 나부낀다. 산에는 진달래 흐드러지게 피어나고 개울물은 졸졸 소리 내며 흘러가고 보리밭 고랑 사이로 종달새는 지지배배 노래를 하며 하늘을 오른다.

학교에 다녀오면 책가방은 마루에 던져 두고 소쿠리와 칼을 들고 들로 산으로 나간다. 나물을 캐 와야 많은 식솔들의 양식으로 한 끼라도 때운다고 어머니는 애걸복걸하신다. 할 수 없이 이웃집 언니, 오빠, 조카, 누나, 할 것 없이 모두 바구니, 소쿠리를 옆구리에 끼고 봄이 오는 언덕길에, 산자락 이랑에 앉아 쑥, 냉이, 달래, 엉겅퀴, 쑥부쟁이, 빠뿌쟁이, 민들레를 캐어 담아 해 질 무렵까지 소쿠리에 넘치도록 나물을 캔다.

그때 그 시절에는 쌀이 부족해서 나물을 많이 넣고 밥을 짓기도 하고, 나물을 익히고 무쳐서 밥 대신 반찬을 많이 먹어야 배를 채웠다. 저녁이면 낮에 캐 왔던 나물을 다듬어서 보리쌀에 섞어서 밥하고 같이 먹고 살아왔다. 그래도 배가 고프면 날감자나, 쑥버무리, 날고구마로 간식을 해야 했다.

어려운 보릿고개 시절, 쌀이 귀하여 식구들 전체가 쌀밥을 먹을 수 없어서 꽁보리밥을 나물에 섞어서 주로 끼니를 해결했는데, 손님이나, 할아버지, 할머니께는 보리밥 옆에 쌀밥을 조금 지어 따로 식사를 하시도록 했다. 매 끼니마다 김치죽이고 점심 식사는 고구마나, 감자 한두 개로 끼니를 때울 때가 많았으며, 저녁 식사는 시래기죽, 나물국, 콩나물국, 무밥으로 식사를 대신해야 했다.

그래서 집집마다 소쿠리를 몇 개씩 준비해 놓고 식구대로 나물을 캐러 다니면서 식량을 보충해야 했다. 그런 생활 속에서도 사랑의 꽃이 피어나 오손도손 웃음꽃이 넘쳐 나기도 했다. 들에 나가 나물 캐다 말고 꽃반지도 만들어 주고, 꽃시계도 만들어 주면서 신랑각시놀이도 하면서 사랑이 무르익어 숨바꼭질한다는 핑계로 순이와 돌쇠는 산속에 숨어서 사랑놀이도 하고 그렇게 남 몰래 사랑을 나누다가 드디어는 한 마을 결혼도 하는 경우가 있고, 또 질투 시기하다가 서로 싸우고 타향으로 도망가는 경우도 있다.

소쿠리

지금은 잘 보이지 않지만 소쿠리가 다양했다. 대나무로 만든 것, 싸리나무로 엮어 만든 것, 댕댕이덩굴로 만든 것, 또 나무뿌리로 단단하게 만든 것도 있었다. 종류는 대, 중, 소로 나이에 맞도록 만들었고 큰 것은 입 주둥이에 끈을 매어 어깨에 메기도 했다.

소쿠리는 나물 캐는 데만 쓰는 것이 아니고, 감자 캐는 데, 감, 대추, 호두 열매를 담았고, 할머니 할아버지는 소쿠리에 무명씨, 수숫, 보릿씨, 고추씨, 옥수수씨, 오이씨, 수박씨, 모든 종자를 봉지봉지 담아 보관하기도 했다. 또 밭을 갈아 놓고 씨앗을 뿌릴 때, 감자나 고구마를 심을 때 옆구리 끼고 고랑마다 이랑마다 심고 다녔다. 그리고 때로는 시장 갈 때 병아리, 강아지, 닭을 담아 읍네 시장 가서 팔기도 하는 농촌 농사짓는 데 생활 용기로 쓰이기도 하였다.

소쿠리(대바구니)는 도라지 캐는 데에 사용될 때부터 애환과 사랑이 담겨져 노래로 전해지고 있다.

도라지 도라지 백도라지
심심풀이 백도라지
한두 뿌리만 캐어도
대바구니로 철철 넘치누나

이때 대바구니는 곧 소쿠리를 말한다. 대나무살로 만든 소쿠리로 아주 큰 것이다.

농촌에서 아낙네가 밭이나 들에 나갈 때에는 필히 장구바지를 입고, 머리에는 수건을 쓰고, 옆구리에는 소쿠리를 팔꿈치로 끼고 나가는 것이 기본이다.

때론, 처녀 댕기 머리가 소쿠리를 끼고 동네 골목을 나갈 때에는 그 뒤 꼭 총각 놈이 빈 지게를 지고 나가면서 목발을 두들기면서 구성진 노래를 부르며 따라간다.

지게는 6.25 때 산악지형에서 보급 물자를 나르는데 유용하게 쓰였다. 그리고 우리나라 지게는 구한말 서양 사람들의 눈에 매우 신비로운 물건으로 보였다. 미군들은 알파벳 A자 모양을 본떠서 만들었다 하고, 프랑스 민속학자들은 힘을 조화시킨 창의적이고 과학적인 운반 기구라고 극찬을 하고 있다.

1970년대까지도 농촌 남정네들은 마누라보다 지게 등을 대는 시간이 많은 생활필수품이 바로 지게였다. 이렇게 우리 조상들은 지혜로운 농기구를 만들어 전쟁에도 쓰이고 세계에 널리 쓰이는 기본 생활용품으로 발전하게 되었다.

소쿠리에 대한 애착을 갖고 홍타령에 노래 한 번 불러 보자.

봄나물 속에서 피어나는 사랑놀이
—소쿠리

허리 질끈

댕기 머리 꽁꽁

큰 입 벌린 소쿠리 옆에 끼고

참샘골 넘어서 고덕산으로

산 가시내

취나물 치마폭에 담나니

말티재 넘어 소촌 방죽을 지나
잠뱅이 걷어 올리고
소쿠리 어깨에 메고
오솔길 따라
냇가의 피라미 쫓다고

늘어 터진 머슴
서릿발 내린 겨울
지붕에 올라
감나무에 올라
감 홍시 소쿠리 속에서 익어 가는구나

갈머리, 으악새 반짝이는
징검다리 사이
저녁노을 피어나니
강아지 소쿠리에 담아
읍네 장터에 풀어 놓으니
햇살이 익어 가는
신작로에서 흥정으로 넘어간다.

　나물 캐는 바구니에 바람이 불면 처녀 가시내는 봄바람 들어 나물은 안 캐고 총각 녀석 지게목발에 넘어가는 한 곡조에 반해서 밤이면 앵두나무 밑에 사랑놀이하다가 밤이 깊어 가면 산모롱이 물레방앗간에 가서 남 몰래 깊은 사랑 노래 부르며 한밤을 지새우나니, 이 밤이 지나면 도련님은 한양 천 리 가 버릴 것이고 이내 몸은 누구를 기다리며 살아간다는 말인가.

사연도 많고 한도 많은 물레방앗간, 잊지 못할 첫사랑을 나누던 물레방앗간이 그리움 사무치기도 하고 원망스럽기도 하는 영원한 고향의 물레방앗간이다.

허리에 질끈 동여맨 댕댕이 도시락
—도시락

1948년도쯤일까, 동네 아낙네며 사내들이 산에 칡넝쿨을 뜯으러 산속으로 몰려다녔다. 이때는 퇴비 증산을 위하여 무게를 달아 돈을 지급하면서 퇴비로 쓸 수 있는 것은 무조건 모았다.

이때는 부락마다 아침 식사를 하고 나면 여자나 남자나 모두 도시락을 싸 허리에 매어 달고 낫과 끈을 들고 동네 앞에 모인다. 그러면 트럭이 와서 모두 싣고 행암산 골짜기로 칡을 뜯으러 간다. 이때 도시락 속에는 감자, 고구마, 누룽지, 주먹밥, 그리고 산나물이나 시래기나물이 들어 있다. 도시락은 양은이 아니고 댕댕이덩굴로 엮은 도시락과 대나무로 만든 것이며, 나무뿌리로 만든 도시락도 많았다. 그것은 산에서 칡을 뜯다가 넘어져서 산을 데굴데굴 뒹굴어도 깨지지 않기 때문이다. 도시락 밥은 주로 쌀밥보다는 꽁보리밥이고 좀 나은 밥은 수수밥이나, 감자떡, 쑥떡, 그렇지 않으면 풀개떡이었다.

　그런데 도시락은 가지각색이었다. 어떤 집은 대나무로 엮은 것이요, 어떤 이는 댕댕이덩굴로 꼬아 만든 네모진 도시락이다. 할아버지들은 나무뿌리를 말려서 엮은 도시락을 많이 가지고 다닌다. 이 도시락은 깨끗하고 질기고 오래 사용할 수 있어 좋았다. 그러나 돈이 있는 사람은 양은 도시락으로 부티나게 아끼며 자랑삼아 가지고 다녔다. 댕댕이, 나무, 대나무 도시락은 지게 다리에나 바작 옆 귀퉁이에 매어 달아 가지고 다녀도 아주 편리하다.

　이때는 주먹밥이나 쑥떡이나 개떡을 싸서 책보에 둘둘 말아 허리에 질끈 동여매고 산속에서 마음대로 일을 하기 위한 것이고 아주 편하고 넘어지고 뒹굴어도 깨지지 않기 때문에 아주 안성맞춤이다. 반찬은 대략 소금밥이고 짠지나 단무지 짠무우를 비닐에 싸서 도시락 구석에 넣어 가지고 온다. 수저나 젓가락이 필요 없다. 손으로 대략 먹지만 젓가락이 필요할 때는 나무를 꺾어 사용하면 된다. 그리고 물은 산속의 옹달샘물이 최고다. 아무리 가뭄이 온다 해도 옹달샘은 마르지 않는다.

　칡넝쿨을 뜯다 보면 산새알, 꿩알도 만나기도 하고, 취나물, 고사리도 뜯고, 멍감, 딸기, 다래, 머루도 따 먹어 가면서 칡넝쿨을 거두어 가면서 돈도 번다.

　김동인의 '감자' 라는 소설에 나타난 것처럼 산속에서 남녀가 같이 돌아다니면 약간의 로맨스도 일어난다. 그래서 서로 눈빛이 다르고 또 그런 눈빛 속에 재미를 느끼고 산속 깊이 들어가 단둘이 사랑을 속삭이기도 한다는 소문에 서로 시기하고 질투하면서 사랑을 낳기도 한다.

　우리 선조들은 농경 생활을 하면서도 편리하고 재미를 느끼면서 일을 하고 지혜롭게 멋있는 삶을 살아온 것 같다.

　요사이 젊음들에게 개떡, 쑥떡, 주먹밥, 꽁보리밥 얘기를 하면 무슨 말인 줄 모른다. 오직, 피자나 햄버거나 라면만이 간식이요, 도시락인 줄 알고 있기 때문이다. 우리의 세대를 이해할 수 없을 것이다. 만약 이해한다 해도 그것이 무슨 소용이 있는 일인가, 옛것은 사라지고 새로운 세대가 다가오는 세상에 우리는 더 이상의 편리함만을 요구하며 살아가고 있다는 현실임을 깨달아야 한다.

우리들의 보금자리 웃음의 꽃
―마당

낮이면 낮달이 외로이 두둥실 떠 있고 그 사이 하얀 솜털 구름이 파란 하늘을 스치며 지나가고 밤이면 미리내 은하수가 반짝이며 가끔 별똥별이 사선을 긋고 떨어지는 손바닥만한 마당이다.

우리가 태어나 탯줄을 끊어 태운 곳도 마당이요, 천생연분으로 부부를 맺은 곳도 마당이요, 하루 생활의 시작도 끝냄도 마당인 것이다.

인생이 한 가정을 시작하는 최초의 결혼식 장소도 마당이었다. 즉, 마당에 너른 덕석을 깔고 처용이가 마귀를 막아 내듯 하늘을 가리는 차일을 치고 도구통을 엎어 놓고 너른 떡판을 얹어 그 위에는 기러기와 봉황이 놀고 씨암닭이며 대나무에 색실이 너울거릴 때 '신랑 신부 입장' 하며 크게 외치면 사모관대를 입은 신랑은 입이 함박만하게 벌어지고 신부는 앞가리개 위로 신랑 얼굴을 보고 싶어 가끔 쌩긋 웃음을 보내며 초례상 위로 넘겨다본다. 이렇게 혼인식이 이루어져 한 가정이 시작된 곳이 마당이다.

또한 마당은 잔칫날의 행사, 장례식장, 놀이터, 농사의 시작과 모든 곡식의 알곡을 모아 곳간에 들이는 장소이다.

특히 정초부터 보름까지 집집마다 지신밟기 놀이가 농가의 즐거운 시간이다. 이때는 동네 총각들과 재주꾼들이 모여 집집마다 돌아다니면서 복을 빌어 주는 풍물놀이가 흥겨웁게 진행되면서 마을의 친목과 화합의 자리가 된다. 즉, 마을 뒷동산 공터에서부터 풍악이 울리기 시작하여 꽹과리 상쇠, 장구, 벅구, 징, 소고, 나발, 그리고 고깔과 휘장이 준비가 되면 한바탕 신명 나게 울리면서 길굿으로 시작하여 동네에서 제일 어른이신 대감집 대문을 들어선다.

상쇠잡이가 리더가 되어 마당을 두서너 바퀴 돌고 집안의 우물에 가서 우물굿을 치면서 "물아 물아 마르지 마라, 우리 식구 목마르다." 하며 크게 외친다.

다음은 측간(화장실)에 가서 한바탕 얼리면서 "귀신아 귀신아 신진대사 원활하여 무병장수하려무나." 하며, 오방팔방 귀신 달래 주고 천신 지신 마귀할멈 쫓아 주고 지신 밟고 내려와 부엌으로 들어가서 솥뚜껑 다 열어 놓고 좀도리 쌀독 열어 놓고 천지지간 모든 복을 불러 "조상님께 비나이다. 이 집안에 만복 근원 넘치게 하여 만수무강으로 부귀영화 누리게 하소서."를 외치고 외치면서 집이 떠나갈 정도로 얼리고 얼려 주며 지신을 튼튼하게 밟아 준다.

그 다음에는 몸채 집을 두 바퀴 돌면서 "동서남북 잡귀들아 오늘 저녁 배불리 먹고 가서 다시는 오지 말라."고 주문을 외치면서 집 기둥마다 떡을 던져 주고, 술을 약간씩 뿌려 준다. 그리고 마당을 빙빙 돌면서 신명 나게 풍악이 울리면 이때부터 동네 사람들이 다 모여 마루, 멍석, 사랑방 건넛방, 울타리 밑, 그리고 모닥불이 피어

나는 둘레에 둘러앉아 구경을 하면서 박수를 쳐주고, "얼쑤, 좋다. 좋구나." 하면서 흥을 돋구어 준다. 풍악꾼들이 신명이 나 땀이 흠뻑 젖을 때까지 신명놀이가 진행된다.

한숨 돌리고 나면 막걸리 잔이 오고 가고 안줏거리가 거나하게 나오면 한잔 하고 난 뒤 꽹과리 상쇠부터 시작하여 장구, 벅구, 징, 소고잡이들이 나와 특기 자랑의 묘기를 보여 준다. 그러고 난 뒤 시조 가락이 나오고, 곱사춤이 등장하고, 신식 댄스를 멋들어지게 선보이고, 젊은이들의 노랫가락이 시작되면, 누구네 손자, 누구네 손녀딸 자랑이 되어 동네 분위기는 친화와 사랑으로 무르익어 간다. 이런 속에서 웃어른 대접의 예절도 배우고, 이웃 간의 사랑도 나누며 서로 돕고 서로 우애하는 협동 정신이 가정의 건강이요, 행복이 넘치는 마을이 되어 따뜻한 마음으로 잘 살아가는 사회가 되었던 그때 그 시절이 그립기만 하다.

이때가 되면 주인 집에서 닭죽을 끓여 온 동네 사람들게 대접하고 술이며 수정과, 감주, 그리고 떡과 안주를 차려 나와 먹으면서 서로의 정감을 나누는 것이 농촌 마을의 큰 즐거움이요 행복인 동시에 큰 마을 잔치가 되는 것이다.

농촌 사람들의 한풀이와 신명놀이가 이렇게 이뤄지는 과정에서 우리 문학의 시작이 바로 이것이 아닌가 한다. 농사를 짓다가 힘이 들면 살아온 한평생의 한이 많던 한풀이 노랫가락이 있었던가 하면, 일하다가 목이 타서 맹물 대신 막걸리 한잔 했더니만 취기가 되어 얼씨구절씨구 춤을 추면서 신명놀이가 바로 글자화되어 문학이 시작되어 바로 이 한풀이와 신명놀이가 국문학의 태동이라 해도 과언이 아닐 것이다.

마당에 관한 이야기는 어찌 이뿐이겠는가. 우리네들이 살다가 이빨이 빠지면 마당 가운데서 뒤돌아 이빨을 지붕 위로 던져야 이빨이 탈없이 잘 나온다는 전설적인 이야기가 있고, 부잣집 마당일수록 볏가리가 많이 쌓여야 했고, 정초에나 여름 농한기에 윷놀이도 마당에서 이뤄지면서 막걸리 내기도 했고, 급체나 광란이 났을 때에 덕석에 아픈 사람이나 귀신 들린 사람을 둘둘 말아 마당 가운데 뉘어 놓고 도굿대 일고여덟 개쯤 동네 사람들이 들고 빙빙 돌면서 주문을 외우며 멍석을 쿵쿵 한 번씩 찍으면 귀신이 도망가 아픈 것이 없어진다는 미신적인 병풀이도 마당에서 이뤄진다.

농촌 마당의 중요한 역할은 곡식을 거두어 들이는 장소로 없어서는 안 되는 곳이다. 또한 한여름에 비가 억수같이 쏟아질 때면 솥뚜껑만한 두꺼비가 어기적어기적 기어 나오는 곳이 마당이고, 이때 하늘에서 미꾸라지가 떨어진 곳도 마당이다.

그리고 우리 어릴 때의 추억이 담겨 있는 곳이다. 즉, 제기차기, 자치기, 비석차기, 땅 따먹기, 못치기, 고무줄놀이, 숨바꼭질 이런 놀이가 오직 마당에서 이뤄졌다.

인생이 마지막 떠날 때, 관 속에 들어갈 때도 마당에서 작별을 고한다. 우리들의 삶의 희로애락과 생로병사가 마당에서 시작되고 마당에서 끝난다.

마당은 우리들 마음속에 넓은 의미가 부여되어 남 몰래 정감이 서려 있다. 언젠가는 우리네도 생의 시작이 마당인 것처럼 인생의 끝남도 마당이기에 마당은 우리들의 삶의 터전이요, 삶의 원천인 것이다.

박꽃이 하얗게 피는 날
—초가지붕

아침 햇살이 눈부시어 이슬이 싱그럽게 웃으며 일어날 때 빠알간 감잎새 홍시가 새악시 볼처럼 환하게 웃고 있다.

아침 찬 서리가 녹아나는 초가지붕에는 하얀 박꽃이 갓 시집온 새악시가 첫날밤을 지낸 얼굴처럼 고개를 못 들고 해말갛게 우리들 마음을 씻어 주고 있다.

뒤안길 모퉁이 지붕 위로는 할머니와 손자, 손녀들이 모여 앉아 옛이야기 꽃을 피우는 하얀 연기가 술술 전설처럼 피어나고 있다.

사랑방 건넛방에서는 며늘아기가 베틀에 앉아 시아버지 시어머니 고쟁이감 베를 짜고, 봄채 건넛방에서는 시어머니가 물레를 돌리면서 시집간 딸 걱정, 군인 간 막내아들 걱정에 근심스러운 콧노래로 흥얼거린다.

사랑방에서는 어제 해거름에 오신 손님 두 분과 밤늦게 도란도란 말씀을 나누더니만 첫닭이 울자마자 잠에서 깨어 담뱃불인 양,

불빛이 비추이더니, 가끔 화로 불을 덮고 있는 붓돌에 담뱃대를 터는 소리가 고요한 정막을 깨고 있다.

한나절이 젖어 드는 아침나절이면 초가지붕에 찬 서리가 햇살에 녹아 안개 속의 물바람이 무지갯빛을 띄우며 전형적인 초가지붕의 모습을 드러내고 있다.

하이얀 꽃이
박 하나 낳고
꽃샘바람 추녀 끝에 불어
한나절 잠간의 볕살 가고
이엉 엮어 용마루 틀어 올려
한 마당 진돌이하고
썩은 새 녹아내려
구멍난 새끼줄 늘어 놓아
날개 둥둥둥 어깨에 메고
사다리 휘엉청 하늘 간다.

봄이 되면 좋은 날을 잡아 지붕을 새로 덮는다. 먼저 동네 장정들에게 사전에 약속을 하여 품앗이하듯 일할 날짜를 잡아 놓는다. 그 날이 오면 잔칫날처럼 음식도 장만하여 이웃집도 불러 서로 밥을 같이 나눠 먹는다.

사다리를 걸쳐 놓고 장정이 이엉을 어깨에 메고 지붕에 올라가 추녀 끝 석가래부터 돌려가면서 지붕 꼭대기까지 새 옷을 입히고 난 뒤 이엉과 이엉이 맞닿은 날망에다 양 갈래로 엮은 용두머리를 덮어씌운다. 그러면 약 3년 동안은 온 식구들의 이불처럼 포근하고 비가 오나 눈이 오더라도 걱정이 없이 살아가는 초가지붕이다.

오래된 지붕에는 썩어 가는 지붕에 온갖 풀씨들이 날아와 새싹이 돋고 그곳에서 잡풀들이 자라 아무도 안 사는 집같이 보기가 흉물스럽기도 하다.

여름이면 고추잠자리가 추녀 끝에서 춤을 추고, 장대비가 내릴 때면 처마 끝에서 떨어지는 빗물을 받아 빨래를 하고 손발도 씻으면서 하늘에서 미꾸라지가 떨어지기를 기다린다. 또 어릴 때는 대문 밖 도랑물에 수수깡으로 만든 물레방아를 돌리면서 가랑비에 옷 젖는 줄도 모르고 폭포수에 물레방아가 신바람 나게 돌아가는 것을 본다.

가을이 돌아오면 농촌은 산천초목이 풍년이다. 가는 곳마다 알밤, 감, 옥수수, 물외, 참외, 수박, 청포도, 호두, 오디개, 파리똥, 명감, 머루, 도토리, 상수리, 자두 모두가 푸짐하게 널려 있다.

학교 갔다가 돌아오면 초가지붕 위에 빨알간 감이 불그레하게 익어 가는 모습이 아침 저녁으로 너무나 보기가 좋았다.

하늘은 파랗고 초가집 모퉁이에 솟아 있는 굴뚝에서는 하얀 연기가 선녀가 머리 풀고 하늘로 올라가는 것처럼 솔솔 피어난다. 역시 그 사이로 빨알간 감들이 예쁘게도 터질 듯한 새악시 볼처럼 홍시로 익어 간다.

행랑채 지붕 위에는 빨간 고추가 널려 있고 그 옆 돼지 막간 위에는 수수가 엇갈려 매달려 있고 마당 빨랫줄에는 늙은 호박들이 불놀이 마냥 원을 그리며 햇빛에 말라 가고 있다. 그리고 햇살은 따가운데 누렇게 익어 가는 쌀벼는 고개를 숙이고 바람에 이리 휘청 저리 휘청 손짓을 하며 농민들에게 기쁨을 안겨 주고 있다.

그런가 하면 한겨울에 지붕 위에는 하얀 눈이 소복이 쌓이고 소슬 바람이 불어올 때 초롱불이 간들거리는 사랑방, 건넛방, 안방에서 아낙네들은 아낙네들 대로, 처녀 총각들은 끼리끼리 모여 밤이 깊도록 되리도 하고 다리를 서로 엇갈려 놓고 이거리 저거리 각거리 놀이도 하고, 실반지 가지고 풍덩실도 하며 날이 새는 줄도 모른다.

또는 가을에 따 두었던 감을 모아 덪가리에 담아 지붕 위에 얹어 놓으면 얼음덩이가 되어 이빨이 시리도록 써걱써걱한 감을 먹으려면 찬물에 한 시간 이상 담그어 놓았다가 먹어야 하는데 겨울 깊은 밤에 눈발을 헤치고 지붕에 올라가 감서리를 해 먹는 맛이 바로 한밤의 꿀맛이다.

지붕 위 감서리 야식으로 꿀맛이라
하얀 밤 눈서리 치고 두견새 처량히 울 적에
뒤안길 하얀 솜이불 타고 지붕에 올라
덪가리 왕겨에 얼어붙은 홍시의 맛을 보고자
얼음 물에 녹여 주는 아버님 손길이 따스하게 젖어 든다.

은하수가 초롱초롱한 가을 밤하늘에 외기러기는 지붕 위를 가로질러 가고, 귀뚜라미는 토방 밑에서 처량하게도 울어 대고, 뒷산에서는 소쩍새가 구슬피 울고 있다. 어른들 말에 의하면 "소쩍새가 소쿵 소쿵하고 울면 큰 솥을 준비하라는 소리로 풍년이 된다고 하고, 소쩍다 소쩍다 하면 적은 솥을 준비하라 하여 흉년이 든다."는 것이다.

　초가지붕은 우리 민족 삶의 터전이요, 따스함을 주기에 좋고, 처마 밑 구멍에는 참새들이 고이 잠들고 지붕 위에는 하얀 박꽃이 수줍은 새악시처럼 다소곳이 고개 숙이고 있다. 봄이면 썩은 지붕에 들꽃이 피어나고, 여름이면 우기 속에 흐르는 집시랑물에 손을 대어 손에 생긴 사마귀가 없어진다고 손을 씻고, 가을이면 짚을 엮어 이엉을 만들어 새로운 날개를 펴고, 겨울이면 하얀 눈빛에 고드름이 녹아 낙수에 젖어 뚝— 뚝— 떨어지는 소리에 햇살이 찬란하다.

　초가지붕에는 여러 가지 삶의 도구로 쓰였었다. 집안에 상을 당하면 죽은 사람 옷을 지붕 위에 던져 상을 당했다는 소식을 알리고, 이빨이 빠지면 마당에서 뒤돌아 지붕 위에 던지면서 “까치야, 까치야 헌 이빨 가져가고 새 이빨 가져다 다오.” 주문을 외웠다. 또는 집 나간 식구나 아들이 있으면 용서할 터이니 속히 돌아오라는 하얀 천을 대나무에 달아 지붕에 꽂아 놓았다.
　지금은 전설적인 초가집이 되어 보존 가치로 곳곳에 관광지를 만들어 후손들에게 옛 조상들의 생활 모습을 보여 줄 뿐이다.

구릿빛 알몸에 땀을 씻으며
―대장간

　한칫재를 넘어 기찻길을 따라 임실장터에 들어서면 달구 새끼 우는 소리, 국밥 솥뚜껑 여닫는 소리, 뻥튀기 터지는 소리가 요란하다.

　신작로 길가에 도붓장수들이 즐비하게 늘어서 보따리 물건을 내려놓고 흥정에 고함을 지르면서 물건을 놓고 당기고 밀고 눈속임에 흥얼거린다.

　시장 중앙에는 비단 천이 바람에 날고, 꽹과리가 울리는 농수산물에는 사람이 몰려 장사진을 이루고, 그릇이며, 옷가게, 달월표 고무신, 그리고 생활용품 만물상회는 아낙네들이 들락거리고, 과부댁 주막에는 흥겨운 콧노래가 장단에 따라 술도 잘 넘어가고, 돼지 새끼는 쾌―쾌―거리고, 우(牛, 덧말:우)시장에서는 누렁이 황소 싸움에 소란하고, 새끼를 떼어 놓고 팔려 간 암소는 음메― 음메― 하늘을 보고 울면서 눈물이 글썽거린다.

떠들썩한 시장 변방을 돌다 보면 품바타령이 절로 발걸음을 재촉하게 하고 두서너 가게 건너 눈 속이는 마술이 신바람 나게 기압을 넣어 가며 진행되고, 그 건너 쪽에서는 서커스가 시작된다는 악단들의 경쾌한 음악이 울려 퍼진다. 시장통을 빠져나와 끝자락에는 대장간이 뜨거운 불빛으로 활활 타오르고 있다.

지붕은 허술하게 녹슬은 양철로 팔랑거리고 거무데데하게 물들은 기둥들은 연기에 휩싸여 오랜 세월을 말해 주고 있다. 대장간 남정네들은 머리에 수건을 질끈 동여매고 쇠망치를 들고 서로 마주 서서 빨갛게 타오르는 쇳덩이를 정성을 들여 두들기고 있다. 한쪽에는 연통이 지붕 위를 뚫고 연기가 폴폴 날고 삼각형의 흙담 모자형 풍고는 흔들거리며 바람 속에서 쇳덩이를 녹이고 있다. 그 옆에는 큰 드럼통 안에 물이 가득 넘쳐나고 있는데 가끔 석수쟁이는 불에 달군 쇠를 물에 달구어 쇠의 강약을 조절하고 있다. 물속에는 호미, 낫, 곡괭이, 쇠스랑, 칼, 보습, 쇠못, 망치들이 불길을 거두며 몸을 식히고 있었다. 한여름에도 웃옷을 다 벗어 던지고 배를 내놓고 쇠망치를 다듬는데 땀을 뻘뻘 흘리면서 농기구를 만들어 낸다.

농사철이 돌아오면 농민들은 대장간에 들러 농기구를 다듬거나 다시 사거나 꼭 하나씩 준비하여 지게 목발이나 등받이 뒤에 꽂아 집으로 돌아온다.

순수하고 청순한 어린 시절 추억
─학교 길

해가 두둥실 떠오르고 대문에 햇살이 비칠 때 통학 반장이 싸릿문에 와서 "학교 가자!"고 외친다.

이 시간이면 집집마다 등교 준비에 분주하다. 나 역시도 숙제 챙겨야지, 도시락, 실내화, 화판, 그 외 수업 준비에 정신이 없다. 또 가끔은 밥이 늦어 먹는 둥 마는 둥 하고 대문을 뛰쳐나오면 벌써 아이들은 두 줄로 서 있다. 그러나 언제나 늦게 오는 길석이 얼굴이 보이지 않는다. 길석이는 엄마 아빠가 없고 할머니가 키우고 있다. 그래서인지 항상 늦고 언제나 초라하여 친구들 간에도 별로 인기가 없다. 통학 반장 문수는 아이들을 하나하나 챙겨 가면서 줄을 세우며 길석이를 기다린다. 그래도 길석이를 돌보는 사람은 통학 반장이다. 길석이가 늦게 와도 언제나 제일 앞에 세우고 자기 옆에 같이 가도록 한다.

이제 뒷골을 넘어 방죽을 휘돌아 밤나무골 고개를 넘어 가마소

를 지나면 성수천이 흘러가고 징검다리를 건너 둑을 넘어 텅 비어
있는 시장터를 지나 신작로 길을 들어서면 학교가 보인다. 이때부
터는 12명의 학생들을 똑바로 세우고 구령에 맞추어 씩씩하게 걸
으면서 '압박과 설움에서 태어난 민족~'의 노래를 부르면서 교문
까지 '하나, 둘' 발을 맞추며 2km가 넘는 통학길을 걸어 다녔다.

그런데 우리 동네 이름은 삼청리(三淸里) '샘골' 마을이다. 큰
저수지를 가운데 두고 세 동네가 살고 있는데 저수지 밑에 있는 마
을은 구곡 마을이요, 위에 있는 마을은 안샘골, 옆에 있는 마을은
바깥샘골이고, 합쳐서 원천동(元泉洞)이라 한다.

학교 가는 길에 작은 저수지가 있는데, 거기에서 구곡, 천동 마을
아이들이 합쳐지는 장소이다. 여기서부터는 전체 통학 반장이 인
솔을 한다. 이 삼거리는 쉼터와 마찬가지다. 여기에서 서로 어울
려 놀고, 때로는 싸움도 하고, 비석치기, 고무줄놀이, 풀싸움놀이
도 하면서 서로 어울려 놀다가 귀가하는 길목이다.

애솔잎이 눈처럼 날리는 오솔길 따라 밭고랑을 지나고, 징검다리
를 건너고, 개나리가 피어나는 울타리를 돌아 학교 오가는 길은 추
억의 그리움이 곳곳에 새겨져 있다. 그러니까 삼거리 길에는 애환
과 웃음이 피어나는 동심의 잔디밭이다.

봄이면 들국화 향기가 그윽하고, 땡볕 불볕 여름에는 방죽에서
헤엄을 치고, 또는 성수천에 피라미가 출랑거리는 실개천을 지나
가을이 무르익어 가는 밀밭길 언덕을 넘어 머루, 명감, 다래, 파리
똥, 산딸기를 따 먹으며 산 가시내, 산 머슴아이가 되어 뛰어놀던
대산이 고개 좁다란 산길이 영상으로 떠오른다.

뒷골 비탈진 길은 유난히도 댕기 머리 긴 풀이 많아 길 가운데에

올무나 허방을 파 놓고 친구들을 부르면 힘차게 뛰어오다가 올무나 허방에 빠져 넘어지는 모습을 보며 웃음 짓던 그때 그 시절, 그리고 풀밭에 누워 파란 하늘을 바라보면 천당이 보이는 듯 시원하고 아름답기만 했던 그때 그 시절.

샘골에서 학교 가는 길에 가마소라는 마을이 있다. 그 앞에는 여름이 오면 홍수가 두서너 번씩 있기 마련이다. 그때마다 가마소에 사시는 선생님께서 물을 건네주었다. 그럴 때마다 때로는 옷을 다 적시다시피하고 또는 고무신이 떠내려가기도 하며, 책가방을 놓쳐 잃어버리기도 한다.

그때 선생님의 가슴에 안겨 목을 안고 건너올 때의 감사와 고마움에 마음이 행복했었다. 고마우신 선생님이 이미 이 세상에 안 계신다 생각하니 더욱 그 선생님이 그립고 그립다.

평소에는 냇물 양가에 쇠말뚝을 세워 흔들다리를 만들어 건너다니게 했다. 그러나 물에 잠겨 버리면 건너가지 못하고 선생님이나 어른들이 건네주었다.

가을이면 낙엽 밟는 오솔길 따라 도토리도 줍고 다람쥐와 숨바꼭질하면서 오곡백과가 익어 가는 들판을 지나 밀밭길에서 밀껌을 만들던 그때 그 시절이 그립다. 전봇대만한 소나무 사이를 지나노라면 솔향기 그윽하고, 잠시 숲 사이를 거닐면 꿩이 퍼드득 날아오를 때, 깜짝 놀라면서 꿩알을 주어 집에 와서 병아리와 같이 부화시켜 꿩 새끼를 길러 보기도 하였다.

그리고 하굣길에는 몰래 참외밭을 들어가 숨어서 참외를 따먹고, 딸기, 복숭아, 자두, 오이를 서리했던 그 시절, 그때는 배가 고파서가 아니라 재미로 남의 집 것을 훔쳐 먹었다.

어느 겨울날 5학년 때 수업을 일찍 마치고 집에 돌아가는 길에 산에서 선생님들과 학생들이 토끼몰이를 했다. 골짜기를 중심으로 능선을 따라 손을 잡고 지키고 있으면 계곡 밑에서 선생님들이 토끼를 털어 올라오면 갑자기 토끼며 노루가 뛰어 우리 쪽으로 오면 무서워서 손을 놓고 길을 열어 주면 그 사이로 도망가고 만다. 그러면 몇 마리는 도망가지만 두서너 마리는 잡는다. 또한 겨울 눈이 많이 내리는 날은 언제나 수업 시작하기 전에 운동장에 나가 선생님과 눈싸움을 하고 눈사람도 만들고 벚나무에 핀 눈꽃도 털어 가면서 눈 놀이를 했던 그때가 그립다.

등하굣길에 대산이 고개가 있다. 이 고개는 내천동, 외천동, 아옥골 학생들이 등굣길에 만나는 장소요, 하굣길에는 서로 헤어지는 곳이다. 그런데 하굣길에 이 세 갈래 길에서 내천동으로 가는 사람은 강숙자 여자아이와 나, 단둘이다. 그리고 외천동과 아옥골 아이들은 같이 가다가 헤어진다. 그쪽 아이들은 숫자가 많았다. 우리 둘만이 가고 있는데 친구들이 무척이나 놀리면서 하는 말이 "얼레리꼴레리, 얼레리꼴레리 그렇고 그랬다네." 하면서 약을 올리기에 싸우기도 무척 싸우고, 울기도 하고, 둘이 멀리 떨어져 가기도 하고, 한참 앉아 있다가 '숙자'가 안 보이면 그때야 가기도 하였다. 그만큼 아이들이 야속하고 얄밉고, 그때의 심정으로는 코피가 나도록 두들겨 패 주고 싶었다. 지금 생각하면 아무것도 아닌데 왜 그리 수줍고 창피했을까? 그런 관계로 한 동네 살아도 말도 못하고 서로 피해 다녀야 했다. 아무 잘못도 없었는데 말이다.

지금 가끔 동창회를 열면 '숙자'를 만난다. 우리 둘이는 서로 그때를 생각하며 "우리는 바보였어?" 하며 껄껄 웃으며 그때의 장본

인들을 쳐다본다.

  등하굣길에는 여러 사연이 많다. 준비물 살 돈이 없어서 계란을 가지고 가다가 깨뜨려 버리기도 하고, 겨울 날씨가 추워서 학교 가다가 되돌아와 일 년을 휴학하기도 하고, 책가방도 신발도 잃어버려 맨발로 집에 가 어머니께 꾸중을 듣기도 했다.

  순수하고 청순한 그때 그 시절이 그렇게도 아름다운 그리움으로 떠올리면서 그때 그 시절을 지금 고희를 맞이하는 시점에서 동심의 세계로 더듬어 보았다.

추억 속에 웃음으로 커 가던
놀이 문화

민속놀이를 통한 조상의 얼과 겨레의 숨결

─윷놀이 · 제기차기 · 줄다리기 · 씨름 · 널뛰기 · 쌍육놀이 · 연날리기
승경도놀이 · 세화 그리기

설날과 더불어 우리 민족의 양대 명절인 추석은 풍성한 열매를 맺어 인간에게 기쁨을 주고, 그 기쁨으로 인하여 조상에게 감사를 드리는 축복의 행사이다. 설날은 예로부터 조상들에게 차례를 올리고 그해의 풍년을 기원하던 날인 동시에 각종 놀이를 통해 액(厄)을 막고 복(福)을 불러들이는 날이기도 하다.

또한 수서(隋書)를 비롯한 중국의 사서(史書)에는 신라인(新羅人)들이 원일(元日) 아침에 서로 하례하며 왕이 잔치를 베풀어 군신을 모아 회연하고 이날은 일월신(日月神)을 배례한다고 기록되어 있다. 고려사(高麗史)에도 구대속절(九代俗節)의 하나로 기록되어 있고, 조선 시대에는 사대명절(四代名節)의 하나로 지켜 온 것으로 미루어 설날과 중추절은 오랜 역사를 지닌 우리나라의 최대 명절인 것이다.

특히 가을은 곡식이 익어 첫 수학을 한 올기쌀이며 사과, 배, 밤,

감 모든 햇곡식을 조상님께 올려 감사제를 지냈으며, 풍년이 들어 복 많이 받고 부자 되어 기쁜 마음으로 집집마다 지신밟기를 해야 하기에 풍악을 울리면서 마을 부잣집에 찾아가 밤새도록 장독대, 측간, 우물, 부엌, 본채 집을 세 바퀴 돌면서 지신을 밟아 주고 난 뒤 장기 자랑을 하며 서로의 정감을 나눈다. 바로 이런 행사는 농사철의 고생했던 그 마음을 달래며 닭을 잡고 닭죽을 끓여 동네 사람들에게 대접하며 명절을 며칠 동안 신명 나게 지냈던 것이다.

매년 설날이나 추석은 황금연휴로 이어져 지방은 물론 서울 각처와 근교에서 다양한 민속 행사가 펼쳐지고 있다. 이럴 때마다 우리 것이 그립고 잊혀져 가는 우리 것들이 아쉬움에 젖어 회심의 웃음을 먼 하늘에 띄운다.

그리하여 명절 때에는 잠실 롯데월드나 석촌호수 놀이마당, 각 구청별 공원에서 민속놀이 행사를 거행한다. 또한 문화재보호협회 주최로 각종 민속놀이가 전개되고, 용인자연농원, 동물원 광장과 임진각 망향각 뜰에서는 실향민을 위한 망배 차례 지내기를 거행하면서 명절을 기리며 아픈 마음을 달래기도 한다. 언제나 명절 때가 되면 과천 서울랜드 삼천리동산에서 연날리기, 윷놀이, 제기 차기, 줄다리기, 씨름, 세화 그리기 놀이가 정월 초부터 대보름날까지 이어지고 팔월 한가위 때도 민속놀이가 며칠 동안 흥거웁게 진행된다. 옛 추억을 되살리고 조상의 얼과 겨레의 숨결을 더듬어 보는 민속놀이가 아주 즐거운 추억이라 보면서 우리 조상의 지혜롭고 풍요로운 생활 모습을 잊지 않고 이어 갔으면 한다.

추석은 우리나라의 고유 명절의 하나다. 신라 때에는 가배(嘉俳)라고도 하여 햅쌀밥을 하고 각종 음식을 장만하여 햇과일과 송편을 빚어 조상께 감사의 차례를 드리기 위하여 벌초를 하고 성묘를 하면서 오곡백과가 무르익어 가고 삼라만상이 오색 단풍으로 물들어 가는 아름다운 계절에 감사제를 성대히 지냈던 것이다.

세시 풍속이 대대로 전해 내려오면서 양반층과 평민층들의 놀이가 다양하게 이루어졌다.

타향에서 고향에 내려와 일가친척이 모두 모여 즐기는 놀이가 있는가 하면, 동네 어귀 너른 마당에서 아낙네 청년들 남녀노소 할 것 없이 재미있는 민속놀이가 매년 진행되고 있었다.

윷놀이

척사놀이라고도 하는데, 남녀노소 구별 없이 누구나 함께 어울려 즐길 수 있는 가장 대표적인 민속놀이이다. 설날부터 보름날까지 윷놀이를 즐기지만 특히 가을걷이를 끝내고 농한기에 젖어드는 추석에 윷놀이를 많이 했다.

방에서는 아낙네나 어린아이들이 놀고 마당에서는 동네 남자 어른들이 큰 멍석에 윷판을 그려 놓고 막걸리 항아리는 멍석 구석에 자리를 잡아 주거니 받거니 하면서 모 나오고 걸 잡고 또 한판이라 장원주 한잔 하고 동네방네 떠나갈 듯이 소리치며 윷놀이는 흥이 난다.

깍정이 속의 요술
―윷놀이

파란 하늘 향해

힘껏 휘돌리노니

바람이어라 고함 소리이어라

멍석에 막걸리 동아리 놓고

조롱박 술잔은 넘실대는데

허벅지야 터져라 나오라 모야~

깍정이 속의 요술

도 잡고 세 모로구나

말쟁이 어디 갔나

깍정이 손놀림에 장원주가 넘어간다

낙이로구나 천만리 던져라

뒤돌아가는 도로구나

개 잡고 걸로 구멍으로 넣어라

말 쓰는 어르신네

네 편 내 편 가르지 말고

흑백이 싸우면은 백이 살고

팔도강산 돌고 돌아

64점괘로 占辭놀이하면서

하늘 구경 땅 구경

산천 구경하며 살아 보세.

제기차기

남자 어린아이들이나 동네 총각들이 즐기는 오락으로 엽전이나 구멍이 뚫린 주화를 중심으로 묶어 여러 갈래로 찢어 너풀거리게 해 제기를 만든 다음에 발 안쪽으로 차올려 제일 많이 차는 사람이 승리하는 것으로 팽이 돌리기와 같이 추석부터 시작하여 겨울 동안 즐기는 놀이이다. 전신운동도 되지만 어린이들의 정신 집중력과 몸의 중심을 잡아 주는 데 아주 필요한 운동이다.

제기차기의 방법은 한 발을 고정시키고 다른 발 안쪽으로만 차올리는 방법과 차는 발을 땅에 대는 맨 제기차기, 두 발로 번갈아 차는 쌍발 제기차기 등이 있다. 또 제기차기로 술래잡이놀이도 하는 데 상대방이 차올리는 것을 받아들고 찼던 사람을 끝까지 쫓아가 잡는 놀이이다.

논문서 찢어 바람에 날리고
―제기차기

동자 댕기 머리 출렁이고
바지저고리에 갓이 흔들리니
짚신은 멀리 진땅에 벌렁
이 어찌 양반 체면에 망신인고

양반 집안 족보 찢고
조상 대대로 물려 온 논문서
기름종이 미롱지 짝짝 찢어서

제기 만들어 하늘에 날리니

할아버지 노발대발

열 섬 내기 논배미가 타는구나

양발차기 외발차기 고샅길에서

댓님 풀리고 명주바지 벗어지니

허리춤 쥐어 잡고 제기는 살아 있고

헝겊에 말똥 넣어 중심 잡으니

꿩 꽁지 꽂아 바람 잡아 주누나

바람아 불어라

제기야 날아라

던지고 차고 뛰어라

온 동네 한 바퀴 돌고

술래 되어 어린 가슴 커 간다.

줄다리기

가족끼리나 이웃 마을끼리, 또는 남녀 편을 나누거나, 두 편으로 하여 줄을 잡아당겨 이긴 편에는 만세를, 진편에는 박수를, 또는 술과 떡, 돼지, 닭 내기를 하면서 재미있게 즐길 수 있는 민속놀이 중에 가장 사람이 많이 출전할 수 있는 놀이이다.

줄싸움, 줄당기기 색전이라도 하며 풍요를 비는 민속 신앙적 놀이로 전승되어 왔다.

유치원, 초등학생부터 장년부까지 학교 운동회나 마을 잔치 때 또는 군민의 날, 면민의 날 체육대회 때도 필히 줄다리기를 했다.

　줄다리기 방법은 긴 동아 새끼줄을 준비하여 중앙에 빨강이나 파란 천을 끼워 중심을 잡고 두 편으로 나누어 양쪽에서 서로 줄을 잡아당겨 딸려 오는 쪽이 진다. 공동체 의식으로 단합과 한마음 한 뜻으로 이룰 수 있는 놀이는 제일 많이 하는 놀이이다.

　깃발이 춤을 출 때까지
　―줄다리기

　하늘과 땅 사이
　점 하나로 시작하여
　외길을 가는 인생
　더불어 사는 마음으로
　당기고 끌고 깃발이 휘어질 때까지
　어영차― 어양차― 영차―

　칡넝쿨 꽃 상큼한 향기 속에
　암줄 숫줄로 나누어
　치맛자락 휘날리며
　풍년 풍어 노래 부르며
　힘차게 당겨라 하나 되는 마음으로
　어영차― 어양차― 영차―

　넓디 너른 들판에서

수천 만의 마을마다 고을마다

남녀노소 없이

역동적 율동으로

밀쳐라 늦추어라 그리고 힘차게 당겨라

어영차— 어양차— 영차—

가쁜 숨 몰아 쉬고

막걸리 한 잔 술에

풍물잡이 가락 맞추어

승리의 함성이 울리고

너울너울 춤이 나올 때까지

깃발들이 춤을 출 때까지

어영차— 어양차— 영차—

씨름

시골 마을 정자나무 아래 한쪽 구석에는 씨름판이 둥그렇게 만
들어져 있다. 여름이나 명절 때 사람이 많이 모이면 씨름판에 둘러
앉아 씨름꾼을 만들어 서로 싸우게 만든다. 그런가 하면 시골 운동
회 때나 면민의 체육대회나 군민의 날 행사 때는 언제나 씨름 대회
가 각 부락별로 진행된다.

추석 명절 때가 되면 객지에서 살던 옛날 죽마고우들이 하나둘
모이면 역시 씨름판이 시작된다. 씨름 삳바가 마련되면 더욱 좋고
삳바가 없을 때에는 아기를 업었던 띠를 이용하기도 한다. 그것도
없을 때는 그냥 하의만 입고 씨름을 시작한다. 간단한 규칙을 정하

고 응원전을 펼치면서 더욱 흥미가 진지하다. 개인전이 있는가 하면 단체전도 있기 때문에 응원이 대단하다.

보통 씨름으로는 많이 알려져 있지만 角力, 角抵, 角戲, 相撲, 境跤라고도 한다. 큰 대회에서는 황소 한 마리나 광목 5필을 상으로 주기도 했다.

천하장사 황소 뒷다리 잡고
—씨름

만국기 파란 하늘에 흔들리고
농악꾼들 오색 고깔 춤추니
운동장은
신명 나는 놀이판이라

누름적 향내
막걸리 한잔 기분에
모래판 장사들 모여들고

땅을 뒤엎을 듯
눈썹은 하늘로 치솟고
주먹은 지구가 깨질 듯
虎口의 발악이라니

화장을 한 황소

몸에 감아 올린 광목

장원 급제인 角力은
배지기, 돌려차기, 엉덩배지기, 안다리 걸기
공중던지기, 안다리후려치기, 무릎치기, 덜미잡기
바깥다리걸기, 팔걸기, 앞다리걸기

천하장사 나발 소리에
온 동네 경사 났네
정씨 집안에 장사 났네.

널뛰기

정초나 단오날 그리고 중추절이 다가오면 아낙네나 처녀들이 댕기 머리 날리며 울타리나 담을 훌적훌적 넘으면서 널뛰기를 한다. 방법은 짚단이나 가마니를 널판 중앙 밑에 넣고 중심을 잡고 양쪽 끝에 올라서서 서로 박자를 맞추면서 교대로 뛰는 것이다.

하늘을 날을 듯한 널뛰기는 순간순간 쾌감을 느끼면서 나비처럼 훨훨 날면서 웃음을 자아 낸다. 위험할 때는 빨랫줄을 잡고 뛰기도 하고 옆 사람 손을 잡고 뛰기도 한다.

널뛰기 나무판이 단단해야 하기 때문에 오래된 기름틀을 놓고 뛰기도 한다. 여자들의 놀이로 치마저고리에 버선발로, 그리고 자주 댕기 머리를 길게 늘어뜨리고 뛰는 날렵한 처녀들을 보면 한국적인 아름다운 풍습이 그대로 보이기 때문에 좋다.

댕기 머리 처마 끝에 날고
―널뛰기

파란 하늘에
댕기 머리 날리며
허공을 나는
자주 고름 옥색 치마

추녀 머리 끝자락에
삼단 머리 출렁거리고
나비 되어 지붕에 오르니
담 너머 동네 총각 눈맞춤에
가슴 벌렁 뛰는구나

기름틀 걸쳐 놓고
시누이 올케 사이
閨中生長하던 몸이
치맛바람 불었나
우여― 우여― 우여―
숨죽이며 나빌레라

마당아 넓어라
구름아 날 잡아라
처마가 낮아서

용마루에 올라서니

세상이 다 내 것이다

우여— 우여— 우여—

밟고 뛰며 올라가

세상 구경해 보자구나.

쌍육놀이

윷놀이처럼 말판을 그려 놓고 주사위 두 개를 던져 두 사람이 대결하는 놀이이다. 대개 방 안에서 양반 지식층 남녀 간들이 많이 즐겨했던 놀이이다.

놀이 방법은 양쪽이 각각 내외 6칸으로 된 말판을 놓고 쌍방이 15개의 안팎의 청색과 홍색의 말을 준비한 후 6모 주사위 둘을 던져 나타난 눈 수대로 말을 나가게 하여 먼저 끝나는 팀이 승리한다. 그러나 윷놀이처럼 말을 잡거나 뒤로 물러서거나 그런 것은 없다. 역시 개인별 놀이와 단체 놀이도 할 수 있다.

연날리기

설날부터 보름날까지, 그리고 추석 명절에도 마을 처녀들을 비롯하여 어르신네들도 산언덕에 올라 연날리기를 한다. 지방에 따라 음력 12월 중순께부터 다음 해 정월 보름날까지 연날리기 대회를 많이 갖는다. 그런데 요사이 추석 명절에는 전국 곳곳에서 연날리기 대회를 개최하여 다양한 연의 형태를 보여 주고 있다. 연의 모양과 종류를 많이 연구하여 직접 제작하고 다섯 개, 열 개로 이어지는 꼬리연, 호랑이연, 독수리연, 갈매기연 등이 장관을 이룬다.

이런 연들이 외국에 가면 극찬을 받는다.

대보름날 저녁 달맞이를 하기 위하여 '봉화불'을 올릴 때 그동안에 띄웠던 연에 자기 소원과 액맥을 보내는 글귀를 적어 봉화불 꼭대기에 매달아 놓고 불이 타오르면 연이 끊어져 날아가게 하는 재미도 있다.

연의 재료는 간단하다. 문종이와 대나무 엷은 것, 그리고 실을 감아 주는 자새가 있을 뿐이다. 연 끊어 먹기는 대단한 싸움이다. 연실에 사금파리를 깨어 풀로 묻혀서 상대방의 실을 끊토록 하는 '끊어 먹기' 놀이인데 무척 신바람 나는 놀이여서 모두 기술을 요하는 놀이이다.

얼레는 돌고 돌아
―연날리기

느티나무 언덕배기 위에서
높새바람 불어
방구멍 세차게 지나칠 때
연줄은 얼레를
세차게
물레방아 되어 돌고 돌아간다

안개 바람 불어 솔개연 날고
홍어처럼 생긴 가오리연
큰 방구 소리 되어 방구연 띄우고

해맑은 창호지에 畵像 그려

액맥이 얼굴에

厄鳶을 끊어 시집 보낸다

재 너머 마을

안동네 머슴아이들 한곳에 모여

타발놀이 사금파리에 찰밥풀이라

'샤'를 먹인다! '개미 먹인다!'

속살에 칼날을 품고 있었으니

세상살이 살얼음이라

동산 날망에서

저수지 건너 아옥골에서

태극 머리 들이대며

세차게 올라라

빙빙 돌다가 곤두박질쳐라.

승경도놀이

모두 한 줄로 열을 지어 앉은 뒤 맨 위부터 차례로 높은 벼슬을 부여해 준다. 또는 가위 바위 보를 정하여 순서를 정하는 경우도 있다. 제일 높은 자리는 임금님 자리이고 낮은 자리는 거지 자리이다. 처음 시작할 때 거지가 옆자리 즉, 자기보다 한 자리 높은 사람한테 절을 하고 가위 바위 보를 요구한다. 이기면 한 벼슬을 올라가고 계속 도전하여 올라가는 놀이이다. 물론, 가위 바위 보를 하여 지면 그 자리에 머물러 있게 된다. 왕까지 올라갔다가 지면 거지로 내려간다. 왕의 자리에서 세 번 이기면 마지막 도전했던 사람에게 벌칙을 줄 수 있다.

세화 그리기

가족들이 편을 나누어 합작하거나 각자 한 장씩 닭과 호랑이를 그리는 대회를 한다. 한 장의 종이에 사람마다 한 마리씩 그려 넣거나 눈, 코, 입, 다리 등 몫을 정해서 그려도 재미있다. 만들어진 그림을 집안에 붙여 두면 한 해 동안 잡귀가 물러가고 만사형통을 이룬다고 한다.

　명주 단천에 그림 한 폭
　─歲畵

　생수 바람이
　단내 나는 여린 꽃 입술 사이
　선듯 불고 가면
　한눈 뜨고 세상 보니
　가만히 향기 담아
　명주단천에 세화 한 폭 그려 본다

　나뭇가지 끝자리에
　햇살이 방긋 웃고 갈 적에
　그리웁고 서운한 님께

미롱지에 逐福夏雲興이라

축복 드리우고

화폭 한 장에 十長生 놀아나니

녹아나는 개울가 물 위에

그림엽서 한 장 띄워

한해살이

四方無人事를 기원한다.

네가 잘나 일색이냐 내가 못나 바보더냐
—규중칠우의 공덕과 풍자(바늘 · 자 · 가위 · 인두 · 다리미 · 실 · 골무)

옛날 옛적에 주(朱) 부인이라는 안방 규수가 있어, 매일 칠우(七友)와 더불어 식구들의 옷(衣)을 맵시 있게 만들어 가며 힘을 더했으니, 칠우(七友) 중에 하나만 없어도 규수가 하고자 하는 옷가지를 못 만들었으니, 일곱을 가까운 벗으로 거느리면서 오직 밤늦도록 동고동락을 하였었다.

규수의 침선(針線)을 돕는 일곱 벗의 이름을 정하여 벗을 삼았으니 그 명호를 보자 하니, 바늘은 세요 각시(細腰閣氏)라 하고, 자(尺)는 척 부인(尺夫人)이라 하고, 가위를 교두 각시(交頭閣氏)라 하고, 인두를 인화 부인(引火夫人)이라 하고, 다리미를 울 낭자(蔚娘子)라 하고, 실을 청홍흑백 각시(靑紅黑白閣氏)라 하며, 골무를 감투 할미라 정하였으니, 각각 그 소임을 다하여 일을 잘 일워 내었다.

어느 날 깊어 가는 밤에 주(朱) 부인이 홀연히 몸이 피곤하여 졸음이 오는 듯 아른아른할 때 칠우(七友)들이 자기의 공덕(功德)을 치하하면서 서로 싸우는지라.

주제넘게 척(尺) 부인이 제일 처음 입을 열고 보니,

'내 몸은 길게 짧게 좁으며 넓으며 그릇됨이 없이 눈치 있게 살피어 길이를 재어 주어 주(朱) 부인을 도우니 내 공(功)이 최고' 라 칭하고,

'듣고 보자 하니, 가관이군' 하면서 교두(交頭) 각시 성을 내어 입을 일쭉거리면서 말하되, '척 부인은 너무 공치사 하지 마소, 내 입이 한 번 가야 모양과 격식이 갖추어져서 옷매무새를 내나니 진실로 내 공(功)이 으뜸이라' 자칭하고,

그때에 세요(細腰) 각시 얼굴색이 변하여 말하되 '두 벗은 다투지 말라. 이내 몸이라야 무슨 일이든 이루나니 아무리 그대들이 염량과 제도를 잘한들 한 가지라도 할 수 있느냐 내가 엮고 엮어야 바지가 되고 저고리가 되느니라' 하면서 자기 과시를 하고,

청홍 각시 가만히 있다가 크게 웃으면서 하는 말, '여러분들 하는 말이 웃음이 나고 기가 차는구나. 속담에 이르기를 구슬이 서 말이라도 꿰어야 보배다 하였으니, 이 몸이 가야 이뤄지는도다' 하며 속웃음을 치며 자기 공(功)을 내세우는지라,

이때에 제일 어른이신 감투 할미가 조용히 타이르며 하는 말이, '청홍 각시 잘났다고 생색내지 말라. 이 늙은이도 말 좀 하리라' 손가락 끝에 쇠바늘이 찔러 온몸이 상처투성이니 마님의 방패 역할을 하며 살아가는 이 아픔을 어찌 알겠는가' 하며 자화찬하고,

인화(引火) 낭자는 기(氣)가 당당하여 한 걸음에 뛰어나와 말하기를, '그대들이 재주 자랑 너무하는구만, 내 발이 한 번 지나매 굽은 것이 반

듯하여지고, 비뚤어진 것이 바로 펴져 너희들의 낯을 내가 깨끗이 하니 내 공(功)이 최고이니라' 자칭하고,

또한 울 낭자 탄식하여 말하기를, '인화 낭자 말이 옳도다. 인화는 하는 일이 나와 같은지라 우리 둘이 아니면 어찌 온몸이 곱게, 예뻐지리오' 라고 큰소리치는지라,

주(朱) 부인 잠에서 깨어 번연히 말하며 크게 화를 내어 말하되,

'너희들이 무슨 공(功)이 있다 하느냐? 나의 눈과 손이 있어야 너희 공(功)이 되나니, 어찌 자칭 공이라고 떠드느냐?' 꾸짖어 말을 하더라.

이 수필은 모순을 활용하여 직력 구성을 하고 있으며 창조적 기법을 구사하였다. 칠우는 서로 공통적인 성격을 드러내는데, 울 낭자와 감투 할미는 이들과 좀 다르다. 주 부인은 칠우와 비슷한 점이 있다. 역시 칭찬보다는 꾸짖는 내용이 같고 골무 할미처럼 위용을 나타내는 것이 세상사 살아가는 것이 다 그 모양, 그 꼴이리라. 각각의 성격묘사가 뛰어나고 인간의 약점을 풍자한 의인화된 대표적인 고대 수필이다.

다시 칠우들은 주 부인에 대한 시비를 하면서 자기 공을 내세우며 또 뭇 인간들에 대하여 불평을 늘어놓으니, 현시대에 맞추어 생각해 보자.

척 부인은 척량척수(尺量尺數)하고 광협장단(廣狹長短)한다고 큰소리치지만 요사이 아이들이 말을 안 들으면 종아리를 때리는 매로 사용하는가 하면, 괘도를 만들 때 줄을 긋거나, 종이를 자를 때 쓰며, 또한 등을 긁거나, 높이 있는 물건 꺼내는 일로 많이 쓰이고 있으니 어찌 옷감 재는 자(尺)라고 할 수 있겠는가.

또한 교두 각시의 불평은 두꺼운 양철이며 가죽을 자르다가 조금 마음에 맞지 않으면 쇠망치로 입술을 두둘기고 숫돌에 문지르면서 어찌 내 공(功)이 없다 하오니까. 그렇다. 적당한 천이나 엷은 것을 썰어야 하는 데도, 천도 아닌 양철과 가죽까지 썰면서 망치로 때리고 치니 얼마나 가열하리오. 요사이는 옷을 재단하는 데 쓰이는 것이 아니라 생선 자르는 데, 오징어 자르기, 고추, 나무 자르는 데까지 마음대로 쓰며 특히 엿 자르기에 바쁘다. 이를 어찌 옷의 모양새를 내는 데만 사용하랴.

여기 엿장수가 가위로 엿 자르는 모양을 한 번 보더라고.

꽃신 허리춤에 감추며
—엿장수

구름아 재발 잡아라 고개 넘어 물 건너서

삼베 골마리에 배꼽이 바람 쏘일 때쯤이면

지게 목발 또 한 고개 넘어 애들 울리고

목판 엿가래는 엿장수 마음대로 늘어난다

살구 열매 먼 빛살 입가에 침이 고여

땡볕 그늘에 구름 잡아 입에 넣어 맛보고

엿판 열어 손가락 빠는 아이들 눈길이라

가위 소리 날 때마다 호박엿은 불티난다

허리춤에 감추인 쟁기보습, 구멍 난 꽃신도

뒤안길 돌고 돌아 개구멍 살금살금 넘어서
목청 좋은 엿장수 흥겨운 목소리에 반해
엿 먹고 손가락 빨며 엿장수 아들 되어 간다

대대손손 손길 닿아 이어 온 가문의 풍물들
손주 녀석 두 발 뻗고 하늘 보고 울음 터뜨릴 때
논문서, 족보, 논어 맹자 습자지도
몹쓸 놈의 엿장수의 흥타령에 넘어간다.

이때에 세요 각시는 한탄하며, 천태산에서 마고 할미 쇠막대기를
십 년이나 바위에 갈아 낸 몸이라 피륙을 뚫고 나오는 순간 온몸이
죽어 가니 가끔 화가 나서 인간의 손톱 밑을 찔러 피가 나도록 하
여 화를 풀어 본들 무엇하리오. 요사이 바늘은 바느질만이 전부가
아니다. 바늘을 휘어서 낚시 바늘을 만드는가 하면, 종기 나는 곳
에 찔러 뚫어 주고, 다슬기 파먹는데 쓰는가 하면, 급체로 괴로워
하는 사람들의 손끝에 피를 내어 시원하게 해 주는 일도 하며, 죄
인들에게는 독침도 되고 있으니 눈도 코도 없는 몸이 귀만 가지고
살아가는 그대의 괴로움을 어찌 모르리까.
오색실인 청홍 각시의 시비는 남녀노소(男女老少)할 것 없이 내
가 한솔 반솔 기워 내지 않으면 색동옷이 안 되나니 나 잡고 불평
을 하지 마오. 요사이는 오색실을 다양하게 쓰고 있으니 굵은 하얀
실은 굿하는 데 북어 머리를 싸매고, 오색실은 혼인잔치 혼례상 위
대나무 잎에 올려져 명(命)이 길기를 빌고, 봉숭아 물들일 때 손가
락을 매고, 상처 난 곳에 붕대를 감고, 실로 감아 동여매는 데 사용

하고 있다. 그런가 하면 이빨 빼고 닦는 데도 쓰고 있다.

　차일 치고 도구통 업어 놓고 그 위에 봉황새며, 날아가는 명태며,
청솔가지에 오색실 얹어 놓고 혼례가 시작되니 한 번 보자구나.

　치마끈 밟고 나와
　─혼례

　처녀 엉덩이 살빛인 양 무르익은 복숭아가

　빛 바랜 신문에서 바람에 옷 벗을 무렵

　파란 하늘에 편지도 초원에 꿈도 캐다가

　어느 날 갑자기 시집가는 가마가 되었다

　집시랑 끝 펄럭이는 처마 밑에서

　파아란 하늘을 받쳐 주는 차일 치고

　봉황새, 절개 굳은 대나무 잎 위 청홍 색실 걸쳐 놓고

　신랑 신부 오가는 눈빛 속에 웃음꽃 핀다

　지리산 밑에서 숯 굽던 이 함 둘러메고

　초례청(醮禮廳) 당도하니 장모님 치마끈 밟고 나와

　사위인가 반기다가 고명딸 팔린제 옛날이라

　눈물 보이며 문 닫고 가슴만 치누나

　얼었던 가슴 녹아 흐르고 사랑은 넘치는데

　족두리에 반짝이는 화관, 초례상에 여울져

사모관대 버선발로 넙죽 배례하나니
족두리에 떨잠은 떨고 있는데
신부 손목 위로 서방님 얼굴 보고 웃음 보내네.

　이때에 인화 낭자 눈물지으며 말하되, 원통하도다 사시사철 뜨거운 불 속에 집어넣었다가 각시 옷이니 곡시 옷이니 마구 문질러 잘 안 되면 안 펴진다고 던져 버려 목이 부러질 때가 한두 번이 아니다. 요사이는 동정이나 옷고름이나 깃을 다리는 것보다는 집을 짓는데 무늬살 붙이는데 사용하며, 때움질할 때나 아이들의 색종이 놀이하며 이어 붙일 때, 종이를 펴고 붙일 때 많이 사용하니 보기 어찌 가련치 않으리오.
　역시 울 낭자 설워하는 말, 은왕(殷王) 주(紂)의 포락지형(包烙之刑)이 아니어든 입에다가 백탄 숯탄을 이글이글 피워서 넣으니 내 낯이 모질고 죽을 맛이로다. 요사이는 보기가 힘들다 동서끼리 마주 앉아 치마폭 늘어트리고 다리미로 치마 주름잡아 펴다가 잠이 꾸벅 들면 숯불덩이가 치마에 엎어져서 치마를 태우면 시어머니께 꾸중 듣던 그때 그 시절, 지금은 통나무 무늬살 붙일 때나 아이들 어른들 광란이 날 때 따뜻하게 하여 배를 문질러 주는 일을 하고 있다.
　감투 할미 손짓하며 자기 하소연을 말하되, 여보게들 이 늙은이도 마님 손부리에 끼어 반생반사(半生半死)하며 살아오고 있으니 이러니저러니 불평불만들 하지 말게나, 모든 책임은 나이 많이 먹은 이 늙은 할미한테 온다네.
　주 부인이 이를 알고 모두 불러 꾸짖어 물리치더라.

이때에 제일 어른이신 감투 할미가 머리를 조아리며 사죄하니 주 부인이 가장 아끼고 사랑하는 골무(손에 항상 끼고 있음)의 간청으로 용서해 주고 어른에 대한 우대를 해 주었더라.

세상살이가 모두 그렇다. 자기의 공(功)을 내세우기를 일삼는 인간들이 있는가 하면, 남의 공을 내리 뭉개는 비양심적인 인간이 있고, 자기 분수를 알고 위치를 알아서 겸손하게 처신하는 선비다운 인간도 있다.

여기에서 주 부인은 잠을 자는 척하면서 칠우들의 시비를 다 들은 것으로 되어 있다. 이것은 논리에 어긋난다. 즉 개연성(蓋然性)이 없는 일이다. 그런데도 이야기식 수필이기 때문에 모순을 모순으로 느끼지 않는다. 그것은 하나의 묵계(默契)에 의한 양해라 할 수 있다. 다시 말하자면 주 부인이 잠을 자 버리고 못 들었다면 칠우들의 시비(是非)를 쟁론(爭論)할 수 없고, 작품 전개도 될 수 없다고 본다. 그래서 의인화한 작품으로 인간 세상을 풍자하여 인간의 심리적 반응을 잘 나타낸 작품이다.

칠우의 모임은 하나의 사회요, 그들의 각각 그 사회의 구성원이라고 볼 수 있다. 그 사회의 목표는 말할 것도 없이 바느질의 성숙이다. 바느질이란 도구가 한 구성원을 이루고 있는 반짇고리란 사회이다. 바느질 도구인 실패, 바늘, 골무, 가위, 자, 헝겊, 인두, 다리미 등을 담아 두는 상자이다. 이 상자는 초화 무늬와 나비 무늬를 음각하고, 꽃봉오리에는 붉게 채색을 하여 예쁜 자수나 문양으로 아름답게 꾸민 바느질 도구의 집합 장소이다.

즉, 반짇고리라는 작은 사회의 테두리 안에서 인간의 가지각색의 심리를 파악하고 질서와 권리와 위계를 잘 나타내고 있다.

    부엉이 울어 대는 뒤안길
    —반짇고리

십장생 한 올 한 올 그려진 자연 경관은
안방 규수 손길에 친구 되어 살다가
때론 한숨 되어 설움 담고 기쁨도 나누는
오색실 비단 조각에 시집살이 묻혀 산다

바늘 쌈지 덜렁이고 오색 무늬 놀아날 때
인두판에 세요 각시가 나비 만들어 곱게곱게
연지 곤지 볼 그리며 벗님네와 한평생이라
한도, 설움도, 기쁨도 한 식구 되어 살아간다

원앙금침도 네가 만들고 시어머님 사랑도
도련님 겹저고리 깜찍하게 입혀 놓으면
그 집 며느리 솜씨 좋다 너덜대며 칭찬받고
울 낭자의 손길이라 주인마님 사랑받으며 산다

바람 불어 문풍지 흔들릴 때 행여 님인가
한밤에 부엉이 울어 외로움 느낄 때면
호롱불 간들간들거릴 때 그리운 님께 웃음 보이고
바느질 밀어 놓고 사랑 노래 부르다가 잠이 든다.

칠우들은 각각 그 특유의 기능을 발휘함으로써 바느질을 보다 효과적으로 성취시키지 않으면 안 된다. 그것은 주인마님인 주 부인을 놓고 그 하위의 부림을 받는 종들이 자기 고집이나 아집도 있고 자칭하는 일도 있지만 오직 우리 사회에서 필요한 것은 협동심이요, 하나라도 없어서는 안 될 구성원들의 의식 내지 노력을 필요로 한 것으로 사회 현실을 고양(高揚)시키겠다는 의지인 것이다.

현재 잊혀져 가고 있는 칠우들은 어디에서 볼 수 있을까. 인사동의 골동품점이나 농기구 박물관이나 전시장에서만 볼 수 있다. 바느질을 하는 과정에서 하나하나 귀중한 것으로 필요로 하고 있는 옛 물건들, 다듬이질을 하고 이불 홑청을 꿰매고, 버선본이나, 주머니를 만들고 치마, 저고리, 색동옷, 심지어 두루마기, 겉옷들이 아낙네 손끝에서 움직였으며 옷가지를 만들어 냈다.

특히 혼삿날 앞두고는 솜이불을 만들기 위하여 동네 아낙네 중 솜씨 좋은 사람을 불러 이틀 내지 3일 동안 홑청, 횃댓보, 양복 덮개, 그리고 베갯잇과 수놓기까지 모든 것이 여자들의 손으로 꾸며져 시집을 가고, 옷을 입고, 이불을 덮고 살았다. 어찌 이것뿐이겠는가. 명절(정월 설날)이 돌아오면 약 1개월 전부터 식구들의 무명 바지부터 두루마기까지 그리고 식구들의 버선까지도 밤늦도록 바느질을 하였다. 우리 어머님도 할아버지, 할머니부터 아들 손자 옷까지 매일 밤이 깊어 갈 때까지 설빔을 위하여 고생고생하시며 눈물도 많이 흘리면서 시집살이도 많이 하셨다.

뒷동산에서는 소쩍새와 부엉이가 울어 대고 가끔 늑대가 뒤안길을 어슬렁거리며 울고 갈 때에는 무서움에 호롱불을 끄고, 문을 잠그고, 잠을 청하기도 했다. 또한 호롱불을 앞에 놓고 밤늦게까지 바느질을 하다가 잠이 와 꾸뻑 하는 사이에 어머님 앞머리가 호롱 불에 타올라 아침이면 어머님 앞머리에 고속도로 길이 나 있어 웃기도 한 적이 있었다.

점점 세상의 이기 문명으로 인하여 살아져 가고 있는 반짇고리 안의 바느질 도구가 지금 세대에 무엇 필요하겠는가마는, 오직 여기에서 배워야 할 점은 '바느질'의 성취를 목표로 삼는 한 사회를 대변해 주는 것이요, 칠우의 그 구성원으로 주 부인은 사회 지도자적인 인격자로 표출시키고 있으나 모두가 포용력(包容力)이 없고, 부정적인 인간형을 말해 주고 있다. 한 직장 구성원에서도 칠우와 같은 이기주의적 삶이 있는가 하면 손바닥 삭삭 비비며 아부적인 인간형이 있는 현실 사회를 잘 묘사해 주고 있다는 것을 우리는 이 고대 수필에서 느껴야 할 것이다.

즉, 이 한 편의 수필은 인간이 살고 있는 한 구성원들의 성격묘사이다. 규중칠우쟁론기(閨中七友爭論記)의 주제는 인간의 한 약점에 대한 풍자이다. 이 약점은 거의 모든 사람들에게 보편적으로 잠재하거나 드러나는 것이기 때문에 이 쟁론기는 인간의 어떤 보편적인 문제를 탐구하는 형식이라 볼 수 있다. 이 속에서 잊혀져 가는 우리의 옛 것들이 인간의 한 형상으로 비쳐 주고 있다는 것이 우리가 깨달아야 할 일들이다.

풍악 소리 울리고 달집 불꽃 밤하늘에 날고
―지신밟기 · 집터 · 풍악 · 얼레 · 먹통 · 달집태우기

달맞이 불티 하늘에 오르고

애솔나무 가지 사이로 서녘의 햇살이 뉘엿뉘엿 넘어갈 때쯤이면 뒷동산에서 징소리가 울려 퍼진다. 이때에 동네 청년들이 하나둘 모여들어 정월 대보름을 며칠 앞두고 신바람 나는 지신밟기 풍악이 시작된다.

그러니까 설날에는 마을 어르신께 세배와 세찬을 드리고 나면 기나긴 밤 제삿집에 단자가 있어 깊어 가는 밤 즐겁게 지내고, 땅이 녹아 봄빛이 비칠 무렵 대보름을 맞이할 때면 마을에 부잣집 지신밟기가 시작된다. 해그늘 무렵 풍악이 울려 퍼지면 상쇠, 장구, 소구, 나발, 징잡이들이 하나둘 모여 고깔을 쓰고 색색이 천을 양 어깨에 매고 고샅길 넓은 터에서 한바탕 어울리고 정자나무 밑 서낭당 앞에서 모든 잡귀를 쫓아내고 난 뒤 빙빙 돌다 보면 어느 집 지신(地神)을 밟아 주기 위하여 대문에 들어선다.

풍악꾼들이 대문을 들어서자마자 뒷간에 가서 달걀귀신을 쫓고, 우물에 둘러서서 천수만수 기원을 올리고, 장독대에서 만수무강을 빌면서 한바탕 어울리고, 또 부엌으로 들어와 솥뚜껑을 전부 열어 놓고 복(福)을 불러 담아 주고 부지깽이 귀신, 몽당빗자루 귀신 물러가라 주문 외우고 난 뒤, 집(본채)을 두 바퀴 돌면서(죽은 혼이 집을 두 바퀴 돌고 간다는 전설) 행운을 불러들여 집안 복이 넘쳐 나라고 힘차게 지신을 밟아 주고 난 뒤, 마당에 나와 대여섯 바퀴 마당을 돌며 모든 잡귀를 쫓고 하늘 복, 땅의 복 불러들이면서 상쇠의 가락에 따라 흥겨웁게 신명놀이가 시작한다.(장소에 따라 굿 장단이 다름)

모닥 불티 하늘에 날고
—풍악

초승달은
서산으로 기울어 가는데
오색 고깔은 너울너울
장구 소리 흥타령에
모닥불은 하늘 높이 날아간다

깊어 가는 밤
풍악 소리 저물어 가니
울타리 밑 처녀 총각들
눈빛 맞추며

디딜 방앗간에서
얼레리꼴레리
얼레리꼴레리.

이때에 동네 아낙네, 할머니, 할아버지, 아이들까지 마당 끝자락에 전부 둘러앉아 구경을 하고 흥타령이 넘칠 때 상쇠, 장구, 소고들이 자기의 특기를 발휘하면 힘찬 박수와 함께 추임새를 불러 준다. 남정네들은 꼽사춤을 추거나 어깨춤을 추면서 풍악꾼들 뒤를 따라다니며 흥을 돋구고, 아낙네들은 부엌에서 닭을 잡아 닭죽을 끓여 내느라 분주하다. 또한 총각들은 마당 가운데에다 불을 놓고 통장작을 쌓아 밤새도록 타오르는 불티가 하늘에 올라 마을에 잔치가 벌어졌다고 이웃 동네에 알리는 신호 불이기도 하다.

그리고 동네 처녀 총각들은 삼삼오오 짝을 지어 울타리 밑에서, 대나무밭 살구나무 밑에서 사랑을 속삭이고 건넛마을 총각 처녀들까지 함께 어울려 밤 깊은 줄을 모른다.

땀이 흠뻑 적시도록 한마당 어울리고 나면 주인집 마님은 먹을 것을 푸짐하게 차려 내놓고 닭죽과 막걸리를 대접하여 풍년가를 불러 준 사람들과 전체 마을 사람들에게 잔치를 베풀어 준다. 언제나 동네에서 부잣집이라고 손꼽을 수 있는 대여섯 집을 정월 초부터 대보름 사이 금년에도 천석 만석하여 부자 되라고 지신을 밟아 준다.

주인집에서는 동네 회관에 성금을 내놓으면 그것으로 풍악 악기를 장만하고 상여 장비도 준비하고 마을의 어려움을 돕기도 하고, 회관 수리도 하여 서로 협동하는 마음으로 마을을 지켜 나간다.

그리고 동네 애경사에 필요한 차일과 천막을 두서너 개 준비하여 결혼식이나 상(喪)을 당했을 때 공동으로 사용하면서 서로 편리하게 돕고 이해하며 살아간다. 마을의 무병장수를 위해 동구 밖에다가 솟대도 만들어 세우고 천하대장군, 지하여장군도 세워서 마을의 '무병장수, 만사형통'을 불러들여 평안하고 걱정 없는 마을을 만들기에 혼연일체가 되어 서로 협동정신을 발휘하면서 살아간다.

대보름이 다가오면 2~3일 전부터 동네 앞 텃밭에 통나무와 솔가지나무를 쌓아 올린다. 사다리를 이용하여 높이높이 쌓아 올리고 제일 날망에 대나무나 솔가지를 높이 꽂아 놓고 거기에 자기가 액운을 쫓는 말, 아들딸, 집안, 마을 잘되라고 기원하는 말을 문종이에 적어 매어 달아 놓는다. 그런가 하면 정초부터 보름 사이에 날리던 가오리연, 꼬리연, 갈매기연, 오징어연 등 여러 연 꼬리에 자기 소원을 써서 매달아 놓는다. 아낙네들은 아들딸이 입었던 옷에다가 소원의 글귀를 써서 매어 달기도 한다.

인생은 외줄이거늘
—얼레

날아라 훨훨
돌아라 빙빙
어차피 인생은 돌고 도는 것을
소리 없는 아우성

얼레야 풀어라

연아 날아라

왕복 차표가 필요 없는

인생살이란다

인생은 외줄이거늘

사금파리 풀에 죽 쓰듯

소리 없는 허공의 아우성

번쩍이는 찰나

액맥이 연에 액운 싫어

탯줄 끊듯이 날려 보내고

행암산 고개고개 넘어가는

연자 새의 가오리연에 액운은 날아간다.

그렇게 준비가 다 끝나면 동네 아낙네들이 모여 음식을 장만해서 정자나무 밑 제사상에 돼지머리도 올려놓고 각종 음식을 준비하여 동네에서 어른이시면서 제일 잘되고 수신제가할 수 있는 분이 동신제(洞神祭)를 지낸다. 그리고 나면 또 서낭당에 따로 제례를 지내고 집집마다 소원을 빌면서 절을 하고 돼지 입에 돈을 넣어 축복을 빌고 빌고 또 비는 동네 어르신들의 축수가 진행된다.

제례 및 베푸는 잔치가 끝나고 나면 봉화불을 올리기 위하여 동구 밖 마당에 가서 서로 신명놀이와 한풀이가 시작된다. 풍악꾼들은 물론, 아저씨, 영감님, 할머니, 아낙네, 할 것 없이 어우러 신바람 나게 놀다가 때로는 자기 인생의 뒤안길을 생각할 때 한(恨)스러움이 많은 사람은 한(恨)풀이를 계속하면서 눈물을 흘리기도 하고 땅을 치면서 울기도 하다가 또다시 춤을 추기도 한다. 이것이 한(恨)풀이와 신명풀이인 것이다. 먹고 마시고 뛰고 놀다가 보름 달이 저바래기 산에 올라와 보일 때 봉화덤이 밑 가운데 마른 솔잎에 불을 붙이고 풍악은 절정에 이르러 달이 완전히 떠오를 때까지 계속 풍악이 진행된다. 그러고 나면 할머니, 아낙네들은 정화수를 떠 놓고 또 아들딸 하나 낳게 해 달라고, 그리고 집안 식구들을 위해 빌고 빈다.

봉화불이 다 타오르면 대나무, 소나무 가지에 매어 놓았던 각종 소원들이 바람에 날고 날아서 멀리 산 넘고 물 건너 액운을 싣고 날아간다. 그때 고개를 숙이고 "조상님께 비나이다. 성왕님께 비나이다. 우리 집 아들딸 소원성취하게 해 주시고 식구들 건강하게 하여 주옵소서. 그리고 우리 며늘아기에게 아들 하나 점지하여 주옵소서." 108배 기도를 한다.

밤이 깊어 가는 데도 봉화불이 다 탈 때까지 시조도 한 수 읊고, 창(唱)도 한 곡조 부르고, 노래도 하고, 풍악도 울리면서 밤새도록 마을 사람들의 고달픔과 시름을 잊으면서 지난 일 년 농사지을 때의 어려움과 서로 마을의 애경사를 위로하며 하룻밤을 지샌다.

그런가 하면 날이 샐 무렵 해가 뜨기 전에 더위를 팔기 위하여 상대방의 이름을 불러 대답하면 '네 더위 내 더위 맞 더위' 하며 더위를 팔고 남녀가 장가 시집을 못가거나 집안에 어려움이 있는 사람은 제웅직성[羅候直星], 일명 처용(處容)이라 하는데 처용의 형상을 짚으로 엮어 머릿속에 동전을 넣어서 대문 밖 길가에 던져 두면 아이들이 돈만 빼 가고 제웅은 버린다는 '제웅치기'란 풍습이 있다.

254

이제 보름날 아침 식사 시간이 되면 밥 9그릇, 나물 9가지를 먹어야 하고 머슴과 새경을 흥정하여 일 년 계약을 다시 하는 날이다.

이렇게 하여 지신밟기가 끝나고 나면 한 해의 농사가 시작되어 봄 씨앗 뿌리기부터 시작하여 가을걷이까지 농사일에 매달려 살아간다.

어덜럴러 상사디야

집을 짓기 위한 터 다지기의 지신밟기가 또 있다.

겨울이 지나고 봄빛이 따뜻해지면 집들을 많이 지었다. 터를 잡아 두었다가 봄이 오면 집을 짓기 위하여 동네 힘장사 대여섯 명이 인근 산에 가서 넓적하고 밑바탕이 판판한 바위를 골라 장대를 질러 어깨에 메고 여섯 명이 산을 내려오고 도랑을 건너고 언덕을 넘어 끌고 오는 사이 장정들은 힘에 겨워 막걸리 한잔에 입을 축이고 "어엿, 어여차 어엿, 어여차 어엿, 어여차." 서로 둘둘이 구령을 맞추어 가면서 운반을 한다.

운반을 하여 갔다 놓고 난 뒤 바위에 제주를 따르면서 간단한 고사를 지내고 집을 짓기 위한 지신밟기(집 지을 땅을 다지는 것)를 시작한다.

겨우내 얼었다가 봄이 되면 땅이 푸석푸석하고 속이 비어 있기 때문에 땅을 큰 바위로 다지고 난 다음에 그 위에 집을 지어야 했다. 그러면 그 큰 바위를 밧줄로 사방팔방으로 엮고 엮어서 사방에서 동네 남정네들이 다 모여서 밧줄을 길게 매어 중간 중간에 오색천을 드리우면 너울너울 춤을 추듯 잡아당기면서 바위가 공중에 뜨면서 꽝 하고 놓으면 땅이 다져지는 것이다. 이때에 지신밟기 노

래가 있고 '어덜럴러 상사디야' 라는 후렴구가 있다. 상투쟁이가
노래를 메기면은 나머지 사람들은 '어덜럴러 상사디야' 후렴구만
크게 외치면서 땅을 다져 간다. 이것 역시 집을 짓기 위한 지신밟
기 풍습으로 전래되어 왔다.

지신밟기 한 마당
―어울림 노래

어덜럴러 상사디야
뒷집에 처녀는 시집 못 가 안달이 났다네
어덜럴러 상사디야
앞집에 총각은 장가만 잘가는데
어덜럴러 상사디야
재 너머 총각도 많다는데
어덜럴러 상사디야

샘골 마을 무병장수하소서
어덜럴러 상사디야
박사 마을 만들어 출세 한번 하소서
어덜럴러 상사디야

정가네 집은 묘를 잘써 벼슬도 했다는데
어덜럴러 상사디야
이장님 댁 경사났네

어딜럴러 상사디야

아들딸 대학에 합격하고

어딜럴러 상사디야

동네 우물은 그치지 않으니

어딜럴러 상사디야

샘골 마을 복받고 웃음으로 살더라고

어딜럴러 상사디야.

　이렇게 한 3일쯤 땅을 다지고 나면 네 구석과 중앙에 주춧돌을 세우고 대목(목수)을 불러 아름드리 통나무 기둥을 걸쳐 놓고 못줄로 먹줄 퉁겨서 짜귀로 쪼아서 네모기둥 세워 대못 하나 안 박고 나무와 나무끼리 홈을 파서 나무망치로 맞추면서 상량을 올리기 위해 붓글씨로 '건양 을유년 유월 스므아흐렛날 진시 좌립' 이라 쓰고 하얀 광목 띠를 상량에 올려 막걸리를 붓고 절하고 사방팔방 고수레하고 나면 목수는 좌우로, 상하로 먹줄 퉁겨 줄 잡아 놓고 안방, 건넛방, 사랑방 문짝 만드노라면 벌써 집 한 채가 다 되어 간다.

어딜럴러 상사디야

—먹통

어딜럴러 상사디야

동아줄 매어

너럭바위로 지신 밟는다

어딜럴러 상사디야

원통나무 초화문이라

먹통 튕겨

짜귀로 쪼아 대들보 만들고

어덜럴러 상사디야

주춧돌 동서남북 맞추어 놓고

상량에 가랫대 엇갈려 세우고

시루떡 막걸리 고수레하니

천년만년 살고 지고.

잡귀를 쫓기 위한 온 집안에 지신(地神)을 밟아 주어야 하고 또한 집 기초를 튼튼하게 하기 위한 지신밟기가 선조들의 풍습으로 전해 내려왔으나 지금은 현 시대에 맞추어 미신도 없어지고 건축이 발달되어 쉽게 집을 짓게 된다.

전자에 말하는 것은 놀이 문화와 곁들인 전라북도의 풍습이요, 후자는 기계문명이 발달되지 않은 시대에 마을 사람들이 모여 서로 돕는 마음으로 어울려서 집을 짓는 풍습이었다.

지금이야 콘크리트와 조립식으로 금방 지을 수 있지만 그때에는 땅을 다지고 난 뒤 기둥을 세워 석가래 올리고 그 위에 이엉을 엮어 올리고 흙으로 벽을 감싸면서 집을 지었다. 자재라고 해야 나무와 흙이 전부요, 쇠기둥을 세워 집을 짓는 것은 생각도 못했다.

전래의 두 가지 지신밟기가 먼 훗날 농경시대의 노래로 남아 있을지 마음 한구석이 허전하다.

샘골 마을 호롱 불빛에 콧노래 부르며 연애편지 쓰던 그 시절

—호롱불 · 양초 · 펜촉 · 만년필 · 오르간 · 유성기

호롱불 · 양초

옛날에는 석유를 받아다가 사기 호롱에 부어 실이나 솜이나 헝겁을 호롱 꼭지에 끼어 불을 켜고 천자문을 읽고, 길쌈 내기를 하고 바느질을 했다.

안방, 윗방, 사랑방 모두 호롱불을 사용하여 읍내 장날이면 기름을 대두병이나 넓은 깡통에 담아 지게 목발에 매달고 해가 질 무렵 동구 밖을 지나 대문에 들어선다. 안방이나 건넛방에는 등잔대를 만들어 방바닥에 세워 놓거나 벽에 걸어 놓기도 한다. 사랑방은 윗방 아랫방으로 되어 있어 미닫이문 위에 구멍을 내서 양방이 호롱불 하나로 사용하면서 거기에서 새끼도 꼬고, 가마니도 짜고, 짚신을 삼기도 했다. 사랑방 호롱불 위에는 불을 크게 켜서 그을음이 올라와 천정 벽이 까맣게 그을려 있어 보기가 흉했다.

읍내 시장에 갔다가 늦게 오신 할아버지나 아버님의 마중을 나갈 때 호롱불을 등에 넣어서 막대기에 달아 들고 나간다. 바람이 세게 불거나 넘어지면 등의 문종이가 타 버린다. 그러면 바람막이가 없어서 불이 꺼지기 때문에 조심해야 한다. 네모난 등에는 유리를 기어 사용한다. 유리가 깨질 경우 그냥 창호지로 붙여서 사용하기도 한다. 등불은 양반네, 주인마님 마실 갈 때나 화장실 갈 때 사용하고, 또는 외양간에서 소 해산할 때 천정에 달아 놓고, 집안 잔칫날 부엌, 마루, 대문간, 광, 장독대에도 등을 달아 집안을 훤하게 밝혀 준다.

기름이 떨어지면 옆집에서 꾸어 쓰고 다음 장날 사다가 준다. 기름이 없을 때는 임시방편으로 동백기름이나, 참기름을 접시에 담아 심지를 늘어트려 불을 붙이면 더 환하고 깨끗하게 보인다.

때로는 동네 이장이나, 시장에 자주 다니신 분은 기름을 한 통을 사 와서 동네 사람들에게 배급을 하듯 나눠 주면서 서로 돕고 상부상조하는 마음으로 살아가는 것이 농촌의 인심이다.

기름 살 돈이 없으면 양초를 한 곽 사다 꼭 필요할 때만 켜고, 아껴 쓴다. 양초는 대략 부엌 밥솥 위에 켜 놓고 밥을 그릇에 담을 때 사용하고, 새벽에 소죽을 끓일 때 불 때기 전까지만 켜 놓고 사용하고, 장독대에나 광에 갈 때 많이 사용하고, 밤새도록 독경을 읽을 때 옆에 켜 놓고 시작하고, 제사 지낼 때 제상 위 상단 양 끝부분에 양초 두 개를 켜 놓아야 귀신이 찾아온다는 전설적인 얘기가 있다.

옛날에는 밀초라 하여 꿀을 짜낸 뒤 찌꺼기를 끓여 낸 기름으로 불을 켰었다. 그리고 이 찌꺼기로 노끈에 기름칠할 때 많이 썼다.

초등학교 시절에 초를 녹여 장난감을 만들고 비행기도 만들어 서로 경쟁하면서 가지고 놀았다. 그리고 초를 다 쓰고 밑바탕이 남거나 동강이 난 것을 모아 학교에 가지고 가서 교실 마룻바닥에 초를 칠하여 마른 걸레로 문지르면 거울처럼 깨끗하였다. 청소할 때 바닥을 쓸고 초를 칠하면 역시 깨끗하여 아이들이 넘어지고, 밀고 당기고 하면서 미끄럼을 타기도 했다.

그리고 이사 간 집에 양초와 성냥을 사 가지고 갔다. 불처럼 활활 일어나 부자 되라는 뜻이다. 요즈음은 하이타이나 비누를 사 가지고 간다. 이것도 시대 감각에 따라 유행이 바뀌고, 시대 경제에 따라 변해 가면서 살아가는 것이 우리네 인생이 아닌가 한다.

펜촉 · 만년필

파릇파릇 새싹이 돋아날 때는 신학기가 시작되는 화사한 봄날이다. 샘골 마을, 시골이라서 대학에 다니는 학생은 없었고, 중고등학교에 다니는 형들이 몇 명 있었다. 이때엔 볼펜이나 싸인펜이 없었고, 주로 연필로 글을 써야 했다. 그러나 면사무소나, 지서나, 학교 교무실 선생님들께서는 펜촉으로 사무를 봤다. 펜촉을 막대에 끼어 사각으로 된 유리병 속의 잉크를 찍어 한 자 한 자 써 나갔다.

얼마 후에 중학교 다닐 때 역시 펜촉으로 노트 정리를 했다. 잉크병을 책상 위에 놓고 쓰다가 앞자리 급우가 돌아서면서 팔꿈치로 치면 잉크병이 교실 바닥에 떨어지면서 깨지고 잉크가 쏟아져 한바탕 난리가 아니다. 그리고 가방에 넣어 가지고 다니다 보면 잉크가 새어 책이며 가방을 다 버린다. 그리하여 잉크병 속에다가 스폰지나 솜을 넣어 가지고 다녔다. 또 교실 책상 속에 넣고 다니면 청소 당번 아이들이 책상을 마음대로 바꿔 놓으면 다음 날 자기 잉크 찾느라 서로 싸움을 한다.

그런데 펜촉이 쉽게 갈라지고 마모가 되어 자주 갈아 끼워야 하니 불편하기 그지없었다.

　이때에 부잣집 아들이나 돈 좀 있는 집 아이들은 만년필을 가지고 다녔다. 그때 만년필은 귀하고 보기가 힘들 정도였다. 그리하여 만년필을 가지고 다니는 애들은 으스대고 자랑하면서 폼을 재기도 했다. 필자도 역시 중학교 2학년 때의 일이다.

　당시 서울에 계셨던 어머니께서 만년필을 보내 왔다. 얼마나 좋았는지 보물처럼 간직하고 애지중지하면서 자랑도 하고 친구들에게 하룻밤 빌려 주기도 하였다. 그리고 친척 누님한테 만년필집을 부탁하였다. 뜨게질로 만년필이 쏙 들어갈 수 있도록 분홍색으로 예쁘게 만들어 주었다. 그러던 어느 겨울날 밤, 만년필 뚜껑이 안 열려 뚜껑 부분을 호롱불에 살짝 댄다는 것이 그냥 불에 조금 타 버렸다. 그때 얼마나 울었는지, 그리고 부모님이 아실까 봐 몰래 감추어 가지고 다니면서 "왜 만년필로 안 쓰냐?" 물으면 만년필을 숨기느라 거짓말도 많이 했다. 결국은 알게 되어 꾸중을 많이 듣고 난 뒤, 아버지께서 읍내에 가서 고쳐다 주었다.

　그러다 보니 만년필을 가지고 다니는 학생이 많이 늘어났다. 한여름에 만년필을 주머니에 꽂고 다니면 열을 받아 잉크가 새게 된다. 그러면 교복을 다 버리고 손이며, 얼굴까지 잉크 칠을 하게 될 때가 한두 번이 아니다. 일반적으로 사무를 볼 때는 펜촉을 많이 썼지만 노트 정리나 연애편지 쓸 때는 만년필을 많이 사용했다.

오르간 · 유성기

　오르간은 바람으로 소리를 낸다 하여 풍금이라 했다. 초등학교 운동회 때 흰 모자에 하얀 운동화 신고 파란 리본으로 맨 호루라기를 목에 건 예쁜 여선생님이 오르간을 치면 우리는 거기에 맞추어 유희를 하면서 너울너울 춤을 추었다. 그 오르간 소리는 경쾌하고 몸이 하늘로 날아가는 느낌이었다. 그리고 그 여선생님이 얼굴도 예쁘지만 오르간을 치는 손도 무척 아름다워 천사 같이 보였다. 지금 생각하면 그 여선생님을 사모했던 것 같았다.

내가 다니던 시골 초등학교 복도에도 작은 오르간이 서너 대 놓여 있었다. 수업을 마치고 집에 가려고 하면 선생님들께서 오르간을 치면서 '사우', '아리랑', '동해물과 백두산이…' 애국가도 부르고 행진곡도 멋들어지게 치셨다. 그럴 때마다 집에 가는 발걸음이 가벼웠다.

음악 시간이 되면 복도에 있던 오르간을 끌어다가 교실 앞에 놓고 도, 레, 미, 파, 솔, 라, 시, 도를 치다가 선생님 허락 없이 만졌다고 꾸중을 듣기도 했다.

그때는 왜 아리랑이나, 도라지를 부르지 않고 이국적인 노래만 불렀고 교과서에는 우리 국악이나 우리 민요가 없었다. 오르간을 많이 만져 보거나 좀 곡을 연주할 수 있는 곳은 교회였다. 그때 미국 선교사들이 가르쳐 주고 친절하게 해 주어 자주 교회에 나가 오르간을 연주했다.

내가 초등학교 5학년 때이다. 담임선생님께서 음악을 좋아하셨다. 일주일이면 꼭 1시간씩 음악을 공부하고 노래도 불렀다. 음악 시간이 끝날 때에는 언제나 우리 가곡이나 민요 '옛날에 금잔디', '스와니 강물', '켄터키 옛집', '아리랑', '사우'를 합창으로 부르고 수업을 마쳤다. 우리 가곡이 좋고, 오르간 소리가 듣기 좋아 음악 시간이 기다려졌다.

유성기를 처음 봤을 때 8살쯤 되었는데, 요술 박스에서 여자 목소리, 남자 목소리가 마음대로 나오는 것을 보고 참 신기함을 느꼈다. 목이 긴 나발 속에서 예쁜 여자의 목소리가 간드러지고 구성지게 흘러나올 때 감탄을 했다.

이 유성기 소리가 멋들어지게 들리는 곳은 면사무소 옆에 살다가 우리 동네로 이사 온 순사네 집이었다. 동네 사람들은 저녁밥만 먹었다 하면 이 집 앞마당으로 다 같이 약속이나 하듯이 모였다. 나도 그 노랫가락을 들을려고 어머니 치맛자락을 붙잡고 따라갔다. 늦게까지 듣다가 아버지께서 공부는 않고 뭐 하냐고 꾸중을 듣기도 했다.

그런데 그 유성기에 밥을 주어야 한다기에 그것이 무슨 소리인가? 그 속에 사람이 있다는 말인가 의아해서 물어보았다. 유성기 옆에 있는 태엽을 감아 주어야 그것이 풀리면서 소리가 난다고 했다. 어린 마음에 신기하고 재미가 있었다. 동네 아줌마들은 노래도 노래지만 그때 당시 '춘향전', '심청전', '옥단춘전'을 창으로 엮어 가는 판소리가 흥겨운 것이었다. 옆에 길숙이네 어머니는 눈물을 짜면서 불쌍하다고 하고, 금자 어머니는 가슴이 아프다고 더 못 듣겠다고 가기도 한다. 유성기 나발 입구에는 미국 개 한 마리가 앉아 있고 크기는 별로 그리 크지는 않았다. 근래에 와서는 유성기를 축음기라고 했다. 지금은 전축이 유행하여 축음기는 보기가 힘들다.

그때에 많이 불리워진 노래는 '신라의 달밤', '김삿갓 방랑기', '남쪽 나라 십자성은…' 들이 유행가였다. 옛 노래가 그리워지니, 그때 그 시절도 그리워지는 이 마음을 어이 달래나 볼까.

잊혀져 가는 우리 것들은 시대적 감각과 문명의 이기로 인하여 자연과 인간의 두뇌와 과학의 문명이 발달한데 따라 편리하고 신속하고 삶의 질을 높이고 보다 인격적이고 생활의 고도화를 찾는데에서 새로운 문화로 전환되는 과정에서 생겨난 시대적 생활의 철칙이라 본다.

양촛불에서 호롱불로 그리고 호야불, 전기로 발전된 과정에서 우리는 불이 아니면 식생활을 영위할 수 없는 시대를 살아온 것이다. 그리고 우리는 그 불씨를 생명처럼 여기고 지켜 왔기에 오늘의 편안함을 느끼고 살고 있다는 것을 인식해야 할 것이다.

연필이 없을 때에는 모랫바닥에 글씨를 쓰고, 숯으로 삽이나 땅바닥에 글씨를 쓰면서 살아오다가 인간의 무한대의 연구로 말미암아 연필을 만들어 내고, 나아가서는 잉크를 제조하여 펜촉으로 글씨를 썼으며, 결국 볼펜, 만년필이 나와 학습의 능률이 오르고 교육의 진도가 빨라졌으리라 믿는다.

우리들 생활 속에는 의식주가 중심이 되지만 이것만으로는 만족을 못 느낀다. 즉 희, 로, 애, 락이 따르기 마련이다. 기쁘면 웃고, 슬프면 울고, 즐거우면 노래도 하고, 춤도 추면서 살아가는 것이 인생이라 본다. 예전에는 하모니카로, 그 다음은 기타나 바이올린, 아코디언으로 흥을 살렸다. 얼마 지나 풍금, 피아노, 거문고, 지금은 전축, 사물놀이 등 우리가 즐길 수 있는 소리들이 쏟아지고 있으니 얼마나 좋은 세상인가.

옛것은 언제나 그리운 것, 추억으로 남아 그때 그 시절의 아름다움을 먹고사는 것이라 본다. 먼 훗날 아름다운 추억으로 남기 위해 오늘을 보다 알차고 신바람 나는 삶을 영위하고자 지금도 숨을 쉬며 무엇을 해야 할까 생각하는 시간을 갖는다.

쌍대문에 壽·福·龍·虎 부처 놓고
개구멍 드나들 때
—울타리 · 쌍대문 · 빈짓문

대문을 활짝 열고 시원한 바람이 불어올 제, 메밀잠자리 두둥실 파란 하늘을 날다가 울타리에 앉아 동그란 눈을 좌우로 돌리고 있을 때, 막둥이 학교 갔다 돌아와 급하게 빈짓문 열고 흙 다락방으로 올라가 검정 돼지를 바라보며 시원한 볼일을 본다.

울타리

아침에 일어나면 저바라기 산 밑에 방죽에서 물안개가 모락모락 피어나고 울타리에는 다리미질할 빨래가 널려 있다. 호박꽃이 활짝 웃고 있으며 고추잠자리는 아침 햇살에 파르르 하늘을 날고, 아버지 벌써 망태에 소가 먹을 풀을 넘치도록 어깨에 메고 대문을 들어선다.

울타리는 언제나 신록이 우거진 초여름이면 새로 단장을 한다. 솔나무 가지나 밤나무 가지, 또는 상수리나무를 지게에 짊어지고 와서 울타리 작업을 시작한다. 이웃집 머슴과 주인 어른과 세 명이 초가집 두 채를 돌리자면 하루가 꼬박 걸린다.

긴 막대기나 대나무로 울대를 대고 새끼로 안 밖에서 밀치거니 당기면서 새끼줄이나, 칡으로 묶고 매듭을 지면서 중간 중간 사이사이 구멍을 때운다. 혹시 개구멍이나, 닭들이 드나들거나, 고양이가 다니는 길을 만들어 주면 울타리가 잘못된 것이다. 그러나 가끔은 지붕에서 떨어진 물이 흘러갈 고랑은 내놓아야 한다. 그리고 울타리가 넘어지지 않도록 뛰엄뛰엄 기둥을 세워 버팀목을 만들어야 한다.

울타리가 망가진 것은 개들이 오고 가면서 구멍을 만들고, 때론 동네 총각 처녀들이 남 몰래 만나기 위하여 사립문처럼 울타리를 뚝 끊어 낮에는 붙여 놓고 밤이면 열고 다닌다. 이렇게 울타리를 예쁘게 단장해 놓으면 울타리 밑에서 하늘 물대꽃이 피어나고, 아침에 피어나는 나팔꽃이 줄 넝쿨로 싱그럽게 피어난다. 그런가 하면 호박꽃 또는 오이가 주렁주렁 매달리고 여름밤이면 이웃 간에 수제비, 다슬기국, 감자가 오고 가고, 정이 오고 가면서 웃음소리가 하늘의 별이 된다.

그리고 울타리를 다 엮고 나면 언제나 이웃집을 불러 같이 밥을 나눠 먹으면서 없는 설움을 달래기도 하고 갈 때는 남은 밥을 싸서 주기도 하였다.

예전에는 배를 다 채우지 못하고 세월을 보냈다. 배가 고파도 참으면서 허리띠를 졸라매고 들로 산으로 다니면서 먹을 것을 찾아 헤맸다.

겨울 기나긴 밤에 아낙네들이 모여 '되리' 라는 것을 해 먹었다.

즉, 서방님이 사랑방에 가서 늦게 오는 것을 틈타, 각자 집에서 싸래기 쌀이나, 버리기 아까운 쌀을 모아 떡을 만들어 서로 나눠 먹었다. 이럴 때는 언제나 시어머니 눈을 피하고 집안 식구들 몰래 하기 때문에 대문을 통하지 못하고 울타리를 통하여 몰래 오고 가면서 밤에 떡을 해 먹었다. 밤늦게 돌아온 서방님께 그 귀한 떡을 식구들 몰래 먹게 하면서 남 몰래 사랑을 나누기도 했다.

울타리는 한 가정의 위안을 주기도 하고 단란한 가족들의 행복과 포근함을 가져다 준다. 요사이는 울타리가 없이 흙담이나, 벽돌 담으로 울타리를 하지만 운치가 없고, 살벌하고 순수한 농촌의 정감이 사라져 가고 있다. 시골이나, 도시나 낮은 울타리를 만들었으면 한다.

나무로, 벽돌 몇 장으로 쌓은 울타리가 많이 발전하여 더욱 이웃 간에 인사도 나누고 따뜻한 정을 나누면서 살아가는 복지사회, 웃음이 넘쳐 나는 사회가 되었으면 한다.

장미 향기 드리운 울타리

울타리 따라
나팔꽃 피어나고
넝쿨장미 소담스러이 웃고 있을 때
사람의 훈기가 젖어 있는
키 작은 울장대

암탉이 날개 접으며

제 새끼 가슴에 안을 때
장닭은 보초병 되어
햇살이 늘어진 울타리 밑에서
사랑의 노래 부르나니

한 식솔 울타리 사랑으로
때 묻은 손길들
문고리, 토방돌, 그리고 정주 문턱
울타리 사이에서 웃음소리 드리니
아버지, 아버지 그리고 아버지 때부터
한아름으로 울안에서
장미 향기 되어 살았노라.

쌍대문

미명의 아침 시간 부엌에서 당그래로 아궁 속의 타 버린 재를 긁어내는 아버님은 식구들이 잠에서 깨기도 전에 소죽을 끓여 놓고, 아침밥을 지을 수 있도록 허청에 나무를 가져다 놓고 할아버지 할머니 방에 불을 지핀다. 그럼 우리 어머니는 왕골에 색실로 엮은 또아리 끈을 입에 물어 머리 위에 얹어 물동이를 이고 동네 우물을 길러 오기 위하여 대문을 활짝 연다.

대문 동쪽 대산이 진흙고개 사이로 아침 햇살이 따스하게 비칠 때 열리는 대문은 햇살이 비치면서 아스라한 아침 물안개가 무지갯빛으로 오색 찬란하다.

그런가 하면 그 넓은 두 짝 대문에 복 복(福)자와 목숨 수(壽)자

가 원형으로 큰 게 붙어 있거나, 소문만복래(笑門萬福來), 또는 가
화만사성(家和萬事成)이 붓글씨로 일필휘지하여 어덟팔자형으로
붙어 있는 것을 보노라면 더욱 장관을 이룬다. 큰 대문 옆으로는
사랑방을 들어가는 샛문이 있고 그 옆에는 사랑방 손님들의 소변
을 받는 최대형 장독대가 담장과 함께 반쯤 묻어 있다.

　밤이 돌아오면 큰 대문은 항상 빗장을 걸어 잠그고 밤늦게 들어
올 때면 샛문으로 들어왔다. 집이 작을 때에는 대문이 한 짝으로
되어 있고 싸리나무로 엮어서 사용하기도 하였다. 요사이는 농촌
에도 대문 낮추기, 울타리, 담 없애기 운동을 전개하여 현대화되어
가기 때문에 옛날 대문을 보기가 힘들다.

빈짓문

　지나가던 나그네나 잠자리가 없어 하룻밤을 신세 지고 싶을 때
빈짓문을 열고 들어와 주인의 허락을 득한 뒤 사랑방에서 신세를
진다. 이때에 식사를 못했을 경우 식사까지 제공해 주는 것이 농촌
의 풍습이다. 대략 집안의 어르신이 사랑방에서 거처하시다가 세
상을 떠나신 뒤 방이 비어 있거나, 어르신을 찾아왔는데 안 계실
때, 옛정을 못 잊어 사랑방에서 하룻밤을 지내고 가실 때 이용한
것이 사랑방이요, 빈짓문이다.

　외간 남자나 잘 모르는 분을 함부로 앞마당까지 들어오게 안 하
고 사랑방에 일단 안내한 뒤 하인이나, 남자 어른을 시켜 대화를
나누게 한 뒤 손님으로 모시는 것이다.

　그리고 지나가는 나그네나 장사꾼들이 대소변이 급할 때 역시
대문으로 들어오기 전에 옆에 있는 빈짓문(샛문)을 통하여 볼 일

을 처리하게 한다. 이때에 대변을 볼 수 있는 곳은 거먹 돼지를 키우는 돼지 막간이기 때문에 높이 지어 있어 다락처럼 올라가서 해결을 해야 한다.

돼지가 있는 위에서 볼일을 볼 때 돼지가 몸을 털면 금덩어리가 사방에 튀기어 아주 곤란을 겪게 된다. 그리하여 그 돼지가 바로 똥 돼지인 것이다. 구정물과 똥만 먹고 사는 돼지가 맛이 있어 선호한다.

시골집이라 해서 다 빈짓문이 있는 것은 아니다. 부잣집이나 대갓집에만 있다. 사랑방이 있어야 빈짓문이 필요하다. 고로 잘 살아야 사랑방이 있고 빈짓문을 만들어 사용할 수밖에 없다.

나의 어릴 때 추억은 사랑방이 싫었다. 그것은 사랑방에 손님만 오시면 할아버지께서는 "인관아." 계속 부르는 것이다. 어릴 때 친구들과 열심히 놀고 있으면 할아버지가 동네방네 큰 목소리로 불러 댄다. 가 보면 손님께 큰절로 인사하라는 것이다. 인사하고 나 올려고 하면 할아버지께서 "그 자리 앉아라." 꼭 무릎을 꿇고 앉으라는 것이다. 앉혀 놓고 하시는 말씀이 "우리 집 장손인데 안산공파 11대손으로 머리가 총명(?)하여 공부도 잘 하고, 아주 심부름도 잘 하면서 얌전하다."고 자랑을 늘어놓을 때 나는 무릎을 꿇고 얌전하게 앉아 있어야 한다. 짜증이 날 정도이다. 중학교 졸업할 때까지 이렇게 할아버지 말씀에 거역 못했다. 그래서 낯 모르는 사람이 빈짓문으로 들어가면 집안에 있지 않고 도망을 갔었다.

각설이, 품바타령에 흥겨운 파장머리 임실장터

각설이 타령에 시름을 털고
흥겨운 노랫가락에 파장머리 장터
―오일장 가던 날 ①

오늘은 임실 장날이다. 처서가 지나고 백로가 다가오니 벌써 가을맞이를 해야 할 때가 온 것 같다. 옛날에는 일찍 익은 벼를 베어다가 올기쌀을 만들어 주머니에 넣고 다니면서 먹었다. 첫 추수한 곡식을 조상님께 올리기 위하여 올기쌀을 만들었다. 그리고 먹을 것이 없으면 일찍 베어다가 쌀을 만들어 햅쌀밥을 먹기도 했다.

소슬한 바람이 불고 햇살이 따스함을 느끼니 오곡백과가 무르익어 가는 가을이 다가오는 것 같다. 이때가 되면 아버님은 집안에 있는 연장을 다 끌어모아 점검을 하여 부서지거나 마모가 되어 못 쓰게 된 연장을 망태에 담아 오수장이나 임실장을 가신다. 가을 추수 준비를 하기 위해 농기구를 손질하는 것이다.

바로 오늘 아침 댓바람에 뒤안길, 제각 마루 밑에, 뒷간, 사랑방 윗방, 그리고 몸채 마루 밑을 샅샅이 살피더니 괭이, 곡괭이, 쇠스랑, 낫, 홀태, 보습 밑의 혀, 가마니 바늘, 빠루, 짜귀, 장도리, 부엌

칼까지 점검을 하고 난 뒤, 낫하고 쟁기보습, 칼 몇 개, 괭이, 장도리를 꼴망태에 집어넣고 임실장에 갈 준비를 해서 대문간에 갔다 놓고 어른 망태를 어깨에 메고 들로 나가신다.

나는 아침에 내가 하는 일이 있다. 방하고 마루는 여동생이 치우고 닦고 하지만, 나는 뜰방과 마당을 쓸어서 저녁에 모깃불을 피울 수 있도록 쓰레기며 오물을 외양간 앞에 쌓아 놓아야 한다. 마당을 다 쓸고 나면 할머니께서 대문 건너 텃밭 자락에 이슬 머금은 쑥을 뜯어다가 확돌에 갈아서 즙을 내어 두 그릇을 만들어 나와 아버님께 마시게 한다. 아버님은 꿀껙꿀꺽 잘 마시지만 나는 너무나 써서 코만 대더라도 냄새가 고약했다. 정말 먹기가 고역이었다. 할머니께서는 이 약 쑥물을 마시면 밥맛이 좋아지고, 위장에 좋고, 소화가 잘 된다고 지켜 서서 억지로 먹게끔 한다.

아버님께서는 소 먹이풀을 망태에 가득 담아 대문을 들어선다. 이때가 되면 안방에 할아버지 할머니 밥상이 들어가고, 마루 안쪽에는 우리(아버지, 나, 남동생, 삼촌) 밥상이 오고, 마루 부엌 쪽에 어머니와 여동생 밥상 대신 함지박에 밥을 담아 온다. 아침부터 나물에 시래기를 넣고 비빔밥을 만드실 모양이다. 어느덧 햇살이 대문간에 가득 차 있다. 하루 일과를 시작할 시간이 온 것이다. 아버님은 식전에 챙겨 놓은 부러진 연장을 어깨에 메고 임실장을 보러 가신다. 나도 따라가기로 했다.

뒤뜰 고개를 넘어 작은 방죽을 지나 가마소 앞내를 건너 신작로가 나오면 그 길을 따라 임실 읍내까지 시오 리를 걸어야 했다. 장에 당도하자 장바닥 한쪽 구석에 대장간이 있다. 거기 가서 집에서 가져 온 낫, 장도리, 보습, 괭이, 칼을 꺼내 수리를 맡기고 시장을 한 바퀴 휭하니 돌아보고 장보기를 마쳤다. 나는 심심해서 엿이며 떡을 사 달라고 졸랐다. 내가 엿과 떡을 먹는 사이 아시는 분들을 만나 인사를 나누면서 이야기가 그칠 줄을 모른다. 또는 물건 하나 사기 위하여 흥정이 오고 가는 시간이 한없이 길어진다. 이러다가 시장을 몇 바퀴 돌고 나니, 점심때가 되어 국수집을 들어가 아버지는 비빔국수, 나는 물국수를 먹고 아버지 뒤를 따라다니면서 구경을 한다.

벌써 해가 기우는 듯 파장머리에 장터는 시끌벅적하며 여기저기에서 신바람 나는 떨이~ 떨이~ 소리에 정신이 없다. 제일 재미있는 것이 엿장수 각설이 타령이다. 반바지, 똥방치마 같은 누더기 옷을 입고 찢어진 벙거지는 푹 눌러쓰고 얼굴은 화장을 했는디, 눈 썹은 한일자요, 한쪽 눈은 부엉이 눈이고 한쪽 눈은 애꾸눈인지라 볼썽사나운데, 코 밑에 인중에다가 페인트를 칠했는가 하얀 코가 흐르고, 한쪽 신발은 검정 고무신에, 한쪽은 흰 고무신인디 거기에다가 흉측하게 거시기를 그려 놓고 온갖 색칠을 하여 웃음을 자아 내게 하고 있다.

각설이 타령이 시작되는디 꽹과리, 북, 엿 치는 가위를 가지고 여장을 한 남자가 손놀림을 하면서 부르는 각설이 좀 들어 보세.

아~ 아~ 아~ 어여~
작년에 왔던 각설이 죽지도 않고 또 왔네
얼 씨구 씨구 들어간다
절 씨구 씨구 들어간다
작년에 왔던 각설이

죽지도 않고 또 왔네
얼 씨구 씨구 들어간다
절 씨구 씨구 잘도 한다

아~ 아~ 아~ 어여~
일자 한 자나 들고 봐, 일선에 가신 우리 낭군, 편지 오기만 기다린다
이자 한 자나 들고 봐, 이승만이가 우리 대통령, 평화 오기만 기다린다
삼자 한 자나 들고 봐, 삼라만상이 우리네 땅, 풍년 오기만 기다린다
사자 한 자나 들고 봐, 사주팔자 좋다 하니, 장가가기만 기다린다
오자 한 자나 들고 봐, 오천만의 우리 동포, 통일 오기만 기다린다
육자나 한 자 들고 봐, 육십갑자 천방석이, 천하평정 기다린다
칠자 한 자나 들고 봐, 칠성당의 성군님, 만사형통 기다린다
팔자 한 자나 들고 봐, 팔일오라 광복절, 만세 소리만 기다린다
구자 한 자나 들고 봐, 구중궁궐 임금님들, 승리의 북소리 기다린다
십자 한 자나 들고 봐, 십 년 살이 각설이, 군수나리 살펴 주소~

아~ 아~ 아~ 어여~
작년에 왔던 각설이 죽지도 않고 또 왔네
얼 씨구 씨구 들어간다
절 씨구 씨구 들어간다
작년에 왔던 각설이
죽지도 않고 또 왔네
얼 씨구 씨구 들어간다
절 씨구 씨구 잘도 한다.

파장에 들려오는 '한(限) 많은 인생' 노랫가락
—오일장 가던 날 ②

신바람 나는 각설이 타령을 구경하고, 엿 한 봉지를 손에 들고 시장 골목을 빠져나와 개울 건너 평지에 소 장터가 있고 그 옆에 너른 땅에 사람들이 모여 와자지껄 웃음소리가 들려 가 보니 어른 아이 할 것 없이 둥그렇게 둘러앉아 품바타령에 흥을 즐기고 있다. 품바타령에서는 생활필수품을 판매하면서 손님들을 모으는 작전이다.

품바타령은 남정네 4명이다. 둘은 20여 살쯤 되는 데 역시 기우고 색칠하고 너덜너덜한 총천연색 헝겊을 누벼 만든 잠방이 바지에 반 저고리 역시 동정도 없고 실밥이 보이게 누덕누덕 꿰맨 저고리는 땟물이 질질 흐른다. 거기에다 회호리 안경을 쓰고 한 사람은 단발머리요, 한 사람은 장발이라 밀대 모자에 오색찬란한 벙거지 모자는 얼굴을 덮고 양말은 빨강이요, 신발은 짚세기라 손에는 페인트가 잔뜩 묻은 찌그러진 깡통이고, 모가지가 부러진 수저를 쇠로 접착시켜 더 강하게 만든 수저와 몽둥이를 들고 교대로 깡통을 두드리며 품바타령을 하다 보면 바지가 벗겨져 궁둥이가 다 보이고 옆구리에 찬 짚신을 촐랑거리기 바쁘고 이리 뛰고 저리 뛰고 한바탕 놀아나면 신발은 왔다 갔다(신발과 발목에 고무줄을 매어 확― 발로 던지면 되돌아오게 하면서 관중들은 놀란다) 하면서 웃기기 위하여 별 지랄 다 허는디 어디 품바타령이나 한번 들어 볼 꺼나.

품바― 품바― 들어간다
어절 씨구 저절 씨구
품바가 들어간다
품바― 품바― 잘도 한다
얼 씨구 절 씨구
선생님이 나보다 더 잘한다

어어― 어어―
일자나 한 장 들고 봐
일이나 송송 야송송
새벽 X이 솟아난다
어이― 이이―
이자나 한 장 들고 봐
진주 기생 치맛 속에
두더지가 들어간다
어어― 어어―

삼자나 한 장 들고 봐

삼월이라 삼짇날

제비 쌍쌍 날아든다

어어— 어어—

사자나 한 장 들고 봐

사신행차 바쁜 길

논개 웃음에 넘어간다

어어— 어어—

오자나 한 장 들고 봐

오관점장 관운장

화룡장으로 달려간다

어어— 어어—

육자나 한 장 들고 봐

육관대사 성진이

팔신 선녀와 희롱한다

어어— 어어—

칠자나 한 장 들고 봐

칠월 칠석 견우직녀

오작교에서 만난다

어어— 어어—

팔자나 한 장 들고 봐

팔월이라 추석날

울긋불긋 잘도 논다

어어— 어어—

구자나 한 장 들고 봐

구월이라 국화꽃

화중군자 제일간다

어어— 어어—

십자나 한 장 들고 봐

시끄럽다 거렁이야

한 푼 받고 물러가라

품바— 품바— 들어간다

어절 씨구 저절 씨구

품바가 들어간다

품바— 품바— 잘도 한다

얼 씨구 절 씨구

선생님이 나보다 더 잘한다.

　시장 구석 작은 주막집에서는 해가 서산마루에 걸쳐 있는 줄도 모르고 과부댁이라 소문난 '월매네 집'에서 막걸리 한 잔 술에 떠들썩하고, 싸움을 하는 것처럼 큰 소리가 나고, 그 옆방에서는 노랫가락이 흘러나오는디 한참 흥타령이 절로절로 나오고 있다.

　신바람 나는 노래를 들어 보니 남쪽 나라 시아버지 막걸리 대장, 눈에 익은 시어머니 잔소리 대장, 아들놈은 놀음 대장, 딸년은 연애 대장. 막걸리 대장, 잔소리 대장, 놀음 대장, 연애 대장, 그 집안 꼴좋다. 듣고 보니 개망나니 집안이구나.

　과부댁은 오늘이 장날이라 이때 아니면 언제 돈 버나 하고, 궁둥이를 흔들어 가면서 웃음을 팔며 지나가는 사람마다 손을 흔들며 간드러진 노랫가락으로 손님들을 홀리는디 막걸리 장사가 절정에 이른다. 나는 품바놀이도 오래토록 보았더니 그게 그거고 심심해서 시장을 한 바퀴 돌다 보니 뻥튀기 소리가 나서 그곳으로 갔다.

뻥튀기도 막판이라서 그런지 사람들이 줄로 서 있다. 뻥튀기 아저씨가 콧노래를 부르며 흥이 나고 재미가 있어 구경을 하는디 '어―(큰 소리로 외치더니) 귀 막고, 코 막고, 눈 막아요! 뻥!' 하더니 뿌연 김이 뻥튀기 가게를 덮더니만 보리, 쌀을 섞어서 한 되를 넣으면 세 되가 쏟아져 나오는 요술통이다. 콩을 넣어도 뻥이요! 보리를 넣어도 뻥이요! 강냉이를 넣어도 뻥이다. 구경하다가 한 주먹 얻어먹고, 또 시장을 돈다.

보아하니 뻥뻥이 투전놀이 장터다. 완전히 돈 놓고 돈 따먹는 난장판이다. 둥근 판에다가 숫자를 그려 놓고 돌려서 날개 달린 못으로 팍― 찍으면 찍힌 숫자에 따라 물건을 가져가는디 숫자판에는 1~10의 숫자보다 뻥이 더 많다. 그러니 돈 천 원 내면 잘 해야 본전, 뻥 아니면 천 원 값도 못 찾는 야바위놀음이다.

그렇기 때문에 순사들이 못하게 단속을 하나, 순사가 오면 도망갔다 또 오고 숨바꼭질하면서 야바위 장사를 하는 사람들이 많다. 그리고 여기저기서 싸움질이고 대낮에 코 베어 간다는 살벌한 놀음판도 있었다. 이제 파장머리라 시장 바닥도 썰렁하고 을씨년스러워 '월매네 집', 쌍과부네 집으로 갔다. 아직도 술판이 안 끝나고 한참 어울려져 신바람 나는 노랫가락이 파장에 더 신이 나는 판이다.

어떤 아저씨의 노랫가락이 구성지게 들려오는디― 참 재미있는 노래도 노래지만 가사가 더 재미있더라. 한 번 리바이벌하여 들어나 볼까. 50~60대 할아버지인데, 한잔 거나하게 취해 곤드레만드 레가 되었다. 그런데 한(限)스러운 노래를 하다가 울면서 부르는 노래인 즉, 자— 한번 들어 보더라고.

가기 전에 떠나기 전에

내가 사 준 반지 내놓아라

육시랄년 믿고 사는

이놈이 미친놈이지

애당초 살림살이하기 싫거든

자식새끼 낳기 전에 떠날 일이지

몸부림치는 자식 뿌리치고 떠난 년아

생전에 잘 산가 보자—

생전에 깡통 차거라—

주막집 한 잔 술에 쌍과부 궁둥이가 불이 나고
―오일장 가던 날 ③

시골 장터 하면 푸근하고 떠들썩하면서 친근감이 젖어 온다. 국밥집에 구수한 냄새, 선술집의 막걸리 한 잔. 엿장수의 엿치는 소리, 귀막을 터지게 하는 뻥튀기 소리, 장국집의 솥뚜껑 여닫는 소리, 개장국집의 개 짖는 소리, 그리고 떠들썩한 약장수의 북치는 소리에 임실 오일장은 무르익어 간다.

장터 머리 농산물 창고 골목에는 아낙네들의 좌판이 나란히 줄지어 농촌 곡물을 팔고 사는데 구수한 말투가 정겹기만 하다. 30여 년 동안 이 자리를 지킨다는 최순애(64세) 할머니는 오늘도 검정 눈깜쟁이 콩, 팥, 육쪽마늘, 정구지, 산나물, 된장, 콩두부, 그리고 약채나물 등 전대를 허리에 차고 앉아 미리 준비한 봉초 담배를 빨아 대며 웃고 있다. 할머니가 하시는 말씀 "이것으로 우리 아들딸 다 핵교 보내고 쟁개도 다 가고 헛서, 이 자리는 내꺼여, 내는 이 자리를 지킬려고 산거여." 평생 임실 장날을 기다리며 살아왔단다. 그러면서 전대에서 돈을 꺼내 보이며 웃는 얼굴은 너무나 행복한 모습이었다.

옹기장사 가게 모퉁이를 돌아서면 중절모를 푹 뒤집어쓴 김석칠(66세) 할아버지가 있다. 이 할아버지는 손주 녀석까지 옆에 앉혀 놓고 손수 만든 대나무 그릇을 팔면서 손질도 해 준다. 돈 욕심이 전혀 없는 분 같다. 하나라도 더 팔려고 하지 않고 그저 지나가는 장꾼들하고 잡담을 나누는 것이 오직 즐거움인 것이다.

소쿠리, 산태미, 갈퀴, 복조리, 다래끼, 효자손, 안마기, 댓자리, 용수 등 많이 늘려 놓고 걱정없이 손주 과자만 사 준다.

때론 서커스단이 들어왔다고 북을 두둘기며 스피커로 노래가 울려 퍼지고, 죽고 못 사는 애정영화 '뽕 1, 2, 3'가 동시개봉이라고 떠들어 대는 골목길 풍습이 역시 장터가 아니면 볼 수 없는 것이다. 또한 임실장터는 새벽에 망태에 씨암닭 한 마리, 계란 몇 줄, 콩, 팥 몇 되 팔고 난 뒤 사돈 영감 반갑게 만나 막걸리 한잔 주고받으면서 딸 소식 들어 보고 서로 정을 나누는 장소이기도 하다. '파장머리 임실장터' ―오일장― 필자가 쓴 시(詩) 한 수를 소개한다.

삶의 부스러기들이 너덜거리는 장터
그림자 늘어지는 한나절 파장에 서서
봇짐 지고 장돌림으로 주막에서 하룻밤
난전꾼 떠날 채비에 구루마꾼 재촉한다

골골이 나부끼는 치맛자락에 씨암닭 우는 소리

무네미 샛터댁 만나 규수감 물어보고
노점상 손짓에 행각은 마음만 급해
토종 알밤에 해묵은 삼베 놓고 흥정을 한다.

입새(衣), 먹새(食), 자새(住) 중에 그래도 먹새가 최고이니, 임실 장터에서 제일 유명한 '도봉집' 순대국, 그 맛이야 어찌 그냥 지나가리오. 40여 년의 전통을 이어 받은 한 가족의 순대국집, 박정래(65세) 할머니의 손끝 맛으로 평생 동안 대를 이어 온 순수한 우리 맛, 시골 장터의 구수한 맛 그대로다. 임실 장날이면 300여 명이 들끓는 잔치집이다. 임실 농민들은 오일장에 왔다 하면 순대국에 막걸리 한 잔을 하고 흥타령에 겨워 해가 석양에 기울 때야 즐거운 나의 집을 찾아간다.

임실장터, 정겨움이 넘치고 추억이 어린 곳이요, 삶의 희로애락이 출렁대는 곳이다. 장터에 들어서면 뻥튀기 '뻥— 소리, 엿장수 가위 치는 소리, 꽹과리 세차게 울리는 소리, 쌍과부 손님 부르는 소리, 싸구려, 떨이, 파장이요' 소리에 흥겨움이 넘쳐 나는 임실 오일장이다. 전국에서 이렇게 흥에 겨운 장터가 없으리라. 시장 분위기를 짧은 시로 적어 본다.

새알 멜빵 짊어지고 시장 바닥 돌고 돌아
사돈 만나 며늘아기 소식 전하며 한 잔 술
오뉴월 땡볕에 허리 태워 한 해 농사 해 놓고
선술집의 쌍과부댁 궁둥이 한번 만져 본다.

세시 풍속에 철따라 흥겨운 민속놀이
—正月~十二月

하늘과 땅 사이 해와 달이 하나 되어 일 년 삼백육십오 일 하루같이 봄이면 씨앗 뿌리고, 여름이면 두레꾼들이 벼 농사짓고, 가을이면 알곡 모아 곡간에 드리우니, 겨울이면 동지섣달 기나긴 밤에 동서남북 귀인 불러 푸닥거리하며 한을 풀어 가는 샘골 마을이다.

꽃 피고 푸르른 솔잎 향기 속에서 가랑잎 구수한 내음 풍기니 하얀 눈빛 마음에 녹아 24절에 망회삭(望晦朔)이 된다.

산과 물 그리고 인간의 귀한 몸이 만민의 귀중한 존재가 되나니 우리네 인간사 자연에 귀의(歸依)하고, 마음 비우면 세상사 살만한 곳이라 생각된다. 하루 같은 일 년 생활 24절기 따라 살아온 세시 풍속과 농한기를 이용하여 농민들이 쉽게 즐길 수 있는 민속놀이를 간추려 본다. 월별로 놀이 문화의 대표적인 것만 노래로 적은 것을 소개하고자 한다.

강강수월래

정월 보름 부럼 깨고, 강강수월래

이월 한식 성묘하고, 강강수월래

삼월 삼진 제비 마중, 강강수월래

사월 파일 관등 놀이, 강강수월래

오월 단오 그네 뛰고, 강강수월래

유월 유두 머리 감고, 강강수월래

칠월 칠석 별을 보고, 강강수월래

팔월 추석 달을 보고, 강강수월래

구월 구일 기럭 소리, 강강수월래

시월 상달 떡해 먹고, 강강수월래

동짓달에 팥죽 먹고, 강강수월래

섣달 그믐 잠 안 자고, 강강수월래.

—「강강수월래」 윤석중

正月—입춘(立春)·우수(雨水)

새해 정월이 돌아오면 여염집과 시장, 가게에서는 종이에 '立春大吉'이라 써서 대문이나 집 기둥 문설주에 붙인다. 그리고 농가에서는 입춘 일에 보리 뿌리를 캐어 그해의 흉년과 풍년을 미리 점쳐 보기도 한다. 즉, 보리 뿌리가 세 가닥 이상이면 풍년이고 두 가닥이면 평년, 한 가닥이면 흉년이 된다고 한다.

첫해 설날은 원일(元日)이라 하여 떡 고수레를 하고 식구들이 다 같이 모여 떡국을 한 그릇씩 먹는다. 이것을 병탕(餠湯)이라고 한다. 흔히 떡국 먹는 대로 나이를 계산하기도 한다. 그리고 설날이 돌아오면 모든 관청과 시장, 감옥도 비웠으며 공경대부의 집안에서도 일체 면회를 하지 않고 명함만 받아들였다. 이때는 새해 돼지날 '亥' 와 쥐날 '子' 에는 꽃 주머니를 만들어 차고 다니면서 복록(福祿)을 빌었다. '子' 와 '亥' 는 十二支 중 처음과 끝이라 일 년 동안 좋은 일만 있으라는 뜻이었다. 또 보름 때까지 기교병(起膠餅, 강정)과 약과(藥果)를 만들어 나눠 먹고 새해 새벽에는 술 한 잔을 마시는 것을 명이주(明耳酒, 귀밝이술)라 했으며, 또한 밤 세 개를 깨물어 먹으면 부스럼을 앓지 않는다 하여 서로 술과 밤을 나눠 먹는 풍습이 있었다. 할머니나 어머니께서는 이른 새벽에 일어나 장독대에 정화수(井華水)를 떠 놓고 집안의 안녕과 가족들의 건강을 빌었다. 보름날에는 다리밟기 방액(防厄)을 하여 다리가 튼튼하도록 빌었다.

선조들은 대보름달을 보고 점을 쳤다. 즉, 북녘에 가까우면 풍년이고, 남녘에 기울면 해변가 곡식이 잘 되고, 달이 붉은색이면 가뭄이 걱정되고, 약간 흰색이면 장마가 염려스럽고, 알맞게 중황색(中黃色)이라야 대풍년이 된다고 한다.

정월에는 농한기라서 놀이가 많다. 윷놀이, 널뛰기, 부럼 귀밝이술 먹기, 풍어놀이와 수레싸움, 복흙 훔치기, 횃불놀이, 다리밟기, 모심기놀이, 오광대 가면극놀이, 야광이 쫓기, 연날리기, 달맞이놀이, 줄다리기, 볏가릿대 세우기, 산대도감놀이, 지신밟기, 놋다리밟기 등이 있다.

정월에는 세찬을 준비하여 손님이나 윗 어르신네들을 대접하고 친척끼리 나눠 먹기도 하는데 여기서 각 지방마다 특이한 음식을 만들어 먹는다. 그것을 소개하고자 한다.

전주—비빔밥, 진안—제육, 대구—육개장, 진주—깨집국, 강릉—방풍죽, 충무—갓김치, 평양—냉면, 마산—가재쑥국, 개서—엿·돼지고기, 경주—과메기, 의주—만두, 포항—가재미회, 춘천—메밀 막국수, 서산—어리굴젓, 수원—소갈비, 행주—웅어, 천안—호두, 연평도—조기, 성환—개구리참외, 황주—사과, 고산—곶감, 사리원—번사과, 김제—게장, 개성—쌈김치, 고창—고추장, 금강산—느타리, 영광—굴비, 여주—산병, 순창—고추장·장아찌, 대화—강냉이, 풍기—준시, 공주—대추, 봉화—산갓채, 부여—종어, 안동—건진국수, 백마강—뱅어, 영덕—게, 서천—못김, 언양—미나리, 강경—감, 임실—고추·치즈, 동래—멸치회, 덕유산—더덕, 무주—산채, 나주—녹두술·배, 순천—곰베젓, 목포—꼬락젓, 무등산—수박, 완도—문어·김, 해남—감태, 원산—잡채, 지리산—도라지, 함흥—회냉면으로 널리 알려져 있다.

二月—경칩(驚蟄)·춘분(春分)

경칩은 우수의 다음이고 양력 3월 5일 전후로 개구리가 튀어나온다는 날이다. 춘분은 경칩과 청명 사이에 있고 3월 21일경으로 밤낮의 길이가 같다는 날이다.

2월과 3월이 교차될 때는 비바람이 차기가 한겨울 같다. 이를 속칭 '花妬娟[꽃샘추위]'이라고 한다. 또 속담에 '2월 바람에 큰 독이 깨지고, 설 늙은이 얼어 죽는다'고 한다.

2월 초하루에는 공경(公卿)과 근신(近臣)들에게 자를 나눠 주었다. 중화절이라 하여 오색실을 말아 산용(山龍)을 그려 넣은 자인데 보통 자보다 짧다.

2월 6일에는 농가에서 초저녁에 좀생이별과 달 사이를 가지고 그해의 일을 점친다. 즉, 나란히 가면 좋은 일이고, 떨어져 가면 흉년이 든다는 것이다.

2월에는 봄을 기다리는 마음으로 농사 준비를 하면서 중화절을 맞이하여 임금께서 내려준 중화척(中和尺)을 나눠 가지며 큰 명절로 즐겁게 지내면서, 초하루 떡해 먹기, 영등할미 모시기, 좀생이 보기, 12간지놀이 등이 있다.

三月－청명(淸明) · 곡우(穀雨)

청명은 다섯 번째 춘분과 곡우 사이에 있고 양력 4월 5, 6일경이다. 곡우는 여섯 번째 절기이고 양력 4월 20일경이다.

봄이면 진달래가 흐드러지게 피어나고 다양한 꽃들이 아름다운 인왕산 아래 세심대(洗心臺)는 영조의 내각들이 국가의 운명을 걱정하며 배알하던 곳이다.

우리나라 풍습에는 기제사(忌祭祠), 사망일(死亡日) 제사를 중요시 여기고 시제는 보통으로 여긴다. 그러나 제례를 아는 사람은 봄인 3월 삼짇날이나, 가을인 9월 9일 중양절(重陽節)에는 시제(時祭), 시향(時享)을 많이 지내고 있다. 그 이유는 조선조 중엽에 이르러 유현(儒賢)들이 배출되고 사대부 중에서도 예절 따지기를 좋아하는 자가 많아 비로소 시제를 중요시하여 현재까지도 전래되고 있다.

'공미리' 라는 물고기가 있는데 이 고기는 매년 3월 초 한강을 거슬러 동쪽으로 올라가 양음(漾陰, 지금의 양주군 와탁면)까지 올라가는데 이런 현상은 곡우(穀雨)라 하여 삼짇날 가장 성행한다.

또한 조선조 때 궁중 내병조(內兵曹) 관청은 불을 관리하기 때문에 버드나무를 뚫어 불을 잘 관리하여 임금에게 올리면 그 불씨를 궁중 안에 있는 관청과 대신들 집에 나눠 주었다.

그 당시 임금이 개자추라는 충신을 오해하고 귀향을 보냈는데 차후 개자추를 찾았으나 산속에 숨어 끝까지 나타나지 않아 그 산에 불을 질렀으나 지조를 지키느라 그 속에서 타 죽었다. 그 개자추의 영혼을 기리기 위하여 이날만큼은 불을 때지 말라 하여 찬밥을 먹었으니 바로 한식(寒食)날인 것이다. 한식날에 대한 시(詩) 한 수 읊어 본다.

정작 뜻 모르고
—한식날

붉은 가슴 안고
한낮 빛으로 숨쉬고 살았건만
충신으로 한 여생 살아
바람막이 되어 눈 내렸지만
동지 후 일백삼 일로 육 일 사이
질풍심우(疾風甚雨)하여
불 피우기를 금(禁)했으니

투견, 투계처럼 피를 보더라도
찬밥 먹고 눈 크게 뜨고 지조지켜
거룩한 생명 바쳤으니

개자추(介子推)여,

아침 이슬처럼 영롱하게

세상만사 녹아나고

불에 타 죽은 영혼을 기리도다

정작 뜻 모르고

귀향 보내듯

유배지에서 조상과 면산 속에서

청렴한 삶

하루살이 되고파

오늘도

'보리죽을 지어'

차디찬 가슴으로

절개 속에 죽어 간 영혼을 기리다.

3월 민속놀이에는 화전, 화면, 수면 같은 꽃놀이가 많았는데, 계욕과놀이, 화전놀이, 개자추놀이, 포석정 술잔 띄우기 등이 있다.

四月―입하(立夏)·소만(小滿)

입하는 24절기 중 7번째이며, 곡우와 소만 사이에 있고 양력 5월 5, 6일경이다. 소만은 입하와 망종 사이에 있으며, 5월 22일경이다.

4월 초파일은 부처님 탄생일이라 하여 일반 민가, 관청, 시장, 시내 거리까지 모두 등대를 세운다. 장대를 세워 하늘 끝까지 10여

개의 등을 줄줄이 올려 달고 그 꼭대기에는 비단 천을 매달아 바람의 방향을 알리면서 등빛과 천 색깔이 조화되어 공중에 불빛이 더욱 아름답게 보였다. 그 등을 가족 수대로 걸어 올리고 소원을 빌고 등대 아래에서 아이들은 자리를 잡고 느티떡과 소금에 볶은 콩을 먹으며 동이에다가 물을 가득 넣고 바가지를 엎어 두드리는 수부(물장구)놀이를 즐겼다. 이 놀이는 중국의 연등회(燃燈會)와 같으나 우리나라는 4월 초파일에 행사를 거행하는데 이것은 불교에서 전해 내려왔다.

사월 민속놀이에는 큰 행사로 관등놀이가 있고, 물바가지 치기, 석등 돌기 등이 있다.

五月 ─ 망종(芒種) · 하지(夏至)

망종은 6월 5일경인데 이때 보리를 먹게 되고 벼 모는 자라서 심게 될 때이고, 하지는 태양이 하지점을 통과할 때 양력 6월 21일경인데 낮이 가장 길고 밤이 가장 짧은 때이다.

5월 5일은 단오날이다. 수릿날이라고도 한다. 이날은 머리를 딴 처녀 총각들은 창포를 뜯어다가 물에 끓여 머리를 감고 목욕을 하고 그 뿌리 흰 부분에 붉은 칠을 하여 비녀를 만들어서 머리에나 허리에 꽂고 다녔다. 이 풍습은 잡귀가 들어오지 못하도록 예방하는 것이다. 또 단오날에는 고운 치마저고리를 입고 그네놀이를 하거나 널뛰기놀이를 하였다. 전라도, 경상도 감영과 통제영에서는 부채를 만들어 진상했는데 조정에서는 감(監), 영(營), 청(廳)까지 나누어 주었다. 부채를 받은 사람들은 그 부채를 친척, 친구, 묘지기, 전객들에게 나눠 주면서 서로 더위를 팔았다. 그 외 가위, 인두, 칼 등도 서로 나눠 가졌다.

5월 10일은 태종대왕이 서거한 날이다. 농민들이 가뭄에 어려움을 겪고 있을 때 이날만큼은 꼭 비를 내려 주었다. 그래서 이날을 태종우(太宗雨)라 하여 태종비의 날이라고 전해 내려왔다.

민속놀이에는 단오 청포 감기, 씨름 겨루기, 태종비 맞아들이기, 물맞이놀이, 그네뛰기 등이 있다.

六月 - 소서(小暑) · 대서(大暑)

소서는 24절기 중 11번째이며, 양력 7월 7일경이다. 대서는 양력 7월 24일경인데 매우 더운 날씨이다.

15일은 유두절(流頭節)이다. 고구려, 신라 때 우리나라 모든 남녀들이 술과 음식을 장만하여 동으로 흐르는 물가에 가서 목욕도 하고 잔치를 베풀어 상서롭지 못한 것들은 모두 물에 흘려 떠내려 보냈다. 대서를 전후하여 복날이 있는데 이날은 개를 삶아 국을 끓여서 양기를 돕고, 팥죽을 끓여서 병을 옮기는 귀신을 막기 위해 여기저기에 뿌렸다.

보은군에서는 대추가 잘되어 대추를 팔아 생계를 유지했다고 한다. 그리하여 풍자해서 하는 말이 "삼복에 비가 오면 보은 처녀들의 눈물이 비 오듯 쏟아진다."고 전해지고 있다. 이런 노래가 있다.

비야 비야 오지 마라

대추꽃이 떨어지면

청산 보은 색시가

시집 못 가 눈물짓는다.

유월 민속놀이는 유두연놀이, 만두레와 두레삼놀이, 기자놀이, 동자 불놀이, 복날 다루기 등이 있다.

七月 —입추(立秋) · 처서(處暑)

입추는 절기의 13번째이고 대서와 처서 사이 양력 8월 9일경이다. 처서는 양력 23일경이다.

세상에 전하기를 신라 옛 풍습에 왕녀가 6부의 여자들을 데리고 7월 16일 큰 뜰에 모여 길쌈 내기를 시작하여 8월 보름에 많고 적은 것을 심사해서 진 사람은 음식과 다과를 장만하여 이긴 편에 대접하면서 가무(歌舞)를 하며 온갖 놀이를 다 하다가 파하였으므로 7월 보름을 백중절(百種節)이라 하고, 8월 보름을 가배일(嘉俳日)이라고 하고 또는 중원일(中元日)이라 불렀다.

칠월에 놀이 문화는 견우성과 까치놀이, 호미씻기놀이, 지신밟기와 농악놀이, 풀싸움, 칠성제와 기우제놀이, 백중놀이 등이 있다.

八月 —백로(白露) · 추분(秋分)

백로라 함은 24절기 중의 16번째이고 처서와 추분 사이 9월 8일경이고, 추분은 백로와 한로 사이 양력 9월 20일경이고 낮과 밤의 길이가 같은 날이다.

가배(嘉俳)란 명칭은 신라에서 비롯되었다. 이때는 만물이 다 성숙하고 또한 가절(佳節)이라 함으로 민가에서는 이날을 가장 중요시 여긴다. 아무리 벽촌의 가난한 집안에서라도 예절에 따라 모두 쌀로 술을 빚고 닭을 잡아 찬도 만들며 온갖 과일을 풍성하게 차려

놓는다. 그래서 말하기를 "더도 말고 덜도 말고 늘 한가위 같기만
바란다." 했다. 한가위 노래 한번 불러 보자.

옛날에 그릇을
달밤에 굽다 보니
둥근 그릇이 되었지요
사발도 대접도 보시기도 접시도

옛날에 맷방석을
달밤에 엮다 보니
둥근 방석이 되었지요

두둥실 떠오른 보름달 아래
맷방석 내다 깔고
삥 둘러앉아 드는 저녁
추석날 차린 둥근 잔치

깍지 끼고 빙빙
강강수월래
아가씨는 춤추는 달맞이꽃
노래하는 달놀이꽃

가지마다 열렸네 열매들이
하늘 높이 열렸네 보름달이

둥글게 영근 가을

팔월 한가위.

　―「팔월 한가위」 윤석중

　사대부 집에서는 설날, 한식, 중추, 동지를 4대 명절이라 하여 산
소에 가서 성묘를 했다.

　중국 당송 8대가의 한 사람인 유자후(柳子厚)는 한식과 중추에는
졸병, 노예, 고용인, 거지들도 부모 산소에 가서 성묘를 하는 날이
라 했다.

　팔월의 민속놀이는 달맞이놀이, 강강수월래놀이, 소먹이놀이, 닭
싸움놀이 등이 있다.

九月 ―한로(寒露) · 상강(霜降)

　한로는 24절기 중 17번째로 추분과 상강 사이에 있고 양력 10월
8일경이고, 상강은 10월 24일경이다.

　9월 9일 중양절(重陽節)에는 단풍이 들고 국화가 만발할 때 남녀
들이 이를 구경하는 것이 봄에 꽃과 버들을 구경하는 것과 같았다.
그러나 사대부(士大夫)로서는 옛 일를 사랑하는 자는 대부분 9월
9일에 높은 산에나 다락에 올라 시(詩)를 짓고 방을 붙여 문장 짓
기 한시 백일장이 있었으니 오직 필화개사시(筆花開四時)의 때가
아닌가.

　백일장 대회는 궁전 앞뜰에서 전국의 문장가를 모아 놓고 시작
문(詩作文)을 했으니 지금의 문화부에서 행하는 국가의 큰 행사였
으리라.

구월 민속놀이는 국화전놀이, 약물 신수받기, 송편 다루기 등이
있다.

十月－입동(立冬) · 소설(小雪)

입동은 상강과 소설 사이 11월 7일경으로 열아홉 번째 절기이다.
소설은 스무 번째이고 입동과 대설 사이인데 11월 22일이나 24일
경이다.

강화도로 가는 바다 길목에 암초가 있는데 그곳을 손석항(孫石
項, 손돌목)이라 했다. 방언으로는 산수가 험하고 막힌 곳을 항
(項)이라고 했다. 이 전래는 일찍이 뱃사공 손석(孫石)이란 자가
있었는데 10월 20일에 이곳에서 억울하게 죽은 뒤 손돌목으로 이
름이 알려졌다. 지금도 이날이 되면 바람이 세게 불고 추위가 매우
극렬함으로 뱃사공들은 경계를 하고 집에서 털옷을 준비했다.

시월의 민속놀이는 봉개 싸기, 상달 맞추기, 대감놀이, 대동굿놀
이, 종손 다루기, 대추나무 가지치기, 손돌목 겨루기 등이 있다.

十一月－대설(大雪) · 동지(冬至)

대설은 24절기 중의 하나이고 양력 12월 8일경이다. 동지는 12월
22일경이고 밤이 가장 긴 날이다.

동지를 맞이하면 관상감(觀象監)에서는 내년 달력을 임금께 진
상하여 임금님이 각 기관에 내려 주는데 색깔로 계급을 정하여 나
뉘 준다.

그리고 각 집에서는 팥죽을 끓여 귀신 몰아내는 뜻으로 집 건물
네 귀퉁이에 뿌리고 문지방에 뿌리기도 하였다. 팥은 적색이므로

귀신이 싫어하고 보기만 하여도 도망간다. 옛날 농가에서 부르던 동짓달 노래를 소개한다.

십일월은 중동이다
대설 동지 절기로다
바람 불고 서리치고
눈 오고 얼음 언다
가을에 거둔 곡식
얼마나 하였던고
몇 섬을 환하고
몇 섬을 왕세하고
얼마는 제반미요
얼마는 씨앗이며
토지도 대어 내고
품값도 같으리다.
—「동지놀이」 윤석중

십일월의 민속놀이는 팥죽 뿌리기, 귀신 쫓기, 동지 노래 부르기 등이 있다.

十二月－소한(小寒) · 대한(大寒)

소한은 24절기 중 23번째이고 동지와 대한 사이에 있고 양력 1월 6일경이다. 대한은 마지막 절기로 양력 1월 10일경이고 칼날 같은 추위가 몰아칠 때이다.

12월에는 황감제(黃柑製)라 하여 임금께서 성균관 학생들에게 시제(試題)를 주어 시험을 보았다. 그리하여 수석 합격자에게는 황감(黃柑)을 시상했다. 이 황감은 탐라국 제주에서 옛날부터 감귤(柑橘)이 많이 생산되어 이것을 공물(貢物)로 임금께 상납하여 이런 잔치를 베풀게 했던 것이다.

또 12월에는 수세(守歲)라 하여 집집마다 마루, 방, 문, 부엌, 변소, 대문에 모두 등을 켜 놓고 밤새도록 남녀노소 없이 잠을 자지 않고 닭이 울 때까지 밤을 새웠다. 어린이가 곤하여 졸면 야단을 치면서 하는 말이 "오늘 저녁에 잠을 자면 눈썹이 하얗게 된다."고 이야기한다. 그래도 자면, 눈썹에 밀가루를 칠하여 아침에 일어나면 놀라게 하는 짓궂은 장난도 한다.

또 임금님이 내려 준 기름 심지를 밤새도록 태우면서 잠을 자지 않고 지새우면 다음 해에 행운이 온다는 전설적인 이야기도 있다. 그 외 빨강 주머니를 차고 다니면 다음 해에 만사형통된다 하여 여자나 남자나 주머니를 만들어 서로 나눠 가지면서 차고 다녔다.

12월의 민속놀이는 고석제놀이, 복조리 팔기, 연등 달기, 제야 밤 새우기 등이 있다.

종가집 제삿날, 맞춤 제물에
여행 제사가 웬말인가
─시제 · 제사

상월달 상산산에서의 시사(時祀)

황금벌판에는 누렇게 익어 가는 벼가 고개를 숙이고 뒷동산에는 빨간 감이 익어 갈 무렵이면 매년 찾아오는 시사(時祀)가 있다. 시사는 10월에 지내는데 음력 10월을 '상달'이라고 한다. 상달에 일반 백성들은 하늘에, 조상님께 가을 추수에 대한 감사의 뜻으로 고사(告祀)를 지내는 풍습이 있다. 즉, '상산고사'라고 해서 시사(時祀)를 지내는 것이다.

상산이란 단군께서 신령님께 제사 지낸 산이 상산산이어서 이 산 이름을 따서 그대로 '상산고사'라고 한 것이다. 이날은 농사를 지어 많은 햇곡식을 거두게 하여 감사하는 마음으로 선조님들께 햇곡식과 햇과일, 술을 빚고 떡을 만들어 정성껏 조상님께 제사를 지내는 것이다.

아침 새벽 찬 서리가 지붕에 하얗게 내릴 때면 새벽 일찍이 사랑방의 할아버지께서는 족보를 꺼내 놓고 선조들의 묘자리를 찾아 가며 시사 준비에 밤잠을 못 이루신다. 윗대 11대손 할아버지부터 바로 위 할아버지 할머니까지 찾아서 지방을 쓰고 묘자리를 확인 해 두었다가 날이 새면 그 묘에 가서 벌초는 물론이요, 상석이며 망부석까지 주위 청소를 하신다.

그리고 제복이며 갓이며 도포, 신발, 망건도 준비하여 제주가 입을 옷, 초헌, 아헌, 종헌, 순서대로 장손이 입을 옷을 하나하나 준비 하도록 며늘아기에게 단단히 일러두고 매일 확인을 한다. 또한 제기(목기), 술잔, 향불함, 제상, 차일, 향나무 쪽까지 정리해 두신다.

종갓집의 살림살이

할아버지, 할아버지 때부터, 아버지, 아버지 때부터 종갓집을 맡아 온 아버지께서는 지금도 종중 논 6마지기를 지은 관계로 매년 시사를 차리고 제각을 관리하고 종중터 세를 거두어들이고 족보, 종중산, 금전 관리 등을 책임진다. 농사 6마지기를 지어 시사를 차리고 남은 쌀은 종중에 반납하여 종사 일에 쓰도록 한다.

시사가 돌아오면 한 달 전부터 선조들의 묘자리며, 제각 제단 어르신네들의 잠자리, 그리고 읍내 장에 가서 제물을 구입해 온다. 언제나 시사 때면 전체 모여 종회가리를 한다. 종중터, 종산, 종산에 있는 나무, 그리고 수입과 지출을 따지면서 선조들의 묘를 다듬고, 제각을 수리하고, 제기, 제복을 구입하고 족보를 보수하는 일 등 총결산을 보며 종회가리를 한다.

시사가 다가오면 제상에 올릴 음식을 3일 이상 집안의 대종중 간 부녀자들이 모여 제물을 장만한다. 돼지 2마리는 기본이요, 떡이

며 술, 산적을 장만하기 위하여 임실장에 가서 장보기를 해 오는
데 그때는 구루마나 소달구지에 가득 싣고 머슴을 앞세우고 주인
어른은 뒤에서 갈지자걸음으로 흥얼거리면서 따라온다.

시제가 돌아오면 2~3일 전부터 먼 곳 어르신네들이 미리 와서 낮
에는 산을 둘러보고, 밤이면 족보를 내놓고 선조들의 생전 이야기
를 나누면서 밤새는 줄을 모른다. 이렇게 종갓집은 힘이 들고 조상
님 모시는 데, 생존해 계신 어르신들 모시는 데 어려움이 많다.

상달의 시제 전날 저녁에는 '오일(午日)', 그중에서도 '무오일'
을 '무말날' 이라 하여 이날 떡, 술, 안주를 마련하여 성주(집안의
수호신)와 터주(땅의 수호신)에게 먼저 제사를 지낸다.

그런데 성주고사는 '성주받이' 라고 하고, 터주에 대한 제향은
'대감놀이' 라고 불러 왔다.

대청마루 영모제의 시제(時祭)

시제 때는 며칠 전부터 전국에서 씨족들이 모여든다. 언제나 흰
두루마기에 갓을 쓰고, 또는 도포자락을 늘어트리며 종갓집으로
모인다. 약 100여 명이 넘는다. 도착하면 윗 어른부터 상견례를 마
치고 11대손 대중조부모님 묘자리에 가서 차일을 치고, 상석에 제
물을 올리고, 향불을 피우고, 축문을 읽고 항렬 순서대로 서서 시
제를 지내는데 3시간 내지 4시간 이상이 걸린다.

제상 차리는 것과 시제 순서를 알아본다. 홍동백서(紅東白西),
좌포우혜(左布右兮), 조율이시(棗栗梨枾), 어동육서(魚東肉西), 동
두서미(東頭西尾), 반서갱동(飯西羹東)으로 제상을 차리고, 시제
순서는 강신(降神)—영신(迎神)—참신(參神)—초헌(初獻)—아헌

(亞獻)—종헌(終獻)—유식(侑食)—첨작(添酌)—삽시(插匙)—합문
(閤門)—헌다(獻茶)—사신(辭神)—신위봉환(神位奉還)—철상(撤
床)—음복(飮腹)으로 마치면, 묘 주위에 자리를 펴고 항렬 순으로
앉아 음식을 먹으면서 옛 선조들의 벼슬자리, 진사 지내신 할아버
지 애기 등 조상님들의 생활 모습을 그려 본다.

식사를 하고 나면 모두 먼 길로 떠난다. 떠나기 전에 차례 음식을
나눠 가지고 간다. 음식을 담아 줄 그릇이 그리 많지 않기 때문에 짚
을 간추려 머리를 묶어 그 사이를 펴서 돼지고기며 떡 그리고 각종
음식을 넣은 다음에 중간을 가는 새끼로 동여맨 뒤 꼬리 쪽을 새끼
로 꼬아 버리면 아주 멋있는 가방이 된다. 이것을 '봉개' 라고 한다.

시제(時祭)에 대하여 시(詩) 한 수 적어 엮어 본다.

유세차 제사 드리고
—시제

까치 은행나무 실가지 사이에
행복의 삭달가지 지붕 만들고
주저앉을 듯
노을이 타오를 때
뒷골 재 너머 애솔나무 오솔길
넘나드는 하얀 두루마기

웃어른 모시고
선영들 뵙기 위해

산지기 시사 답 풍년놀이인가
위토답 시세는
장보기 제상의 눈빛 보고

새 밝은 이른 아침
뒷동산 선영 묘 상석에 제물 올리고
'유세차, 감, 소금, 동래정씨 십일 대손…….'
청포관대 입으신 제주따라 축 읽고 읊조리면

수백 명 후손들 재배 삼배 드리우고
대청마루 '영모제' 에 모여
과방 차려 놓고
봉개에 고기 몇 점 나눠
해거름에 고개 넘는구나

으스름한 밤이슬 젖어 올 때
남은 부스러기 모아
먼 거리 대부님 하룻밤 사랑방에서
청주 한 잔 나누며
진사 지낸 6대손 '경' 자 '택' 자님
판사 자리 사양하신 증조부님
가문 행실도 그려 가며
한밤을 지새우는 鄭哥의 후손들
늑골 빠지누나.

돈으로 지내는 여행 제사

세상에 이런 일이? 제사 제물을 맞춤으로 사용하고, 장소도 가족끼리 여행을 가서 콘도나, 호텔이나, 민박집에서 제사를 올린다니 한심하고도 한탄할 일이다. 조상들이 관리하고 모셔야 할 묘도 돈을 주어 벌초를 시키고, 가상적인(가짜 모형) 제물도 이미 만들어져 있는 것을 구입하여 사용한다니 과연 조상들이 그 음식을 먹을 것이며, 편안한 마음으로 다녀가실까? 그리고 그 자손들이 잘되기를 바랄까? 정말 걱정되는 세상이다.

그것뿐이겠는가, 안방 제사, 설날, 중추절날 차례 등 모든 제사를 일 년에 한가로운 날을 잡아 한 번에 전부 지내고 마는, 자기들만의 편의주의로 조상님을 모신다니 이 얼마나 기가 차고 기절초풍할 노릇인가.

제례법을 꼭 지켜야 하는 것은 아니지만, 제삿날과 집에서만은 지내야지 않겠는가. 목욕재계하고 정중하고 엄숙한 마음으로 제물을 준비하고 제삿날 밤 12시는 넘겨 제사를 지내고 동네 사랑방에서 단자(單子)가 오기 전에 음식을 나눠 먹는, 인정이 넘치는 그때 그 시절이 더욱 그립기만 하다.

가랑잎새 사이 하얀 두루마기의 세일사

한국 세시 풍속에 보면 부여에는 '영고'가 있었고, 고구려 때에는 신성 '영혈'(성스러운 구멍)에 모셔 둔 '수'라는 신은 나라의 큰 굿터로 내려 모셔 놓고 큰 굿을 하며 즐겼다고 한다. 또 예맥 때에는 온 민족이 함께 '무천대회'를 열었는데 무천(舞天)은 하늘에 춤을 추며 올리는 제례 행사이다. 또 다른 고사제가 있는데, 집집마다 술과 안주, 햅쌀과 새로 추수한 팥이나 콩으로 떡을 만들어 신령님께 바치고 이웃끼리 나눠 먹었던 떡을 고사떡이라 한다. 그외 좋은 날을 가려서 '세존단지', '제석주리', '진동항아리' 등도 새로 거둬들인 곡식과 제물을 신에게 바치는 의식이 있었다.

개인적으로 고사제가 어려우면 마을 공동으로 신을 섬기는 의식을 했는데 이것을 '대동굿', '부군굿'이라고 불렀다.

시제를 다른 명칭으로는 '세일사(歲日事)'라 부른다. 제사, 고사를 지낼 때에는 세일사 하루 전에 산소 위쪽에서 오른쪽으로 조금 떨어진 곳에 자리를 깔고 제물을 차려 놓고 선조의 산소를 지켜 주신 산신령님께 드리는 고사다.

옛날에 종손 된 사람은 시제를 일 년 내 준비하면서 조상의 묘나 제각을 지키느라 다른 일을 할 겨를이 없었다. 10월 상달 가을에 시골길을 지나다 보면 산모롱이 이곳저곳에서 하얀 두루마기를 입은 남정네들이 일렬로 서서 시제를 지내는 모습을 보면 보기가 좋다.

또는 성묘를 다니는 모습을 보아도 제일 윗 어르신네는 지팡이를 짚고 앞에 가시고 그 뒤 항렬 순서대로 가는 모양새가 한국적인 성묘 의식의 하나이다.

설날이나 시제 때는 제례를 올린 뒤 조상의 묘를 찾아가 성묘를 하고 마을로 돌아와 어르신들을 찾아뵙고 세배를 다 마친 후에 두루마기를 벗었다.

깊은 밤 '단자(單子)' 속에
사랑방 웃음소리 날 새는 줄 모르누나

찬 서리가 하얗게 내린 지붕, 별빛은 찬란한데 잠자다가 마당 자락에 소변을 보며 몸을 움츠리면서 떨던 그 옛날, 그때 그 시절, 초가집 마당이 그리워진다.

사랑방에서 새끼 꼬고, 멍석을 엮고, 짚신을 삼고, 꺼렁이, 덕석, 갈퀴를 만들다가 밤이 깊어 가면 밤참이 생각나 마음속으로 동네를 한 바퀴 돌다 보면 "아, 오늘이 건너 방앗간집 제삿날이구나." 하고 애늙은이가 이야기하면 하던 일을 멈추고 둘러앉아 '단자(單子)'를 쓴다. 지나간 달력을 찢어서 한문을 좀 배웠다는 놈이 쓰는데,

단자(單子)

귀댁에 오늘 저녁 귀한 손님이 오신다니 반갑습니다. 음식을 대접하시고 남은 음식이 있으면 걸구들을 생각하여 보내 주시기를 바랍니다.

—장소: 정가네 사랑방

—인원: 7명

—내역: 떡 1시루, 닭 2마리, 술 1통개, 밥 7그릇, 부침개 1채반, 식혜 1

　　　주전자 등

— 강○○님 귀하

　막내와 힘쎈 떡쇠가 샛문을 열고 나간다. 초승달은 해맑은 구름 사이로 유유히 흘러가고 외로운 기러기는 찬바람을 스치며 하늘을 가르면서 남으로, 남으로 하나둘 날아간다.

　동네 우물가를 지나 골목길 따라 가다 보면 막다른 길에 넓은 양철대문 집이 방앗간집이다. 제삿날이라서 대문은 열려 있다. 제삿날은 죽은 영혼이 찾아오기 때문에 모든 문을 열어 놓아야 한다는 전설이 있다. 단자 종이를 마루에 던지면서, "단자요." 하며 뛰어나온다.

　더벅머리 총각들은 단자 음식이 오기를 기다리다가 지쳐 잠이 든 사람, 그래도 끝까지 기다리는 사람, 애를 태우다 보면, 그 집안의 인심에 따라 음식이 나온다.

　달은 기울고 고즈넉한 밤에 소쩍새는 울어 대고, 아랫집 강아지가 짖어 댈 때이다. 드디어 골목길에서 수런거리며 사람 소리가 난다. 그때, 방앗간집 막내딸과 후덕하기가 그지없는 주인마님이 머리에 채반을 이고, 손에는 주전자를 들고 들어선다.

　이때 선잠을 자던 총각 머슴들은 눈이 번쩍 잠이 깬다. 고맙다는 인사와 아울러 떡, 산적, 과일, 식혜, 그리고 술, 돼지고기, 닭 등 푸짐하게 야식을 즐긴다. 바로 이것이 시골 사랑방의 멋들어진 단자의 풍습이다.

주거니 받거니 한 잔 술이 들어가면, 육자배기 홍타령에 신명이 나고, 한풀이가 되어 주전자를 두드리고 냄비 뚜껑을 두들기면서 한바탕의 고달픔과 외로움을 푼다.

그래서 나이 좀 드신 분은 마을 집집마다 제삿날을 머릿속에 다 입력하고 있다. 이것이 시골의 인심이요, 서로 못 먹고살았던 그때의 아픔을 달래기 위한 시절이 아니었던가.

시골 겨울의 밤 향수는 이것만이 아니다. 하얀 눈이 쌓인 지붕 위의 감을 서리하던 일, 깊은 밤에 닭서리를 하던 일, 마루 끝에 매어 달아 놓은 곶감을 훔쳐 먹고 다음 날 설사를 하던 일, 텃밭에 무우 구덩이를 파고 싱그러운 무우를 깎아 먹던 일, 장독대 가에 묻어 둔 김장김치를 꺼내다 먹던 일, 그리고 초가지붕 끝 옴팡진 구멍에서 참새를 잡아 구워 먹던 일, 또 어느 날 밤에는 고니두기, 장기, 바둑, 화투 내기를 하여 생두부에 시원한 막걸리 먹던 일, 이 모두는 잊혀져 가는 우리들의 옛날 옛적의 아름다운 추억들이 하나씩 사라져 가고 있다.

또한 아낙네들은 울타리 개구멍으로 마실을 가서 콩 볶아 먹고, 좀도리 쌀 모아 호박떡, 배피떡 되리하여 시어머니 몰래 먹던 그 고소함, 배추 뿌리 깎아 먹으며 사랑방에 간 서방님 기다리던 그때 그 시절이 애상스럽게 그리움에 젖어 못내 먼 하늘만 쳐다본다.

그래서 이런 노래가 있지 않은가, 긴긴 밤 노처녀의 한탄이기도 하겠지만, '저녁에 우는 새는 임이 그리워 울고요, 아침에 우는 새는 배가 곯아 운다' 지금의 농촌은 총각도 없으며, 사랑방도 찾아

보기 힘들고, 제삿날이 언제인지도 모르며, 서로 나눠 먹는 인심도 각박해졌으니, 이 모든 것이 인간들의 이기 문명과 과욕에서 나온 지나친 삶이라 생각한다.

하늘에는 별이 있어 찬란하고, 땅에는 꽃이 있어 향기롭고, 사람에게는 인정이 있기 때문에 사랑을 나누며 살아가야 한다. 아름다운 세상이 되어 가면 좋겠다.

실오라기만한 뒤안길을
바라보며

실오라기만한 뒤안길을 바라보며

정인관 鄭寅寬(1943. 11. 15~)

출생

1943년 11월 15일 전북 임실군 성수면 삼청리 385번지에서 부친 정문조(鄭文字 朝字) 모친 강묘순(姜 妙字順字)의 장남으로 출생하였다. 본관 동래(東來), 호(號)는 운천(雲泉), 필명은 샘골[元泉]이다.

학력

전주 제일고등학교 졸업(1963년), 서울 명지대학교 국어국문학과 졸업(1971년), 동대학원 국어국문학과 졸업(석사 1981년)

등단작품 및 매체

1987년 시 〈아침〉, 〈바람〉 한국예술문화단체총연합회 『예술계』로 등단, 2008년 평론 〈자연과 인생 그리고 문학〉 『창조문학』으로 등단하였다.

저서 및 작품

시집으로 『다듬이소리』(1988년), 『물레야 물레야』(1993년), 『불놀이 불놀이야』(2000년), 『섬으로 가는 새』(1989년), 14인의 동인 신작시집 『어덜럴러 상사디야』(2003년), 대학교재 『문학의 세계』(2003년), 수필집으로 『징검다리 사이 여울목』(2005년), 『느티나무 밑』(1990년), 『잎새에 부는 바람』(1993년), 『깊은 뿌리』(1997년) 시촌 동인 시집-박종철, 이준모, 정인관, 조춘삼, 표회은(1992년), 평론으로 〈사랑의 한 여울목〉(송소자 시인 외 6명) 2집-맑은 소리의 꽃 그 여울목에, 장동석 시집 〈無를 위한 充溢의 觀念的 表象〉, 이호연 시집 〈자연과 인생 그리고 문학〉, 〈觀念文學과 逃避文學의 時代的 背景〉-3.1운동 이후 詩文學을 중심으로- 평론 등단 작품

주요 논문

1975년 학교 신문·교지 발간 과정 자료전시회(은상)

1979년 사설시조연구(국어교육연구회)-석사 논문

1991년 좌우명 실천과 인성교육 실천방안연구(서울교육연합회-은상)

1993년 문예학습에 따른 현장교육 개선방안연구(서울시교육청-금상)

1994년 문예반 지도 우수성 제고연구(새국어생활 특집)

1997년 우리말 오용의 조사분석을 통한 바른말 정착화 지도방안연구(전국대회-금상)

1998년 일기와 글짓기를 통한 문제학생 순화교육연구(서울시 교육연구회-1등급)

1999년 국어 문장서술과 어순의 착안점연구(서울시 연구회-3등급)

1999년 학교 통일교육의 효율적 방안(서울시 교육연구회-동상)

2000년 독서교육 실천 사례발표대회(전국대회-3등급)

2001년 부진아 특별교육에 따른 교재 및 자료 효용성 발표대회(현장교육연구회-3등급)

주요 경력

1984년 중앙일보 문화면 보도

1986년 시촌 문학 동인회장

　　　　한국창조문학가협회 회원

1988년 3월 7일 『다듬이소리』 출판기념회 개최

1992년 한국문인협회 회원(현), 한국예총 출신 '예술시대' 작가회장(역)

　　　　서울시 비영리단체 한강 맑히기 문화시민 회장(현)

1993년 국제펜클럽 한국본부 회원(현)

1994년 1월 22일 『물레야 물레야』 출판기념회 개최

1997년 백마문학 편집장(역)

2006년 예술세계 심사위원(역)

　　　　강원대 경영대학원 서울 분원(CEO) 교무처장(역)

2008년 은평문인협회 부회장(현)

1996년~1997년 명지대학교 사회교육원 문창과 강사(역)

1998년~2011년 명지전문대학 문창과 강사(역)

2005년 중등 교직 37년 후, 서대문구 신연중학교 교장으로 퇴임

1993년~ 서울시 비영리단체 한강 맑히기 문화시민회장(현)

1998년~ 창조문학가협회 시분과 위원장(현)

2004년~ 은평구 평화통일자문위원(현)

2005년~ 전국 물 맑히기 문화시민회장(제9회 환경문화행사 개최)(현)

2008년~ 좋은문학 편집위원(현)

2010년~ 한국문인협회 임실문협 지부장(2011~2012년)

　　　　한국문인협회 선거관리위원

2012년~ 한국문인협회 제도개선위원(현)

문학기행, 교육시찰

1990년 1월 1일~7일(6박 7일)-일본 교육방문, 자매교 동흥중학교 방문, 금강산
    -교육시찰
1990년 8월 22일~26일(5박 6일)-세계시인대회 참가, 예술시대작가회 회원 동참
1991년 7월 20일~30일(10박 11일)-중국, 북경 홍콩, 연길, 용정, 장춘, 심양, 소
    주, 항주, 장백산, 연변대학, 자금성, 시드니 오페라하우스-문학기행
1996년 6월 29~7월 10일(13박 14일)-뉴질랜드, 시드니, 대학 방문, 오페라하우스
    -교육방문
2003년 8월 11일~17일(6박 7일)-영국, 프랑스, 파리, 일본, 홍콩(동경, 런던, 옥스
    포드대학, 섹스피어 생가, 대영박물관, 템즈강, 빅토르 위고 생가, 찰스
    디스킨 생가, 목마르뜨 언덕, 에밀졸라 묘지 앞 공원, 빅토르 위고 생가
    공원, 에펠탑, 소로본대학)-교육시찰
2004년 8월 11일~17일(6박 7일)-구룡폭포, 옥류봉, 만물상, 금강산, 장백산-문학
    기행
2006년 3월 21일~25일(4박 5일)-태국, 방콕, 파타야-문학기행
2007년 6월 21일~25일(4박 5일)-장가계, 원가계, 만리장성, 천문산, 천자봉, 천안
    문광장, 자금성, 북경, 홍콩, 연길, 용정, 백두산 천지, 장춘, 심양-문학기행

수상

1973년~2000년 서울시 교육감상 9회 수상
1978년~1999년 교육부 장관상 5회 수상
1979년 서울시장상 수상
1987년 한국예총(예술계) 시 〈아침〉, 〈바람〉으로 당선
1994년 제14회 윤동주문학상
1997년 모범공무원 정부 포상-국무총리상 수상
1999년 임실문학 대상
2000년 한글 발전 유공자 국무총리 표창장 수상(한글날 기념식장에서)
2005년 창조문학 대상, 제43회 임실군민의 날 문화체육장 포상
2006년 녹조근정훈장 포상, 한국카운슬러협회 '협회가' 작사부문 당선 수상

문학세계

 향토문학 작가로서 시집 4권 모두가 향토적인 맥락을 이어 주는 전통적인 구수
한 된장국 맛에 유창한 아리랑 가락과 감미롭고 애로틱하고 우리 민족의 춤사위
가 물씬 풍기는 고향의 정서를, 향취가 담긴 청량한 『다듬이소리』, 농민의 혼이 담
긴 농기구를 소재로 쓴 『물레야 물레야』, 조상의 얼과 슬기로운 삶을 이어 가는 세
시 풍속과 농가월령가로 쓴 놀이 문화의 『불놀이 불놀이야』, 그리고 민족의 한
(恨)이 담겨 있는 『어덜럴러 상사디야』가 대표 작품집으로 농민들의 애환을 담은
고전적인 경향으로 전래되고 있다. 금번 『한풀이와 신명놀이』 장시 연재 시집과
일반 시집 『구름 한 점 가슴에 담고』와 잊혀져 가는 우리 것들 『하늘에 베틀 놓고
구름에 잉아 걸고』 농경 생활의 수필집을 상재하였다.

작가 생애

 1976년~1986년까지 '시촌' 동인으로 습작 활동하면서 동인 시집 3권 발간

 1981년 『느티나무 밑』-서정주 시인 서문(범륜사)-박진환 교수 작품 평설

 1984년 『깊은 뿌리』-정공채 시인 서문(문장)

 1985년 『잎새에 부는 바람』(진영) 동인 시집 출간

 1987년 한국예술문화단체총연합회 『예술계』 〈아침〉, 〈바람〉으로 조병화 시인
　　　　추천, 당선 등단함

 1988년 농촌 의(衣), 식(食), 주(住), 사랑(愛), 삶(生活)으로 66편 『다듬이소리』
　　　　(인문당) 출간

 1989년 채수영 교수 〈意識의 懷鄕性과 詩〉로 평론-평론집 '표정문학론'

 1992년 한국예총 예술시대 작가회 회장 역임
　　　　서울시청 비영리단체 '한강 물 맑히기 문화시민회' 창립 회장으로 현재
　　　　까지 '한강 선상 예술잔치 및 환경문화 페스티벌 9회 개최

 1993년 농민의 혼이 담긴 농기구 시 66편 『물레야 물레야』(혜화당) 출간
　　　　홍윤기 교수 『시 창작법』-이론과 실제- 5편 평론

 1994년 이상보 교수 〈민족 정서의 생명수를 퍼올려〉로 평론

 1994년~ 예술시대 작가회 동인으로 『사랑은 사랑을 곁에 두려 한다』 외 29집

 1996년~1997년 명지대학교 사회교육원 문예창작과 강사로 출강

 1998년~2011년 명지전문대 강사로 출강

2000년 세시 풍속과 농촌 놀이 문화 시 68편 『불놀이 불놀이야』(모아드림) 출간
　　　　아버지가 쓴 평론-대대손손 이어 온 종가집
2002년 월드컵 성공리 개최를 위한 축시 -월드컵 서울 코리아 파이팅- 2002자 16
　　　　연 시화전 개최, 한국일보 5월 24일자 문화면에 보도
2003년 잊혀져 가는 우리 것들 시 88편 『어딜럴러 상사디야』(현대문화사) 출간
2003년~2010년 사이 개인 시화전 7회 작품 발표
2004년~ 서울 은평구 평화통일자문위원
2005년~2009년까지 '고향의 창' 임실신문에 연재
2005년 임실군민의 날-문화체육장 포상
2006년 중등교장- 서울 서대문구 신연중학교 교장으로 정년 퇴임(37년 교직 봉직)
　　　　교육신보 창간 30주년 기념특집 '희망교육 현장 30년 明暗' 7면 전면에
　　　　교직 37년 결산
　　　　교육신보 2005년 2월 22일 졸업생 전원에게 졸업 축시 친필로 붓글씨
　　　　전달
　　　　(사)한국청소년지도자연맹 서울 지부장으로 청소년 선도 독서 지도함
2006년~2007년 2년 동안 예총 『예술세계』에 〈잊혀져 가는 우리 것들〉 연재

주소: 서울특별시 은평구 신사2동 300-34호
전화: 02-305-1971, 010-4311-4311, E-mail: chung4311@daum.net
'전국 물(한강) 맑히기 문화시민회' 홈피: www.hkwater.kr

삶

남으로 창을 내겠소
밭이 한참갈이
괭이로 파고
호미론 풀을 매지요
구름이 꼬인다 갈 리 있소
새 노래는 공으로 들으랴오
강냉이가 익걸랑
함께 와 자셔도 좋소
왜 사냐건
웃지요.

김상용 詩 (남으로 창을 내겠소)

대한민국
녹조근정훈장
(2005년 2월 28일)

제33회
교육부 모범공무원 포상
(1997년)

제43회 임실군민의 날
문화체육장 포상
(2005년 10월 6일)

한글발전 유공자 표창
한글날 기념식
(2000년)

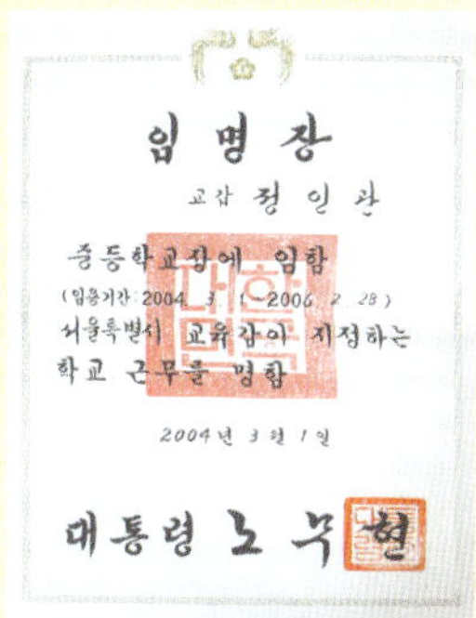

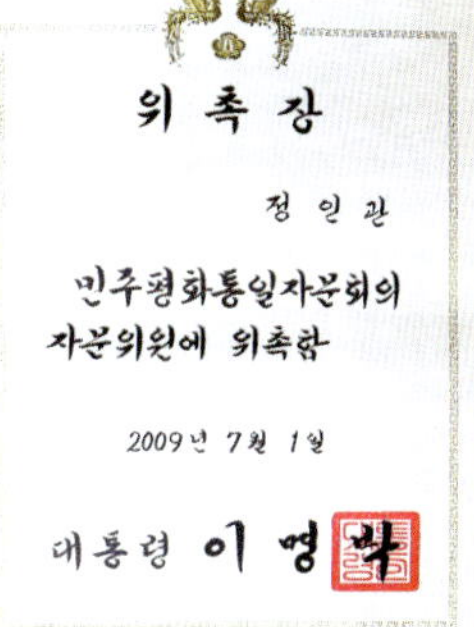

교장 연수를 마치고(2001년)

모범 교원 포상 수상(2002년)

고등학교 문예반 백일장을 마치고(1987년)

교장 퇴임식장에서 가족과 함께(2005년)

전국 교지 콘테스트에서 최우수상 수상(1979년)

문예반 학생들과 문학의 밤 시낭송(1980년)

학교 정보관 개관식(2004년)

해병대 복무 시절 '해일야간학교' (김포 월곶면) 졸업식을 마치고(1965~6년)

소풍날 기념 학급반 학생들과 함께(1975년)

세계시인대회(1990년)

정부 수립 50주년 기념(1998년)

『다듬이소리』 출판기념회(1988년)

『물레야 물레야』 출판기념회(1993년)

시촌 동인들과 함께
-박종철, 이준모, 조춘삼, 표회은(1985년)

『불놀이 불놀이야』 출판기념회(2000년)

시촌 동인지와 개인 작품집

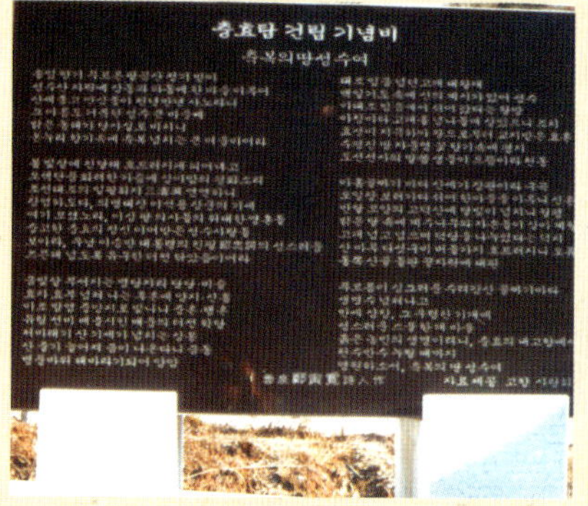

고향 성수면 입구의 시비(2001년)

예작 동인지(1987년~현재)

광화문 사랑방 시낭송회(1991년)

세계시인대회장과 함께(1990년)

윤동주문학상 수상(1994년)

한글날 국민포상 수상(2000년)

월드컵 승리 기원 시화전(2002년)

한강 맑히기 시화전(2003년)

강원대학 최고경영과정
서울지부 교무처장 시절(2007년)

한강 맑히기 환경보전 토론대회(2012년)

손녀 정서하
어린이집에서(4살 때)

런던 테임즈 강가에서(1990년)

파리 몽마르뜨 언덕에서(1990년)

영국 대영박물관에서(1990년)

뉴질랜드에서(1994년)

중국 장가계에서
(2001년)

파리 에펠탑 앞에서
(2003년)

일본에서 학생들과 함께(2004년)

중국 북경에서(2007년)-여울회

태국에서(2007년)

물 레

작사 · 정인관
작곡 · 김윤숙

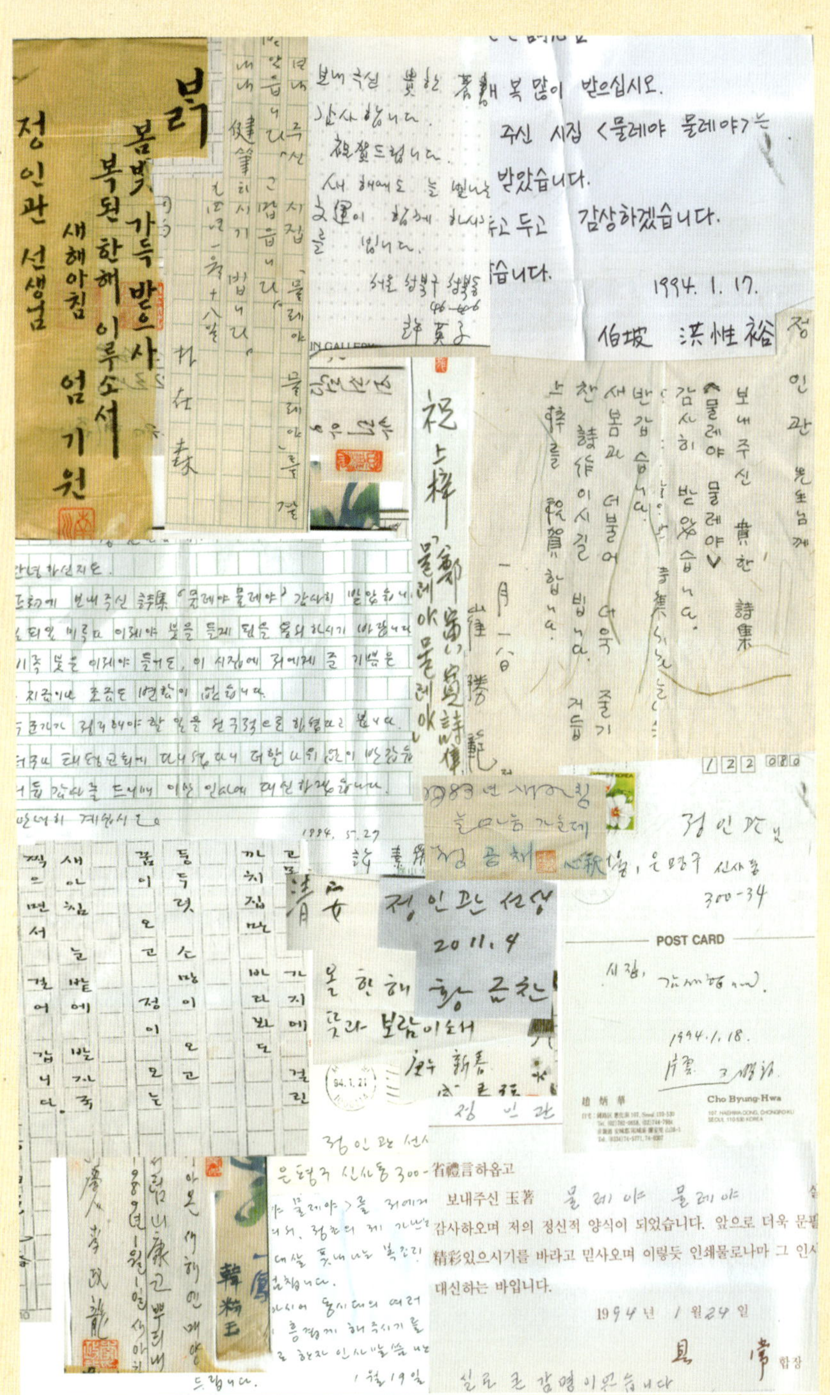

"축하! 축하! 감사합니다."